랜드 오브 스토리 2

돌아온 마법사 상

THE LAND OF STORIES: THE ENCHANTRESS RETURNS by Chris Colfer
Copyright ⓒ 2013 by Christopher Colfer
Jacket and interior art copyright ⓒ 2013 by Brandon Dorman
All rights reserved.
This Korean edition was published by Ggumgyeol in 2017 by arrangement with Little, Brown, and Company Books for Young Readers, New York, NY USA. through KCC(Korea Copyright Center Inc.), Seoul.

이 책은 (주)한국저작권센터(KCC)를 통한 저작권자와의 독점 계약으로 주식회사 꿈결에서 출간되었습니다. 저작권법에 의해 한국 내에서 보호를 받는 저작물이므로 무단 전재와 복제를 금합니다.

랜드 오브 스토리 2

돌아온 마법사 상

크리스 콜퍼 지음

김아림 옮김

랜드 오브 스토리 2
돌아온 마법사 상

초판 1쇄 찍은 날 2017년 5월 1일
초판 1쇄 펴낸 날 2017년 5월 8일

지은이   크리스 콜퍼
그린이   브랜던 도르먼
옮긴이   김아림

펴낸이   백종민
주 간   정인회
편 집   최새미나·정아름·박보영·김지현·원미연
외서기획 강형은
디자인   강찬숙·임진형
마케팅   서동진·박진용·오창희
관 리   장희정·임수정

펴낸곳   주식회사 꿈결
등 록   2016년 1월 21일 (제2016-000015호)
주 소   서울시 영등포구 당산로 50길 3 꿈을담는빌딩 6층
대표전화 1544-6533
팩 스   02) 749-4151
홈페이지 dreamybook.co.kr
이메일   ggumgyeol@naver.com
블로그   blog.naver.com/ggumgyeol
트위터   twitter.com/ggumgyeol
페이스북 facebook.com/ggumgyeol
에듀카페 cafe.naver.com/ggumgyeoledu

ISBN 979-11-88260-00-3 04840
     979-11-959700-5-6 (세트)

이 도서의 국립중앙도서관 출판예정도서목록(CIP)은 서지정보유통지원시스템 홈페이지
(http://seoji.nl.go.kr)와 국가자료공동목록시스템(http://www.nl.go.kr/kolisnet)에서
이용하실 수 있습니다.(CIP제어번호: CIP2017008887)

이 책은 저작권법에 따라 보호받는 저작물이므로,
저작자와 출판사 양측의 허락 없이 일부 혹은 전체를 인용하거나 옮겨 실을 수 없습니다.

책값은 뒤표지에 있습니다.
주식회사 꿈결은 (주)꿈을담는틀의 자매회사입니다.

해나에게

너는 내가 아는 가장 용기 있고 강하고 정직한 사람이야.

너처럼 용감하다면 '저주받았다'고 말할 만큼

지독한 상황에 놓이는 건 처음부터 불가능할 거야.

그리고 넌 내 생애 처음으로 눈이 시퍼렇게 멍들게 했지.

네가 네 살, 내가 아홉 살 때였어. 아직도 쿡쿡 쑤시는구나.

어쨌든 오빠는 널 사랑해.

"세상이 멸망하는 것은 못된 짓을 하는 사람 때문이 아니라,
아무것도 안 하고 지켜보는 사람 때문이다."

– 알베르트 아인슈타인

차례 - 상

프롤로그/ **되돌아온 왕국** … 11

1장/ **꼬리를 물고 이어지는 생각들** … 23

2장/ **개 한 마리** … 39

3장/ **도서관에서 먹는 점심 도시락** … 49

4장/ **교장실에서** … 58

5장/ **청혼** … 67

6장/ **정원 인형 설치하기** … 87

7장/ **느긋한 거위** … 101

8장/ **오두막집** … 127

9장/ **숲속 모임** … 142

10장/ **룸펠슈틸츠헨의 등장** … 157

11장/ **여왕과 개구리** … 175

12장/ **차밍 왕국의 불안한 저녁** … 196

13장/ **단지 속의 영혼들** … 220

14장/ **경이로움의 지팡이** … 236

차례 - 하

15장/ 마법 콩 구하기 … 11

16장/ 할머니호의 비행 … 36

17장/ 눈의 여왕 … 53

18장/ 못된 새어머니 … 74

19장/ 하늘 위의 성 … 102

20장/ 거울에 비친 모습 … 125

21장/ 바다 마녀 … 140

22장/ 트롤과 고블린의 여왕 트롤벨라 … 169

23장/ 여덟 번째 난쟁이 … 196

24장/ 동쪽의 여인 … 200

25장/ 바위, 뿌리 그리고 분노 … 216

26장/ 마법사가 가장 아끼는 물건 … 226

27장/ 꿈 … 239

28장/ 세상에서 가장 대단한 마법 … 248

29장/ 더 낫거나, 더 나쁘거나 … 262

30장/ 작별 인사 … 279

프롤로그

되돌아온 왕국

동쪽 왕국에서는 성대한 축하 행사가 열렸다. 매일 퍼레이드 행렬이 길거리를 가득 메웠고, 집이며 가게마다 색색의 현수막과 화환을 내걸고 공중에 꽃잎을 흩날렸다. 모든 주민들은 미소를 지으며 자신들이 최근에 이뤄 낸 결과를 자랑스러워했다.

잠자는 숲속의 여왕이 다스리는 동쪽 왕국이 끔찍한 저주에서 완전히 벗어나는 데는 10년이 넘게 걸렸다. 마침내 왕국은 예전의 번창했던 모습을 찾았고 동쪽 지역 주민들은 미래를 향해 힘차게 도약할 수 있었다. 자기들의 고향인 동쪽 왕국을 되찾았던 것이다.

잠자는 숲속의 여왕 성에서는 일주일에 걸친 축하 잔치가 막을 내렸다. 왕국 국민이 다 모이기라도 한 듯 발 디딜 틈 없이 북적거리는 행사였다. 꽤 많은 사람이 앉지도 못하고 일어서 있거나 창턱에 걸터앉아야만 했다. 여왕과 그녀의 남편 체이스 왕, 왕실 고문은 이 모든 광경이 내려다보이는 커다란 홀의 높은 탁자에 앉아 있었다.

홀 한가운데서는 작은 공연이 펼쳐졌다. 배우들은 세례를 받는 잠자는 숲속의 여왕, 축복을 내려 주는 요정들, 그리고 잠자는 숲속의 공주가 물렛가락에 찔려 죽도록 저주를 건 사악한 여자 마법사를 연기했다. 무서운 저주가 걸렸지만 다행히도 착한 요정이 공주가 물렛가락에 찔리면 공주와 왕국 전체가 잠에 빠지도록 저주 내용을 바꿨다. 그 결과 공주와 왕국은 100년 동안 잠에 빠져 들고, 체이스 왕이 공주에게 입맞춤을 해 모두가 깨어나자 배우들은 온몸으로 기쁨을 표현했다.

"여왕님이 주신 이 조그만 선물을 이제 떼어 버릴 때가 되었어요!" 한 여성이 홀 뒤쪽에서 소리쳤다. 이 여성은 탁자 위에 서서 기쁜 모습으로 손목을 가리켰다.

그동안 왕국의 모든 국민은 나무 수액으로 만든 탄력 좋은 고무줄을 손목에 끼우고 살았다. 여왕이 국민에게 피곤하고 졸릴 때마다 고무줄을 손목에 튕기라고 지시했기 때문이었다. 이 고무줄 덕분에 동쪽 왕국 국민은 계속 깨어 있을 수 있었고 계속되는 저주의 위력에 맞서 싸울 수 있었다.

이제 고무줄은 더 이상 필요하지 않았다. 홀 안의 모든 사람이 손목에서 고무줄을 벗겨 내 즐거운 마음으로 공중에 던졌다.

"여왕 폐하, 이런 기막힌 방법을 어떻게 알게 되신 건지 여쭤 봐도 될까요?" 한 남자가 여왕에게 물었다.

"내가 사실대로 말하면 아마 깜짝 놀랄 걸세." 여왕이 말했다. "한 소년이 알려 준 거라네. 1년 전에 한 쌍둥이 남매가 이 성에 왔었지. 그 중 남자 아이가 자기는 학교 수업 시간에 졸지 않으려고 이 방법을 쓴

다며 우리 왕국에서도 이 방법을 써 보면 어떻겠냐고 제안했어."

"놀랍군요!" 남자가 이렇게 말하고는 여왕과 함께 웃음을 터뜨렸다.

"대단하지 않은가? 나는 가장 훌륭한 생각은 아이들한테서 나온다고 생각한다네." 여왕이 말했다. "아이들이 하는 이야기에 조금만 더 귀를 기울인다면 가장 골치 아픈 문제도 아주 간단하게 해결책을 찾을 수 있을 거야. 머리를 숙이고 아이들과 눈을 맞춘다면 말이지."

잠자는 숲속의 여왕은 숟가락으로 유리잔 옆을 가볍게 두드렸다. 그러고는 축제 분위기에 취한 사람들 앞에 서서 연설을 하기 시작했다.

"여러분." 여왕이 유리잔을 들며 말했다. "오늘은 우리 왕국 역사상 아주 특별한 날이자 미래를 향해 나아가는 매우 기쁜 날입니다. 마침내 오늘 아침, 우리 왕국의 무역 거래량, 곡식 수확량, 그리고 잠자지 않고 깨어 있는 사람들의 수가 저주에 걸리기 전 수준을 회복했을 뿐만 아니라 오히려 더 좋아졌어요!"

사람들은 성이 떠나가라 큰 소리로 환호성을 질렀다. 잠자는 숲속의 여왕은 옆자리에 앉아 있는 남편과 따뜻한 미소를 주고받았다.

"예전의 무시무시한 저주를 잊을 수는 없겠죠. 하지만 힘든 시간을 돌아보면서 우리가 그 시간을 어떻게 이겨냈는지를 기억합시다." 여왕이 연설을 계속했다. 눈에는 조그만 눈물방울이 맺혔다. "그리고 우리의 성공을 방해하려는 자들에게 경고를 보냅시다. 동쪽 왕국은 사악한 힘이 우리가 나아갈 길을 방해하지 않도록 단단히 뭉칠 겁니다!"

여왕의 연설에 동의하는 사람들의 함성이 크게 울려 퍼졌다. 창턱에 앉아 있던 어떤 사람은 굴러떨어졌을 정도였다.

"오늘 밤 여러분들과 함께해서 얼마나 자랑스러운지 모릅니다! 모두를 위해 건배합시다!" 여왕이 기쁜 목소리로 외치자 홀 안의 모든 사람이 잔을 들어 건배하고는 술을 마셨다.

"여왕 폐하 만세!" 홀 한가운데에 있던 한 남자가 외쳤다.

"여왕 폐하 만세!" 나머지 사람들이 따라 외치며 환호했다. "여왕 폐하 만세! 여왕 폐하 만세!"

잠자는 숲속의 여왕은 사람들을 향해 우아하게 손을 흔들고는 자리에 앉았다. 축제는 늦게까지 이어졌다. 그런데 자정이 되기 바로 직전 여왕은 이상한 느낌을 받았다. 한동안 느껴 본 적 없던 낯선 느낌이었다.

"음, 뭔가 이상한데?" 잠자는 숲속의 여왕은 혼잣말을 하고는 먼 곳을 쳐다보며 씩 웃었다.

"어디 몸이 안 좋아요, 여보?" 체이스 왕이 물었다.

잠자는 숲속의 여왕은 일어서서 뒤쪽 계단으로 향했다.

"먼저 일어날게요, 여보." 여왕이 남편에게 말했다. "조금 졸리네요."

여왕은 이런 말을 하면서도 내심 놀랐다. 몇 년 동안이나 잠을 자지 않았기 때문이었다. 여왕은 왕국이 제대로 회복되기 전에는 절대 쉬지 않겠다고 국민 앞에서 약속했다. 이제 홀 안에 모인 많은 사람이 즐거워하는 것을 본 왕과 여왕은 그 약속이 이루어졌음을 깨달았다.

"그럼 잘 자요, 여보." 체이스 왕이 이렇게 말하고는 여왕의 손에 입을 맞췄다.

여왕은 자기 방에 들어와 제일 좋아하는 잠옷을 입은 뒤 거의 10년 만에 처음으로 침대에 누웠다. 마치 오래된 친구와 다시 만난 듯한 기분이었다. 그동안 팔과 다리에 닿는 시트의 차가움과 베개의 부드러움, 매트리스에 몸이 푹 꺼져 들어가는 느낌을 오랫동안 잊고 지냈던 것이다.

방까지 환호성이 들렸지만 여왕은 개의치 않았다. 사실 그 소리가 마음을 더 편안하게 어루만져 주었다. 잠자는 숲속의 여왕은 숨을 깊이 들이마시고는 아주 깊은 잠에 빠져들었다. 예전에 100년 동안 잠자는 저주에 빠졌을 때처럼. 물론 이번에는 언제든 원하는 때에 일어날 수 있다는 점이 달랐지만 말이다.

나중에 침실에 들어온 체이스 왕은 아내가 평화롭게 잠들어 있는 모습을 보고 빙긋 웃음을 지었다. 그도 그럴 것이 아내를 처음 만난 날 이후 그녀가 잠든 모습은 처음 보았기 때문이었다.

큰 홀에서는 마침내 축하 행사가 마무리되었다. 성의 등불과 난로가 모두 꺼졌고, 하인들은 청소를 끝내고 숙소로 돌아갔다.

마침내 성은 완전히 조용해졌지만 동이 트기 몇 시간 전 그 침묵은 깨졌다.

잠자는 숲속의 여왕과 체이스 왕은 침실 방문을 두드리는 천둥 같은 소리에 잠에서 깨 벌떡 일어나 앉았다.

"폐하!" 한 남자가 방문 앞에서 소리쳤다. "죄송하지만 안으로 좀 들어가겠습니다!"

문이 벌컥 열리더니 왕실 고문이 침실로 들어왔고, 열 명 정도 되는 무장한 경비병들이 그 뒤를 따랐다. 이들은 침대를 둘러쌌다.

"도대체 무슨 일인가!" 체이스 왕이 소리쳤다. "어찌 감히 내 침실에 들어올 수······."

"죄송합니다, 폐하. 하지만 여왕님을 한시라도 빨리 안전한 곳으로 모셔야 합니다." 고문이 말했다.

"안전한 곳?" 여왕이 되물었다.

"일단 가면서 설명해 드리겠습니다, 폐하." 고문이 말했다. "하지만 지금은 가능한 한 빨리 마차로 가셔야 합니다. 여왕 폐하만요. 두 분을 함께 모시는 것보다는 그렇게 하는 쪽이 눈에 덜 띌 것입니다."

왕실 고문은 제정신이 아닌 듯 급하다는 표정으로 여왕에게 얘기했다. 그러자 여왕의 표정이 딱딱하게 굳었다.

"여보, 어떻게 할까요?" 잠자는 숲속의 여왕은 어떻게 해야 할지 몰라 남편을 바라보았다.

체이스 왕도 말문이 막힌 모습이었다. "이 사람들이 이렇게 말한다면 그렇게 해야겠죠." 이 말만이 왕이 할 수 있는 최선이었다.

"국민 곁을 떠나고 싶지 않아요." 여왕이 말했다.

"지당한 말씀이지만 지금 당장 성을 떠나지 않으면 누군가가 죽게 될 겁니다, 여왕 폐하." 왕실 고문이 말했다.

잠자는 숲속의 여왕은 가슴이 쿵 하고 내려앉았다. 누가 죽는다고?

여왕이 혼란스러워하는 사이 경비병들은 여왕을 침대 밖으로 일으켜 세웠다. 그리고는 재빨리 여왕과 왕실 고문을 문 쪽으로 안내했다. 여왕은 남편에게 미처 작별 인사도 하지 못한 채 떠나야 했다.

이들은 서둘러 나선형 계단을 따라 성의 가장 아래층까지 내려왔다. 여왕은 신발도 못 신은 맨발이라 돌계단이 거칠게 느껴졌다.

"이게 다 무슨 일인지 똑바로 좀 말해 주게!" 여왕이 말했다.

"여왕 폐하, 가능한 한 빨리 왕국 밖으로 나가셔야 합니다." 왕실 고문이 말했다.

"왜지?" 여왕이 자신을 이끄는 경비병들을 떨쳐 내며 물었다. 하지만 아무도 대답하지 않았고 여왕은 바위처럼 꼼짝도 하지 않은 채 계단 한가운데에 멈춰 섰다. "제대로 얘기해 주지 않으면 여기서 한 발자국도 움직이지 않겠네! 나는 여왕이야! 어떻게 된 상황인지 알 권리가 있다고!"

그러자 왕실 고문의 얼굴이 창백해졌다.

"일부러 알려드리지 않는 것은 아닙니다, 여왕 폐하." 왕실 고문이 턱을 덜덜 떨며 말했다. "자정이 지나고 얼마 안 되어 손님들이 모두 집에 돌아갔을 무렵 성을 지키던 경비병 두 명이 번쩍거리는 빛을 봤다고 합니다. 난데없이 어딘가에서 물레가 나타났고요."

그 말을 들은 여왕은 눈을 크게 떴고 얼굴에는 핏기가 사라졌다.

"처음에는 심각하게 여기지 않았다고 합니다. 잔치가 끝나고 누군가 바보 같은 장난을 쳤다고 생각했던 거죠." 왕실 고문이 말을 이었다. "경비병들이 물레를 살펴보려고 가까이 다가가자 불꽃을 내면서 폭발했다고 합니다. 그리고 얼마 안 되어 심상치 않은 사건이 일어났지요."

"어떤 사건인가?" 여왕이 물었다.

"예전에 저주가 걸려 있는 동안 성을 둘러쌌던 가시덤불과 덩굴이 다시 자라나고 있습니다. 싹 베어서 가시덤불 구덩이에 던져 넣었던 덤불들이 말이죠." 왕실 고문이 말했다. "그렇게 빨리 자라는 식물은 처음 보았습니다. 벌써 성의 절반 가까이가 덤불에 덮였으니까요. 곧 왕국 전체를 집어삼킬지도 모릅니다."

"가시덤불 구덩이 속 저주가 왕국 전체로 퍼지기라도 했다는 말인가?" 잠자는 숲속의 여왕이 물었다.

"그것이 아니오라, 예전에 마녀가 걸었던 그 저주인 듯합니다." 왕실 고문이 침을 꿀꺽 삼키며 말했다. "그것은 흑마법, 아주 고약할 정도로 강력한 흑마법입니다! 우리 왕국이 예전에 겪었던 것과 같은 종류입니다."

"안 돼." 여왕은 헉 소리를 내면서 입을 가렸다. "정말인가……?"

"네, 그렇습니다." 왕실 고문이 말했다. "그러니 이제 저희와 함께 왕국을 떠나셔야 합니다. 가능한 한 빨리 왕국을 벗어나셔야 합니다."

경비병들은 다시 여왕의 옷자락을 잡고 성 안 깊은 곳까지 들어갔다. 이제 여왕은 저항하지 않았다. 이들은 더 이상 내려갈 계단이 없는 성의 가장 아래까지 달려 내려갔다. 두 쪽으로 이루어진 나무문을 열고 안으로 들어가자 마구간이 나타났다.

마차는 네 대가 준비되어 있었다. 열 명의 군인과 말들이 마차 한 대를 둘러쌌으며 언제라도 출발할 준비를 하고 있었다. 마차 중 세 대는 여왕의 개인 소장품으로 밝은색과 금색으로 칠해져 있었다. 하지만 경비병들은 여왕을 소박하고 작은 네 번째 마차에 태웠다. 이 마차를 둘러싼 군인들은 다른 마차의 군인들처럼 무장하지 않고 농부나 마을 사람들 같은 차림을 하고 있었다.

경비병들은 여왕을 들어 올려 마차에 태웠다. 안에는 앉을 자리조차 충분하지 않았다.

"폐하는 어떻게 되었는가?" 잠자는 숲속의 여왕이 손을 뻗어 등 뒤로 마차 문을 닫으려는 군인들을 저지하며 물었다.

"괜찮으실 겁니다." 왕실 고문이 말했다. "국왕 폐하는 저와 함께 떠나실 예정입니다. 화려한 눈속임용 마차를 보내고 나서 말이죠. 성이 공격을 받을 것에 대비해 세운 계획입니다. 믿어 주십시오. 이 방법이 가장 안전합니다."

"나는 그런 계획을 허락한 적이 없네!" 여왕이 말했다.

"이것은 여왕 폐하 아버님, 어머님의 지시입니다." 왕실 고문이 말했다. "돌아가시기 전에 마지막으로 이렇게 하라고 하셨습니다."

그 말을 들은 여왕은 마음이 더욱 무겁게 내려앉았다. 부모님은 살아 계셨을 때도 여왕을 보호하고자 대부분의 시간을 보냈다. 그런데 심지어 돌아가신 이후에도 이렇게 지켜 주셨던 것이다.

"지금 어디로 가는 것인가?" 여왕이 물었다.

"우선 요정 왕국으로 가겠습니다." 왕실 고문이 대답했다. "요정 협의회와 함께라면 안전할 겁니다. 눈속임용 마차들은 제각기 다른 방향으로 흩어질 것이고요. 자, 이제 서두르셔야 합니다."

왕실 고문은 여왕을 부드럽게 마차에 밀어 넣은 다음 마차 문을 단단히 닫았다. 하지만 작은 마차를 에워싼 열두 명의 경비병조차 여왕을 안심시키지는 못했다. 여왕은 그들이 자신을 보호하기는 어려울 것이라는 걸 알아챘다.

왕실 고문은 눈속임용 마차에 출발하라고 고개를 끄덕였다. 몇 분이 지나자 그는 여왕이 탄 마차를 향해 고개를 끄덕였고, 말들이 최고 속도를 내기 시작했다. 마차는 대포알 같은 속도로 어둠을 향해 달렸다.

잠자는 숲속의 여왕은 작은 창문을 통해 아까 고문에게서 들은 무시무시한 광경을 보았다.

성의 이곳저곳에서 군인과 하인들이 성을 둘러싸고 자라나는 사악한 가시덤불과 싸우고 있었다. 덩굴은 먹잇감을 휘감는 뱀처럼 땅에서 곧장 자라나 그들을 공격했다. 성의 벽을 기어올라 창문을 뚫고 들어가 사람들을 끄집어내어 수백 미터 공중에 대롱대롱 매달기도 했다.

잠자는 숲속의 여왕이 탄 마차에 덤벼드는 가시덤불과 덩굴도 있었지만, 군인들이 재빨리 칼로 잘라 냈다.

여왕은 살면서 이렇게 무력감을 느낀 적은 처음이었다. 사람들이 덩굴 괴물에게 잡혀가는 모습을 손 놓고 지켜볼 수밖에 없었기 때문이었다. 몇몇 사람들은 여왕의 마차와 아주 가까운 곳에서 끌려갔다. 여왕이 할 수 있는 일은 그 모습을 바라보면서 요정 왕국에 도착하는 대로 도움을 청해야겠다는 생각뿐이었다. 남편과 왕국을 남겨 두고 떠나야 한다는 사실이 무거운 죄책감으로 남았지만, 왕실 고문의 말이 옳았다. 누군가를 죽게 해서는 안 되었다.

마차가 끔찍한 현장을 뒤로하고 나아가자 성은 점점 멀어졌다. 마차는 곧 숲으로 들어섰고 한동안 여왕의 눈에는 짙은 색의 나무들만 보였다.

한 시간 넘게 달렸지만 여왕의 두려움은 가라앉지 않았다. 숨을 고르며 "이제 다 왔어, 거의 다 왔어……" 하고 속삭이듯 혼잣말을 할 뿐이었다. 하지만 목적지까지 얼마나 남았는지는 여전히 알 수 없었다.

갑자기 나무들 사이에서 휙 하는 소리가 들렸다. 잠자는 숲속의 여왕이 밖을 내다보자 마침 군인과 그가 탄 말이 길가 숲속으로 높이 내던져지며 끌려가고 있었다. 그리고 다시 한번 휙 소리가 나더니 또 다른 군인과 말이 반대쪽 길가로 끌려갔다. 발각된 것이었다.

시간이 흐를수록 숲은 내던져지는 군인과 말들의 겁에 질린 울음으로 가득 찼다. 저 바깥에 무엇이 있는지는 몰라도 한 사람씩 끌고 가는 듯했다.

잠자는 숲속의 여왕은 마차 바닥에 쭈그리고 앉아 덜덜 떨고 있었다. 경비병들이 모두 사라지는 건 시간문제였다.

그리고 마지막으로 휙 소리가 나면서 남아 있던 군인과 말은 모두 사라졌다. 비명이 밤하늘에 메아리쳤다. 마차는 옆으로 쓰러지며 땅에 세게 부딪혔고 미끄러지다가 마침내 멈춰 섰다. 이제 숲속은 잠잠했다. 다친 군인이나 말의 신음도 들리지 않았다. 여왕만이 홀로 남겨졌다.

잠자는 숲속의 여왕은 마차 문 쪽으로 기어가 조심스레 바깥으로 나간 다음 발을 땅에 내디뎠다. 여왕은 다리를 절뚝거렸으며 왼쪽 팔목이 아파 반대쪽 손으로 움켜잡아야 했다. 하지만 너무나 무서워 아픔조차 거의 느끼지 못했다.

공격은 다 끝난 것일까? 별 탈 없이 도움을 요청하거나 살아 있는 군인들을 찾을 수 있을까? 누군가가 여왕이 죽기를 바랐다면 이미 죽임을 당하고도 남았을 것이다.

여왕이 막 도움을 요청하려는데 눈이 부실 정도로 번쩍이는 보라색 빛이 숲을 가득 채웠다. 여왕은 비명을 지르며 얼굴을 감싼 채 쓰러졌다. 하지만 빛은 잠깐 번쩍이다가 사라졌다. 연기 냄새를 맡은 여왕은 일어서서 주위를 둘러보았다. 숲 전체가 불길에 휩싸였고 모든 나무가 물레로 변해 있었다.

이제는 의심할 여지가 없었다. 동쪽 왕국이 가장 두려워하던 일이 현실로 다가왔던 것이다.

"여자 마법사야." 여왕이 나직한 목소리로 혼잣말을 했다. "마법사가 돌아왔어."

1장

꼬리를 물고 이어지는 생각들

기차가 살짝 흔들리는 바람에 알렉스 베일리는 잠에서 깼다. 텅 빈 좌석을 멍하니 쳐다보고 있자 비로소 여기가 어디인지 생각났다. 그러자 이 열세 살 소녀는 길게 한숨을 쉬고는 머리띠에서 빠져나온 붉은색을 띤 금발 머리카락을 깔끔하게 고정시켰다.

"또야." 알렉스가 혼잣말을 했다.

알렉스는 공공장소에서 조는 것을 매우 싫어했다. 아주 성실하고 진지한 성격이었던 만큼 다른 사람들에게 나쁜 인상을 주고 싶지 않았기 때문이었다. 다행히 마을로 돌아가는 5시 기차에는 승객이 몇 없었고 알렉스가 조는 모습을 지켜본 사람도 없었다.

알렉스는 무척 똑똑한 학생이었다. 지금도 이웃 마을 지역 대학에서 하는 보충수업을 마치고 집으로 돌아가는 중이었다. 성적이 좋은 우등생만 들을 수 있는 수업이었다.

나이가 너무 어려 운전을 할 수 없는 데다 엄마가 온종일 아동 병원에서 일해야 했기 때문에 알렉스는 매주 목요일마다 수업이 끝나면 보충수업을 들으러 자전거를 타고 기차역으로 가 옆 도시까지 짧은 기차 여행을 해야 했다.

어린 여자아이 혼자 가기에는 조금 버거운 여행이었기에 처음에는 엄마가 표 예약을 도와주었지만, 엄마는 알렉스가 알아서 잘하리라는 걸 알았다. 예전에 해냈던 일들에 비하면 이런 여행쯤은 아무것도 아니었다.

알렉스는 이 우등생 수업을 받는 것이 좋았다. 처음으로 모든 학생이 원하는 분위기에서 예술이나 역사, 외국어를 배울 수 있었기 때문이었다. 그리고 교수들의 질문에 알렉스 말고도 손을 드는 학생들이 많았다.

또 다른 좋은 점은 기차 여행을 하면 혼자만의 휴식 시간이 생긴다는 것이었다. 알렉스는 기차에서 창밖을 바라보며 이런저런 생각에 잠겼다. 하루 중에서 가장 편한 시간이었고 그래서 깜박 잠이 드는 경우도 많았지만, 오늘처럼 완전히 곯아떨어진 날은 아주 드물었다.

원래는 이렇게 졸다가 깨면 조금 부끄러운 기분이 들었지만 오늘은 부끄러움에 괴로운 감정까지 더해졌다. 좋지 않은 꿈을 꾸었기 때문이었다. 작년부터 여러 번 꾸었던 꿈이었다.

꿈에서 알렉스는 쌍둥이 남매 코너와 아름다운 숲속을 맨발로 달리고 있었다.

"저 오두막까지 달리기 시합하자!" 코너가 활짝 웃으며 말했다. 코너는 알렉스와 얼굴은 닮았지만 요즘 들어 키가 부쩍 자란 덕분에 알렉스보다 몇 센티미터나 컸다.

"좋았어!" 알렉스는 웃으며 이렇게 말했고 경주를 시작했다.

두 아이는 아무런 근심 걱정 없이 나무들 사이로, 풀밭 위로 서로를 쫓아다녔다. 알렉스와 코너는 어디를 가든 자기들이 안전하다는 사실을 알고 있었다. 트롤도, 늑대도, 사악한 여왕도 없었다.

마침내 조그만 오두막집이 모습을 드러냈다. 쌍둥이는 젖 먹던 힘까지 다해 달렸다.

"내가 이겼다!" 알렉스가 코너보다 조금 먼저 현관문에 손바닥을 대고는 외쳤다.

"공평하지 않아!" 코너가 말했다. "나는 너보다 발바닥이 더 편평하다고!"

알렉스는 킥킥 웃으며 문을 열려 했지만 문은 잠겨 있었다. 아무리 문을 두드려도 아무도 대답하지 않았다.

"이상하네." 알렉스가 말했다. "할머니는 우리가 올 거라는 걸 아실 텐데. 왜 문을 잠가 놓으셨을까?"

알렉스와 코너는 창문으로 집 안을 들여다보았다. 할머니는 난롯가 흔들의자에 앉아 계셨다. 할머니는 슬픈 표정이었고 의자는 앞뒤로 천천히 움직이고 있었다.

"할머니, 저희 왔어요!" 알렉스가 기쁜 듯이 창문을 두드리며 말했다. "문 열어 주세요!"

하지만 할머니는 전혀 움직이지 않았다.

"할머니?" 알렉스가 창문을 더 세게 두드리며 외쳤다. "할머니, 저희 왔어요! 문 열어 주세요!"

그러자 할머니는 머리를 살짝 들어 두 아이를 바라보았다. 하지만 여전히 흔들의자에 앉은 채 일어날 생각도 하지 않았다.

"들어가게 해 주세요!" 알렉스가 창문을 세게 두들기며 소리쳤다.

그러자 코너는 고개를 절레절레 흔들었다. "소용없어, 알렉스. 우린 들어갈 수 없을 거야." 코너는 왔던 방향으로 몸을 돌렸다.

"코너, 가지 마!" 알렉스가 말했다.

"귀찮게 왜 그래?" 코너가 뒤를 돌아보며 말했다. "할머니는 우리를 집 안에 들이기 싫으신 게 분명해."

알렉스는 창문이 깨지지 않게 조심하며 가능한 한 세게 두들겼다. "할머니, 들여보내 줘요! 들어가고 싶어요, 제발요!"

하지만 할머니는 텅 빈 눈으로 알렉스를 멍하니 바라볼 뿐이었다.

"할머니, 제가 뭘 잘못했는지 모르겠지만 어쨌든 죄송해요! 그러니 제발 안으로 들어가게 해 주세요!" 알렉스의 얼굴에 눈물이 흐르기 시작했다. "들어가고 싶어요! 들여보내 주세요!"

그러자 할머니는 담담한 표정으로 얼굴을 찌푸리면서 고개를 가로저었다. 알렉스는 할머니가 자기를 절대 들여보내 주지 않으리라는 사실을 알았고, 예전에 같은 꿈을 꿨을 때도 그랬듯 그 사실을 깨달은 순간 잠에서 깼다.

결코 즐거운 꿈은 아니었지만 알렉스는 그 숲속으로 다시 돌아가지 않아도 된다는 점, 할머니 얼굴을 다시 볼 수 있다는 것에 안도했다. 그 꿈을 처음 꿨을 때부터 알렉스는 그 꿈이 무엇을 의미하는지 확실히 알고 있었다.

하지만 이번에는 조금 다른 느낌이었다. 꿈을 꾸는 동안 누군가가 자기를 지켜보는 듯한 기분이 들었기 때문이다. 알렉스는 잠에서 막 깼을 때 열차 맞은편에 할머니가 앉아 있는 것을 본 것 같았다. 처음에는 제대로 눈치채지 못했지만 확실했다.

그건 실제로 본 것일까, 아니면 너무나 보고 싶어서 상상한 것일까? 알렉스는 그것이 사실이었음을 믿고 싶었다. 할머니는 굉장히 많은 것을 할 수 있는 사람이니 말이다.

알렉스와 코너가 가족의 엄청난 비밀을 발견한 지도 거의 1년이 지났다. 두 아이는 할머니에게 오래된 이야기책을 받았을 때만 해도 이 책이 자기들을 동화 속 세상으로 데려다줄 거라고는 생각지도 못했다. 더군다나 할머니와 돌아가신 아빠가 이 세계에서 왔을 거라고는 상상도 하지 못했다.

이 왕국에서 저 왕국으로 옮겨 다니면서 어렸을 때 책에서나 보던 동화 속 등장인물들과 친구가 되는 것은 굉장히 흥미로운 모험이었다. 하지만 쌍둥이가 무엇보다도 놀랐던 사실은 할머니가 신데렐라 이야기 속의 요정 대모라는 점이었다.

결국 할머니는 두 아이를 찾아 엄마가 기다리는 집으로 돌려보냈다.

"학교에는 너희 둘이 수두에 걸렸다고 얘기했단다." 엄마가 말했다. "너희가 2주 동안이나 학교에 나가지 못한 핑계를 대야 했거든. '다른 차원으로 여행을 갔다'고 얘기했다가는 아무도 믿지 않을 테니까 말이야."

"수두라고요?" 코너가 말했다. "더 멋진 이유를 대지 그랬어요! 거미가 물었다거나 식중독에 걸렸다고요."

"엄마는 그동안 우리가 어디에 있는지 알고 계셨어요?" 알렉스가 물었다.

"짐작하기는 어렵지 않았단다." 엄마가 말했다. "일을 마치고 집에 돌아와 너희 방에 가 보니 《이야기의 땅》이 바닥에 펼쳐진 채 번쩍이고 있었거든."

할머니가 손에 꼭 쥐고 있는 에메랄드색의 커다란 이야기책을 건너다보며 엄마가 말했다.

"걱정되지는 않으셨어요?" 코너가 물었다.

"물론 걱정됐지." 엄마가 말했다. "하지만 위험할까 봐 걱정했다기보다는 너희들이 너무 놀랄까 봐 걱정했단다. 그 세계를 경험하는 일이 두렵고 감당하기 힘들까 봐 말이야. 그래서 곧장 너희 할머니에게 전화를 걸었지. 다행히도 할머니는 친구들과 여행을 다니며 아직 이 세계에 머물러 계셨어. 하지만 너희들이 어디에 있는지 알지도 못한 채 2주째가 되니 나쁜 일이 생기지 않게 해 달라고 기도할 수밖에 없었지."

"그러니까 엄마는 모든 걸 알고 계셨던 거군요?" 알렉스가 물었다.

"그렇단다." 엄마가 대답했다. "아빠는 너희들에게도 모든 사실을 얘기해 주려 했었어. 그럴 기회가 없었지만 말이다."

"처음에는 어떻게 아셨어요?" 코너가 물었다. "아빠가 말해 줬나요? 처음부터 아빠 말을 모두 믿었어요?"

엄마는 미소를 지으며 기억을 떠올렸다. "너희 아빠를 처음 본 순간부터 어딘지 특이한 사람이라는 걸 알았단다. 내가 아동 병원에서 간호사 일을 처음 시작할 무렵 환자들에게 동화책을 읽어 주러 온 할머니와 친구분들을 만났지. 그리고 그분들 옆에 있던 잘생긴 남자에게 홀딱 반했단다. 그 남자는 모든 것에 놀라워하며 주변을 둘러봤지. 심지어 텔레비전을 처음 봤을 때는 깜짝 놀라 뒤로 자빠질 뻔했어."

"존이 이 세계에 처음 여행 왔을 때였으니까." 할머니가 빙긋 웃으며 말했다.

"너희 아빠는 나에게 병원을 안내해 달라고 부탁했고, 나는 그 부탁을 거절하지 않았지." 엄마가 말을 이었다. "존은 병원을 구경하면서 모든 것에 굉장히 신기해했어. 병원에서 이루어지는 수술, 사용하는 약, 병원에 들른 환자들에 대해서도 말이야. 존은 나에게 퇴근하고 나서 다시 만나 이것저것 더 설명해 줄 수 없냐고 했어. 그렇게 두 달 동안 만나면서 우리는 사랑에 빠졌지. 하지만 그러다가 존은 갑자기 아무런 말도 없이 사라졌어. 그리고 이후 3년 동안 만날 수 없었지."

쌍둥이는 할머니에게 이미 이야기를 들어 그사이에 무슨 일이 있었는지 조금은 알고 있었다. 그래서 두 아이는 할머니의 얼굴을 바라보았다.

"내가 존에게 나와 함께 동화 속 세상으로 돌아가자고 했단다. 그리고 다시 이 세계로 오지 못하게 했지." 할머니가 이렇게 말하고는 살짝 몸을 움츠렸다. "너희도 알다시피 나도 나름대로 이유가 있어서 그렇게 한 거야. 하지만 그건 아주 잘못된 생각이었지."

"아빠가 소원을 들어주는 마법을 발견하고 우리처럼 준비물을 모으기 시작한 게 이때였군요. 엄마한테 돌아가기 위해서였던 거죠." 알렉스가 흥분해서 말했다.

"그리고 아빠가 준비물을 모으는 데는 그렇게 많은 시간이 걸리지 않았을 거예요. 3년이나 지난 건 아직 우리가 태어나기 전이라 두 세계 사이에 시차가 있었기 때문이죠." 코너가 덧붙였다.

엄마와 할머니는 고개를 끄덕였다.

"난 병원에서 존을 다시 만났단다." 엄마가 말했다. "존은 전쟁터에서 싸우다 돌아온 것처럼 지치고 여기저기 더러워진 몸으로 나타났지. 그리고 나를 보더니 이렇게 말했어. '당신에게 돌아오기 위해 내가 얼마나 고생을 했는지 모를 거예요.' 그로부터 한 달이 지나 우리는 결혼했고, 1년 뒤에는 엄마 아빠가 되었단다. 그러니 다시 너희들의 질문에 대답하자면 너희 아빠가 다른 세계에서 왔다는 사실을 받아들이는 게 전혀 어려운 일은 아니었어. 이미 알고 있었으니까 말이야."

알렉스는 가방에 손을 뻗어 아빠의 일기장을 꺼냈다. 아빠가 소원을 들어주는 마법의 준비물을 모으는 동안 내내 갖고 다녔던 일기장이었다. 그리고 두 아이가 마법 준비물을 모으는 동안 갖고 다녔던 일기장이기도 했다.

"여기요, 엄마." 알렉스가 말했다. "이제 아빠가 엄마를 얼마나 사랑했는지 알 수 있을 거예요."

쌍둥이의 엄마는 일기장을 내려다보았다. 엄마는 일기장을 받아들기를 주저하다가 건네받고는 한 장 한 장 넘겨보았다. 그러고는 세상을 떠난 남편이 직접 쓴 글씨를 보면서 눈물을 글썽거렸다.

"고맙구나, 애야." 엄마가 말했다.

"저랑 알렉스도 아빠가 했던 일들을 똑같이 했어요." 코너가 말했다. "그리고 그 일들을 꽤 잘해 냈죠. 나중에 저희에게 일을 시키고 용돈을 주실 거라면 잘 기억해 두세요."

엄마는 재미있다는 표정으로 아들을 바라보았다. 쌍둥이는 엄마가 자신들에게 용돈을 줄 수 없다는 사실을 알고 있었다. 아빠가 돌아가신 이후로 엄마는 세 가족의 생활비를 벌고 장례식 비용 때문에 진 빚을 갚느라 힘들었기 때문이다. 그때 알렉스에게는 좋은 생각이 떠올랐다. 가족이 동화 속 세상과 연줄이 있다면 작년처럼 힘들게 살 필요가 있을까?

"엄마." 알렉스가 말했다. "우리 가족이 이곳에서 이렇게 힘들게 살 필요 없잖아요! 할머니께서 마법 지팡이만 흔드시면 사정은 훨씬 좋아질 텐데요."

코너 역시 같은 생각을 하며 엄마를 올려다보았다. 할머니는 말을 아꼈다. 끼어들 자리가 아니라고 생각했기 때문이다.

"너희 아빠가 그렇게 하는 걸 원하지 않았단다." 엄마가 말했다. "너희 아빠는 이 세계를 굉장히 사랑했어. 엄마와 아빠가 만나 너희 둘을 낳은 곳이잖니. 그래서 아빠는 너희를 이곳에서 키우고 싶어 했어. 아빠는 여왕이며 왕, 마법이 있는 세계에서 왔지만 자신이 특별한 존재라는 의식이나 분수에 넘치는 사치품이 사람들을 망친다고 생각했지. 아빠는 열심히 일하면 뭐든 원하는 것을 얻을 수 있는 곳에서 너희를 키우고 싶어 했어. 마법이 사라지고 난 뒤에도 말이야. 나 역시 그 생각을 존중한단다."

알렉스와 코너는 서로의 얼굴을 바라보았다. 어쩌면 아빠가 옳을지도 모른다. 이런 방식으로 자라지 않았다면 그동안 여러 가지 일을 스스로 해낼 수 있었을까? 아빠가 스스로를 믿을 수 있도록 길러 주지 않았다면 두 아이가 소원을 들어주는 마법에 필요한 준비물을 모으거나 사악한 여왕에게 맞설 수 있었을까?

"그래서 지금은 어떻게 해야 할까요?" 코너가 물었다.

"무슨 말이니, 코너야?" 할머니가 되물었다.

"지금 저희 생활이 예전과 달라진 건 사실이잖아요?" 코너가 눈을 반짝이며 말했다. "저희는 2주 동안 트롤이며 늑대, 고블린, 마녀, 사악한 여왕을 피해 다녔어요. 그러니 학교에 바로 돌아갈 수는 없을 것 같아요. 몸과 마음이 너무 지쳤거든요. 그렇지, 알렉스?"

엄마와 할머니는 서로의 얼굴을 바라보고는 웃음을 터뜨렸다.

"그런데도 학교에 계속 나가야 할까요?" 코너가 물었다. 두 눈의 반짝거림은 사라졌다.

"좋은 시도였어." 엄마가 말했다. "모든 가정에는 문제가 있기 마련이지. 하지만 그렇다고 그런 아이들이 모두 학교를 그만두지는 않아."

"다행이네요." 알렉스가 안도의 한숨을 내쉬며 말했다. "코너가 뭐라도 할까 봐 걱정했거든요."

할머니는 시계를 올려다보았다. "해 뜰 시간이 거의 다 되었구나. 밤새 얘기했네. 이제 슬슬 가 봐야겠다."

"할머니를 언제 다시 만날 수 있을까요?" 알렉스가 물었다. "이야기의 땅에 언제 또 갈 수 있을까요?" 알렉스는 그곳을 떠나는 순간부터 묻고 싶었다. 할머니는 자기 발을 쳐다보더니 잠시 대답하기를 망설였다.

"너희는 그동안 엄청난 모험을 했어. 어른이라 해도 그런 모험을 하는 건 벅찬 일이야." 할머니가 말했다. "지금은 이 세계의 평범한 열두 살짜리 아이들로 지냈으면 좋겠구나. 할 수 있을 때 아이들만의 생활을 즐기렴. 하지만 언젠가는 꼭 데리러 오마. 약속할게."

바라던 대답을 듣지는 못했지만 알렉스는 고개를 끄덕였다. 그리고 밤새 얘기를 나누는 동안 묻고 싶었던 질문을 한 가지 더 했다.

"저에게 마법을 가르쳐 주실 수 있나요?" 알렉스가 눈을 크게 뜨고 물었다. "제 말은, 코너와 저는 요정의 피가 반쯤은 흐르니까 마법 한두 개 정도는 할 수 있다면 좋을 것 같아서요."

"그건 전혀 생각지도 못하고 있었네!" 코너가 자기 이마를 철썩 내리치며 말했다. "저는 빼 주세요. 요정은 예쁘고 하늘하늘한 존재잖아요. 전 요정이 되고 싶지 않아요. 그런 문제로 스트레스를 받고 싶지도 않고요."

하지만 할머니는 대답을 망설이며 엄마를 바라보았고, 엄마는 그저 어깨를 으쓱 올릴 뿐이었다.

"나중에 더 좋은 기회가 오면 알려 주마, 얘들아." 할머니가 말했다. "지금은 요정 협의회와 해결해야 할 일이 있어. 시간이 꽤 걸리는 일인데 너희들은 신경 쓰지 않아도 된단다. 이 일만 끝내고 나면 꼭 마법을 가르쳐 주마."

할머니는 두 아이를 껴안고는 머리에 입을 맞췄다.

"그리고 이건 내가 가져가는 게 좋을 것 같구나." 할머니가 《이야기의 땅》을 가리키며 말했다. "같은 일이 반복되면 안 되니까 말이야."

할머니는 현관문을 향해 걸어갔다. 하지만 문고리에 손을 뻗기 직전에 잠깐 멈추고는 두 아이를 돌아보았다.

"앗, 깜박했구나. 여기서는 차를 운전하지 않는단다." 할머니가 씩 웃으며 말했다. "동화책에 나오는 요정처럼 사라져야 할 것 같구나. 잘 지내렴, 얘들아. 정말 사랑한다."

그리고 할머니는 반짝거리는 부드러운 구름 사이로 천천히 모습을 감췄다.

"좋아요. 그건 좀 배우고 싶은 기술이네요." 코너가 말했다. 코너는 반짝거리는 공중에 손을 흔들었다. "나중에 꼭 가르쳐 주세요."

알렉스는 하품을 했고 코너도 따라서 하품을 했다.

"무척 피곤해 보이는구나." 엄마가 말했다. "들어가 한숨 자는 게 어떠니? 엄마는 내일 쉬는 날이라 너희하고 같이 보낼 수 있어. 너희들과 같이 있고 싶어서 휴가를 냈단다. 그러니 궁금한 게 있으면 내일 물어보렴."

"한 가지 궁금한 게 있어요." 코너가 말했다. "아침밥은 언제 먹나요? 배가 고파요."

기차가 마침내 역에 도착했다. 알렉스는 자전거 보관대에서 자전거를 찾아서 집으로 페달을 밟았다. 여전히 머릿속엔 할머니 생각뿐이었다.

 알렉스는 동화 속 세상을 방문한 이후 두 세계를 오갈 수 있으리라 기대했다. 예컨대 여름방학이나 연휴에는 코너와 같이 할머니가 계신 요정 왕국이나 신데렐라의 궁전으로 여행을 다녀올 거라 생각했다. 모험과 마법으로 가득한 새로운 세상이 펼쳐질 거라 상상했지만 슬프게도 알렉스의 기대대로 되지 않았다.

 그리고 할머니가 두 아이 앞에서 사라진 그날 밤 이후로 1년이 지났다. 아이들은 할머니가 사라진 이유에 대해 편지 한 장, 전화 한 통도 받지 못했다. 할머니는 그동안 절대 빠뜨리지 않았던 휴일이나 아이들의 생일 때조차 모습을 비추지 않았다. 더 심각한 문제는 쌍둥이가 이야기의 땅에 다시는 가지 못했다는 점이었다.

 그래서 두 아이는 할머니에게 화가 날 수밖에 없었다. 어떻게 그렇게 사라져서 한 번도 연락하지 않을 수가 있지? 그리고 두 아이가 예전부터 꿈꾸던 장소에 다시 데려다주지 않는 것도 이해하기 힘들었다.

 할머니는 언젠가 이렇게 말한 적이 있었다. 이야기의 땅은 아이들의 마음속에 있는 것이라고. 그렇다면 왜 아무런 소식도 없는 것일까?

 "할머니는 무척 바쁘시단다." 이런 이야기가 나올 때마다 엄마는 두 아이에게 이렇게 설명했다. "할머니는 너희들을 무척 사랑하셔. 그저 너무 바쁘신 것뿐이야. 곧 연락하실 거야."

 하지만 그런 말을 들어도 알렉스는 마음이 놓이지 않았다. 시간이 흐르자 할머니가 괜찮은지 걱정되기 시작했다. 가끔은 아직 살아 계신 건지 염려스러울 정도였다. 알렉스는 할머니에게 나쁜 일이 생기지 않았길, 무사하길 바랐다. 무엇보다 할머니의 포옹이 가장 그리웠다.

 아빠가 없는 생활은 그동안 쌍둥이가 한 번도 경험하지 못한 가장 힘든 일이었다. 그런데 아빠와 할머니 둘 다 안 계시니 너무나 힘들었다.

한번은 알렉스가 코너에게 이렇게 물었다. "지금 어떤 일이 벌어지고 있는 걸까?"

"모르겠어." 코너가 깊은 한숨을 쉬며 대답했다. "할머니가 마지막으로 남긴 말은 다른 요정들과 할 일이 있다는 거였잖아. 그 일이 생각보다 길어진 게 아닐까?"

"그럴 수도 있지." 알렉스가 대답했다. "하지만 내 생각엔 할머니가 생각했던 것보다 훨씬 더 나쁜 일이 벌어지고 있는 것 같아. 그렇지 않다면 어떻게 이렇게 오랫동안 연락 한 번을 안 하시겠어?"

코너는 어깨를 으쓱할 뿐이었다. "할머니가 우리를 일부러 피한다거나 무언가로부터 배제하려는 건 아니실 거야."

"할머니가 걱정돼." 알렉스가 말했다.

"알렉스." 코너가 눈썹을 올리며 말했다. "할머니는 마법을 부릴 줄 아시고 수백 년 동안이나 사셨는걸. 그렇게 걱정하지 않아도 될 거야."

알렉스는 한숨을 쉬었다. "네 말이 맞아. 다음번에 만날 땐 우리에게 제대로 설명해 주셔야 할 거야."

하지만 불행히도 그 '다음번'이 언제 올지는 기약이 없었다.

이런 상황은 알렉스가 꾸었던 꿈에 나쁜 영향을 주었을 뿐만 아니라 알렉스를 우울하게 만들었다. 이야기의 땅에서 돌아온 이후 알렉스는 줄곧 자신의 일부를 잃은 듯한 느낌이 들었다. 아빠가 돌아가신 이후 텅 비었던 마음을 마법의 세계가 채워 주었는데, 일상으로 돌아와 마법의 세계로 돌아가지 못한 채 하루하루를 보내다 보니 텅 빈 마음이 점점 커졌다.

일주일에 한 번 지역 대학에 갈 때면 이런 기분은 더욱 커졌다. 대학교는 미래를 상징하는 장소였다. 대학교에 입학하려면 아직 몇 년이

나 남았지만 알렉스에게 이야기의 땅이 없는 미래는 도저히 상상할 수가 없었다. 자신이 보통 아이가 아니라는 사실을 알아 버렸기 때문에 평범한 생활로 돌아가기가 더 힘들었다.

한번은 이야기의 땅으로 이사 가는 상상을 하기도 했다. 정식 요정이 될 만큼 할머니로부터 마법을 배울 수도 있을 것이다. 그러면 언젠가 요정 협의회의 구성원이 되고 '영원히 행복한 연합'에 들어갈 수 있게 될지도 모른다.

알렉스는 마법을 부려 보려고 여러 번 시도해 봤지만 전혀 통하지 않았다. 할머니의 이야기책을 우연히 작동시켜 코너와 함께 이야기의 땅으로 빨려 들어갔을 때 말고는 스스로 마법을 부린 적이 없었다. 하지만 그 책이 할머니의 것이라는 사실을 알게 된 이후로 알렉스는 자신도 뭔가 할 수 있을지도 모른다는 상상을 하기 시작했다.

가끔은 기분이 엉망진창이고 우울할 때면 학교 도서관에 들어가 무작정 동화책을 찾아보기도 했다. 그러고는 책을 꼬옥 가슴에 안고 열두 번째 생일날 했던 것처럼 동화 속 세상에 가고 싶다는 생각을 했다. 하지만 아무런 일도 일어나지 않았을뿐더러 다른 아이들의 수군거림만 들려왔다.

"쟤 왜 책을 껴안고 있는 거니?" 인기 많은 여자애 한 명이 자기 무리 안에서 거만한 투로 말했다.

"동창 모임에 가져가려는가 봐!" 다른 여자애가 이렇게 말하자 아이들은 알렉스를 놀림거리로 만들며 웃음을 터뜨렸다.

그러면 알렉스는 이렇게 외치고 싶었다. "이봐! 우리 할머니는 신데렐라의 요정 대모야. 할머니가 나에게 마법을 가르쳐 주기만 하면 너희들을 지금 입술에 덕지덕지 바른 립글로스로 만들어 버리겠어!" 하지만 이건 알렉스 머릿속 생각일 뿐이었다.

알렉스는 자전거를 타고 기차역에서 집으로 돌아왔다. 그리고 잠시 눈을 감은 채 이곳이 요정 왕국의 엄지 공주 개울이라고 상상했다. 왼쪽에는 유니콘 떼가 따라오고 오른쪽에는 요정들이 날아다니는 가운데 누더기를 아름다운 무도회 드레스로 바꾸는 할머니의 마법 강의를 들으러 가는 길인 것이다.

'그야말로 천국일 거야.' 알렉스는 생각했다.

하지만 알렉스는 자전거를 쓰레기통에 세게 들이받고는 눈을 떴다. 다행히 공원의 땅속 요정 석상 말고는 목격자가 없었지만 알렉스는 그 석상한테 들킨 것조차 부끄러웠다.

알렉스는 몸을 일으켜 툭툭 털고는 집까지 자전거를 끌고 걸어가야 했다. 잔인한 현실로 돌아온 셈이었다.

베일리 가족은 아직 지붕이 편평하고 창문이 얼마 없는 셋집에 살고 있었다. 하지만 그동안 몇 가지 좋은 일이 생기기는 했다. 엄마가 경제적인 문제의 상당 부분을 해결했기 때문에 이제 예전처럼 너무 많은 일을 하지 않아도 되었다. 그렇지만 최근에 엄마는 간호사 일 말고 다른 일 때문에 골치가 아픈 듯했다.

알렉스가 현관에 자전거를 세워 두고 문을 향해 걸어가는데 문이 확 열렸다. 문 맞은편에는 코너가 서 있었다. 무엇 때문인지 조금 흥분한 모습이었다.

"무슨 일이야?" 알렉스가 물었다.

"미안, 엄마인 줄 알았어." 코너가 대답했다.

"엄마가 오셔야 하는 일이야?" 알렉스가 물었다.

"아니. 그런 건 아니고." 코너가 말했다. "엄마는 매일 저녁 여섯 시면 집에 오시니까."

"지금이 여섯 시인걸." 알렉스가 코너를 이상하다는 듯 바라보며 말했다.

"여섯 시 십오 분이야, 알렉스." 코너가 눈썹을 추켜올리며 말했다.

"그래서?"

"그런데 엄마는 왜 안 오시는 거야? 오면서 엄마 못 봤어? 저 앞에 엄마 자동차가 세워져 있는 거 아냐?" 코너가 물었다.

"차가 막힐 수도 있지." 알렉스가 말했다.

"아니면 다른 일 때문이거나." 코너가 말했다. "뭔가 다른 이유 때문에 직장에 오래 있는 건지도 몰라."

"그게 무슨 말이야?" 알렉스가 짜증을 내며 말했다.

"보여 줄 게 있어." 마침내 코너가 털어놓았다. "하지만 미리 경고해 둘게. 이걸 보고 마음이 안 좋을지도 몰라."

"음…… 그래. 뭔데?" 알렉스는 코너를 따라 집으로 들어갔다.

알렉스가 현관문 안으로 막 들어서는데 집 안에서 동물이 짖고 낑낑대는 소리가 연거푸 들렸다.

"버스터! 진정해, 알렉스야!" 코너가 소리쳤다. "이 멍청한 개는 왜 누가 집에 들어오면 폭탄이라도 들고 오는 것처럼 짖어 댈까? 우리도 이 집에 산다고!"

"무슨 일인지 얼른 말해 주지 않을래, 코너?" 참을성이 바닥난 알렉스가 말했다.

"이제 보여 줄게. 부엌으로 와." 코너가 말했다. "그동안 사건이 있었어."

2장

개 한 마리

몇 달 전 베일리 가족은 근처 동물 쉼터에서 데려온 보더콜리 종인 개 버스터를 집에 들였다. 엄마의 직장 동료이자 서로의 집을 오가는 친구 사이인 밥 고든 박사가 선물로 보내 준 개였다.

쌍둥이는 고든 박사를 '밥 박사님'이라고 불렀다. 가끔 저녁 식사를 하러 집에 놀러 오는 밥은 언제나 웃는 표정의 친절한 사람이었다. 머리가 벗겨지고 키가 크지는 않았다. 하지만 커다란 눈으로 다른 사람을 잘 돌봐 주어서 처음 만나는 사람과도 금방 친해졌다.

"오, 밥! 이렇게까지 안 해도 되는데!" 밥이 갑자기 개를 데리고 나타나자 엄마가 말했다.

"이 개는 뭐예요?" 밖이 시끌벅적하자 코너가 나와서 말했다.

"너희에게 주려고 데리고 왔단다." 밥이 말했다. "너희 엄마가 어린 시절에 기르던 보더콜리 얘기를 하면서 한 마리 키우고 싶다고 했거든. 내가 동물 쉼터에서 자원봉사하다가 이 개를 보고 너희 집에서 키우면 좋겠다 싶어 데리고 왔지."

"우리 집에서 개를 기른다고요?" 코너가 외쳤다. 입 밖으로 소리치기는 했지만 아직 믿기지 않는 듯했다.

"그렇게 됐구나." 엄마가 말했다.

코너는 바닥에 주저앉아 새로 생긴 애완동물을 안고 뒹굴기 시작했다. "개가 생겼어! 개가 생겼다고!" 코너가 소리쳤다. "마침내 완벽한 교외 생활을 누릴 수 있게 되었어요! 고마워요, 밥 박사님!"

"천만에!" 밥이 말했다.

"네 이름은 뭐니? 멍멍아." 코너가 말했다.

"버스터란다." 밥이 말했다. "쉼터에서는 그렇게 불렀어."

검은색과 흰색이 섞인 이 개는 지나칠 정도로 기분이 좋아 보였고 눈은 밝은 초록색이었는데 한쪽이 다른 쪽보다 컸다. 밥은 버스터의 목줄에 빨간색 스카프를 둘러놓았다.

코너는 버스터를 껴안고 기쁨의 눈물을 흘릴 뻔했다. "버스터, 방금 만났지만 아마 널 평생 사랑하게 될 것 같아!"

"이 개는 뭐야?" 시끄러운 소리를 듣고 나온 알렉스가 물었다.

"내 개, 버스터야!" 코너가 대답했다. 버스터가 양말을 끌어당기는 바람에 코너의 양말 하나가 벗겨졌고 코너는 버스터와 양말 줄다리기를 벌여야 했다.

"너희 둘 모두의 개란다." 밥이 코너의 말을 정정해 주었다.

"코너, 좋은 양말로 장난치지는 말아라!" 엄마가 말했다.

알렉스는 입이 떡 벌어져 자기도 모르게 새된 소리를 냈다. "우리 개라고요?" 알렉스는 좋아서 펄쩍펄쩍 뛰었다. 버스터 덕분에 두 아이는 열 살배기 아이들로 되돌아간 듯했다.

"그래, 개가 생겼단다." 엄마 샬럿이 미소 지으며 말했다.

"버스터가 나를 더 좋아해도 실망하지 마." 코너가 진지하게 말했다. "개들은 남자애를 더 좋아하는 법이니까. 과학적으로 증명된 사실이야."

"버스터, 이리 와!" 알렉스가 불렀다. 그러자 버스터는 알렉스 옆으로 조르르 달려와 기분 좋게 낑낑댔다.

"뭐, 괜찮아." 코너가 조금 실망한 듯이 말했다.

쌍둥이는 개를 기르게 된 것에 너무 신나서 한동안 이 선물의 의미 따위는 생각지도 못했다. 가족의 새로운 구성원이 된 개와 노느라 정신이 팔려 엄마가 밥에게 감사의 의미로 긴 포옹을 하는 장면은 보지 못했던 것이다. 친구 사이라기에는 너무 긴 포옹이었다.

하지만 시간이 흐르고 밥에 대해 알면 알수록 두 아이는 엄마와 밥 박사가 단순한 친구 사이가 아니라는 사실을 눈치챘다.

알렉스가 집으로 들어오자마자 버스터를 부엌 식탁 아래에 앉혔다. 비록 매일 마주쳤지만 버스터는 늘 두 아이를 한꺼번에 마주 대하면 흥분을 감추지 못했다. 그래서 위아래로 펄쩍펄쩍 뛰면서 부엌 바닥에서 원을 그렸다.

"버스터, 얌전히 좀 있어!" 코너가 명령했다. "저 개는 확실히 약물 치료가 필요한 것 같아."

"왜 그래, 코너?" 알렉스가 물었다. "버스터하고 너는 친하잖아."

"하지만 지금은 달라. 버스터가 뇌물이었다는 사실을 알았거든!" 코너가 힘주어 선언했다. "이걸 봐!"

코너는 부엌 조리대에서 줄기가 긴 빨간 장미 열 송이를 묶은 꽃다발을 가져왔다. 코너는 알렉스가 앉아 있는 식탁 위에 꽃다발을 올려놓았다.

"와, 예쁘다! 어디서 났어?" 알렉스가 물었다.

"집에 왔는데 마침 배달되었어." 코너가 말했다. "밥이 엄마에게 보낸 거야!"

알렉스의 눈이 휘둥그레졌다. "오, 세상에." 알렉스는 침을 꿀꺽 삼키며 말했다. "굉장히 친절한 분이구나."

"친절하다고?" 코너가 큰 소리로 외쳤다. "친절한 정도가 아니지, 알렉스! 이건 애정 표현이라고!"

"코너, 그런 식으로만 볼 건 아니지." 알렉스가 말했다. "호의로 다른 사람에게 꽃을 선물하기도 해."

코너는 꽃다발을 뒤적거리더니 말했다. "데이지와 해바라기, 파리지옥풀이라면 우정의 표시겠지. 하지만 이건 빨간 장미라고. 확실한 애정 표현이야. 게다가 카드도 같이 보냈어. 꽃다발 속 어딘가에 있을 거야. 백 번을 읽다가 이 안에 던져 넣었어. 읽어 봐."

코너는 알렉스에게 작은 카드 하나를 건넸다. 코너의 걱정을 반영하기라도 하듯 카드 모양도 하트였다. 알렉스는 망친 시험지를 보는 듯한 표정을 지었다.

"읽고 싶지 않아." 알렉스가 말했다. "엄마의 사생활을 엿보고 싶지 않거든."

"그럼 내가 읽어 줄게." 코너가 이렇게 말하면서 알렉스의 손에서 카드를 빼앗았다.

"좋아, 내가 읽을게!" 알렉스는 마지못해 카드를 펼쳤다.

샬럿에게

우리가 만난 6개월을 기념하며!

애정을 담아 - 밥

알렉스는 진실을 외면하려는 듯 두 눈을 질끈 감았다. 코너는 알렉스에게 가까이 다가가 몸을 기댔고 얼굴을 유심히 바라보며 어떤 반응을 보이는지 살폈다.

"어-때?" 코너가 물었다.

"음." 알렉스가 머릿속으로 말도 안 되는 열 가지의 이론을 생각하다가 결국 이렇게 말했다. "이것만 봐서는 이분들이 사귀고 있는지 어떤지 잘 모르겠어."

코너는 손을 공중에 휘두르면서 부엌을 서성였다. "알렉스, 그러지 마!" 코너가 알렉스를 가리키며 말했다.

"뭘 그러지 말라는 거야?" 알렉스가 물었다.

"이 상황을 무시하려 하지 말라고!" 코너가 대답했다.

"코너, 너무 과민 반응하는 것 같아."

"있는 그대로 받아들여, 알렉스. 저 보더콜리 때문에 눈이 먼 거야!" 코너가 이웃에 다 들릴 만큼 큰 소리로 외쳤다. "엄마에게 남자 친구가 생겼다고!"

'엄마'와 '남자 친구'라는 단어를 듣자 알렉스는 당황했다. 알렉스는 두 단어가 같은 문장은커녕 같은 사전에 오를 수도 없다고 생각했다.

"엄마에게 직접 듣기 전까지는 섣불리 판단할 수 없을 것 같아."

알렉스가 말했다.

"무슨 증거가 더 필요한데?" 코너가 말했다. "엄마가 빨간 장미 열 송이를 받았고 그 안에는 하트 모양 카드에 기념일을 축하한다는 문구가 적혀 있어! '6개월'이 무슨 말이겠어? 엄마와 밥이 볼링을 치러 다닌 지 6개월이란 건 아닐 것 아냐."

그때 차고 문소리가 나자 두 아이는 동시에 같은 방향으로 돌아보았다. 엄마가 집에 돌아온 것이다.

"엄마한테 직접 물어보자." 알렉스가 코너에게 입 모양으로 말했다.

엄마는 몇 분 뒤 집 안으로 들어왔다. 병원에서 입던 파란색 수술복을 그대로 입은 채 먹을 것이 든 봉지를 들고 있었다. 엄마는 식탁에 꽃다발이 놓여 있는지도 모르고 그대로 지나쳤다.

"애들아, 오늘은 좀 늦었구나." 엄마가 말했다. "집에 오는 길에 가게에 들러서 저녁거리를 사 왔단다. 배가 무척 고프네. 닭고기 볶음밥 하려고 하는데 괜찮겠니? 너희도 배 많이 고프지?"

엄마는 아무 말 없이 잠자코 있는 쌍둥이를 쳐다보았다.

"무슨 일이니?" 엄마가 물었다. "괜찮니? 잠깐, 이 꽃다발은 어디서 온 거니?"

"엄마의 남자 친구가 보낸 거예요." 코너가 대답했다.

지난 13년 동안 알렉스와 코너가 엄마 앞에서 이렇게 말없이 있었던 건 손에 꼽을 정도였고 지금이 바로 그때였다.

"아……." 엄마는 자동차 헤드라이트 불빛을 본 사슴처럼 당황한 모습이었다.

"저희에게 설명해야 할 것이 많죠?" 코너가 팔짱을 낀 채 말했다. "여기 앉아서 천천히 말씀해 주세요."

"얘야, 네가 마치 부모라도 된 것처럼 말하는구나." 엄마가 코너를 쏘아보며 말했다.

"죄송해요." 코너가 머리를 수그리며 말했다. "우리가 여기에 대해 대화를 나눠야 한다고 생각했을 뿐이에요."

"그런데 정말이에요?" 알렉스가 반쯤은 걱정스럽고 반쯤은 두려워하며 물었다.

"그렇단다." 엄마가 어렵게 말을 꺼냈다. "밥과 나는 사귀고 있어."

코너는 알렉스 옆자리에 스르륵 앉았고, 알렉스는 식탁에 이마를 대고 엎드렸다.

"너희들에게 조만간 말할 작정이었단다." 엄마가 말했다. "그저 조금 기다렸던……."

"아, 그것도 저희 나이가 들 때까지 기다렸다 얘기해 주시려고 했죠?" 코너가 말했다. "엄마가 그런 말씀을 하실 때마다 동전을 받았으면 큰돈을 벌었을 텐데 말이에요. 알렉스, 우리 조심해야 해. 서른 살쯤 되면 사실 우리에게 쌍둥이 남매가 한 명 더 있다고 하실지도 몰라."

엄마는 눈을 꼭 감고 깊은 한숨을 내쉬었다. "사실 어떻게 말을 꺼내야 할지 몰라 머뭇거리고 있었단다." 엄마가 부드럽게 말했다. "너희들은 할머니와 연락이 되지 않아 걱정이 이만저만 아니었잖니. 거기에 또 다른 고민거리를 얹어 주고 싶지 않았어."

엄마는 의자에 앉아 잠시 숨을 고르며 아이들이 진정되기를 기다렸다.

"받아들이기 힘든 거 잘 안단다." 엄마가 말했다.

"받아들이기 힘들다고요? 인공호흡을 받아야 하는 상황이에요, 엄마." 코너가 말했다.

"이 이야기보다 할머니가 다른 세계의 요정 대모라는 사실을 받아들이는 게 더 쉬울 정도예요." 알렉스가 덧붙였다.

엄마가 슬픈 눈으로 자기 손 위로 시선을 떨궜다. 두 아이는 엄마의 기분을 상하게 하려던 건 아니었지만 머릿속이 너무 복잡해서 엄마의 기분까지 헤아릴 수 없었다.

"밥과 나는 꽤 오랫동안 알고 지냈단다." 엄마가 말했다. "아빠가 돌아가셨을 때 밥은 좋은 말동무가 되어 주었지. 내가 그동안 견뎌 내야 했던 모든 것을 말할 수 있었던 몇 안 되는 친구였어. 아빠가 돌아가시기 1년 전 밥의 아내도 세상을 떠났다는 사실 알고 있니?"

두 아이는 고개를 저었다.

"그래도 저희에게 얘기해 주셨어야죠." 코너가 말했다.

"할 수 없었단다." 엄마가 말했다. "나도 의지할 어른이 필요했단다. 너희들도 나중에 아이를 키우면 무슨 말인지 이해하게 될 거야. 밥과 나는 서로가 겪었던 일에 대해 너무나 잘 이해할 수 있었어. 우리는 직장에서 매일 대화를 나눴고 아주 가까워졌지. 그리고 최근 들어 그 우정이 커진 거야."

쌍둥이는 엄마가 사실대로 말해 주어서 다행이라고 해야 할지 어떤지 알 수 없었다. 엄마가 자세하게 얘기할수록 점점 더 생생한 현실이 될 뿐이었다.

"아빠는 잊었나요?" 알렉스가 물었다. "엄마와 아빠의 사랑 이야기는 그야말로 동화 같았잖아요. 아빠는 엄마와 함께하기 위해 또 다른 세상으로 왔어요. 이제 엄마는 아빠를 사랑하지 않나요?"

이 질문은 세 사람 모두의 마음을 아프게 했다. 특히 엄마 샬럿은 가슴이 찢어졌다.

"너희 아빠는 내 인생에 있어 가장 큰 사랑이었고 언제까지나 그럴 거야." 엄마가 말했다. "그래서 그이를 잃은 후 최근까지 엄마는 평생 가장 힘든 시간을 보내야 했어. 우리는 결혼한 지 12년째였고 아주 많은 것들, 미래의 많은 가능성에 대해 얘기를 나눴지. 내가 너희 아빠를 그리워만 하면서 세월을 보낸다면 아빠는 나에게 실망할 거야. 아빠는 내가 계속 앞으로 나아가기를 바랄 테니까. 서로 상황이 뒤바뀌었더라도 엄마 역시 아빠가 그러기를 바랐을 거야. 그건 엄마와 아빠의 약속이었단다."

엄마는 잠시 숨을 고르다가 말을 이었다. "아빠가 세상을 떠나고 첫해에 나도 다시는 누군가를 만날 수 없을 거라 생각했단다. 내 일부분이 같이 죽었다고 느꼈고, 다시는 그 누구도 사랑할 수 없을 거라고 생각했지. 하지만 그때 밥이 내게 이렇게 얘기해 줬어. 아내가 세상을 떠나기 전에 자기도 같은 약속을 했다는 거야. 그때 자기도 다시는 누굴 만날 수 없을 거라고 생각했대. 무슨 이유에선지 몰라도 나와 같은 처지에 있는 사람을 만나게 되자 엄마는 모든 것이 한결 나아졌어."

쌍둥이는 어쩔 수 없다는 눈빛을 서로 교환했다. 가슴 아픈 엄마를 달래 줄 특별한 방법 같은 건 없었기 때문이었다. "너희들이 아무렇지도 않아야 한다는 건 아냐. 너희들은 너희 감정에 솔직해야 해. 하지만 밥이 나를 정말 행복하게 해 준다는 사실, 그리고 내가 이렇게 느낀 게 아주 오래되었다는 사실만은 알아주길 바란다."

코너는 머릿속에 한 가지 질문이 떠올랐지만 애써 묻지 않기로 했다.

"코너, 물어볼 말이 있니?" 엄마가 소맷자락으로 눈가를 톡톡 눌러 닦으며 말했다.

"아뇨, 없어요." 코너는 확실하지 않다는 듯 머리를 가로저으며 말했다.

"아냐, 있는 것 같은데?" 코너 자신보다 아들을 잘 아는 엄마였다. "너는 뭔가 물어볼 게 있으면 그렇게 입을 오므리잖니?"

코너는 얼른 입 모양을 바꿨다.

"괜찮다, 애야. 뭐든 물어보렴." 엄마가 말했다.

"정말 유치하고 바보 같은 질문이에요." 코너가 미리 말해 두었다. "저는 남편이나 아내를 잃은 사람들에 대해 늘 궁금했던 게 있어요. 나중에 뭐랄까…… 천국에서 다 같이 만나면 밥과 아빠가 조금 어색해하지 않을까요?"

알렉스는 이 상황이 못마땅해 한숨이 났지만 참았다. 좋은 질문이라는 사실을 인정할 수밖에 없었기 때문이다. 기분도 엉망이었고 내심 엄마가 아빠와 의리를 지키지 못했다는 생각도 들었다.

그러자 엄마가 얼굴에 미소를 지으며 살짝 웃음소리를 냈다. "오, 애야. 우리가 언젠가 다시 만난다면 어색하기보다는 무척 행복할 것 같구나."

알렉스와 코너는 서로의 얼굴을 바라보며 같은 생각을 했다. 가족이 다시 모인다는 생각만 해도 두 아이 얼굴에 미소가 떠올랐다.

엄마는 식탁 위에 놓인 아이들 손 위에 자신의 손을 포갰다. "우리 중 누구도 아빠를 다시 데려올 순 없어." 엄마가 말했다. "그리고 아무도 너희 아빠를 더 먼 곳으로 밀어낼 수도 없단다. 너희 아빠는 무슨 일이 있더라도 언제나 우리 가슴속에 남아 있을 테니까."

"그렇게 생각하니 기분이 좀 나아지네요." 코너가 말했다.

"저도요." 알렉스가 말했다.

"그 말을 들으니 기쁘구나." 엄마는 이렇게 말하며 미소를 지었다. 그리고 식탁 의자에서 일어나 자동차 열쇠를 움켜잡았다. "오늘은 요리할 기분이 아니구나. 피자나 먹으러 갈까? 힘든 대화를 나눴으니 뭔가 기름진 음식을 먹는 게 좋을 것 같구나."

3장

도서관에서 먹는 점심 도시락

다음 날 알렉스는 학교에서 전날 엄마와 나눈 대화를 되새기고 소화시키느라(피자도) 힘든 시간을 보냈다. 엄마에게 연인이 생겼다는 소식은 받아들이기 힘들었다. 그리고 알렉스가 겪고 있는 우울한 상태를 극복하는 데 전혀 도움이 되지 않았다.

알렉스는 모든 일상생활에서 통제력을 잃는 듯한 기분이 들었다. 그리고 이런 기분이 드는 게 너무나 싫었다.

알렉스는 엄마나 코너 말고 이야기를 나눌 사람이 절실히 필요했다. 꼭 껴안고 모든 것이 괜찮아질 거라 말해 줄 다른 누군가, 다시 말해 할머니가 필요했다. 알렉스는 할머니를 만날 수 있다면 무슨 일이라도 할 수 있을 것만 같았다. 하지만 당장은 불가능했기 때문에 알렉스는 할머니를 대신할 무언가를 찾으러 가기로 했다.

점심시간이 되자 알렉스는 자신이 세상에서 제일 좋아하는 장소 중 한 곳으로 향했다. 바로 학교 도서관이었다.

"안녕, 알렉스." 사서 선생님이 자기 책상 앞을 지나가는 알렉스를 보고 말을 걸었다. "좋은 소식 하나 알려 줄까. 막 새 백과사전을 주문했단다."

"정말인가요?" 알렉스가 말했다. "정말 멋진 소식이네요!"

알렉스는 그날 처음으로 미소를 지었다. 하지만 그 '새 백과사전'이 몇 주 동안 가장 흥분되는 소식이라는 사실을 깨닫는 순간 미소는 사그라들었다.

"신나하는 걸 보니 다행이구나." 사서 선생님이 말했다. "오늘 아침에 다른 학생에게 새 백과사전을 샀다고 말해 주니까 어디 병원에라도 가 보라고 대꾸하더구나. 그런 말을 하다니 놀랍지 않니? 세상이 너무 많이 바뀌었어."

"확실히 그래요." 알렉스가 낮은 목소리로 대답했다.

알렉스는 아동문학책이 있는 맨 끝 통로로 갔다. 학생들은 이 책들을 대출할 수 없다는 규정이 있었는데 학생들 대부분이 이 책들을 수업 참고 자료로 쓰기 때문이었다. 맨 위 선반에서 알렉스는 수백 쪽이나 되는 두껍고 오래된 책 한 권을 뽑았다. 알렉스가 마지막으로 도서관에 왔을 때와 정확히 같은 자리에 꽂혀 있었다.

이 책에는 《고전 동화의 보물 창고》라는 제목이 갈색 표지에 쓰여 있었다. 보잘것없는 데다 할머니의 《이야기의 땅》처럼 장엄한 매력 같은 건 없었지만, 이 책은 알렉스가 도서관에서 제일 좋아하는 책이었다.

알렉스는 자기를 지켜보는 사람이 있는지 주변을 둘러보았다. 컴퓨터 작업을 하느라 바쁜 사서 선생님 빼고는 도서관에는 알렉스밖에 없었다.

알렉스는 책을 열고 책장을 휘리릭 넘겼다. 그러고는 잠자는 숲속의 공주와 백설 공주, 라푼젤, 빨간 망토, 골디락스, 잭과 콩나무를 그린 그림을 훑었다. 놀랍게도 이 그림들은 1년 전 동화 속 세상에서 만났던 사람들을 정확하게 묘사하고 있었다.

알렉스는 마침내 신데렐라 이야기를 찾았고 가장 보고 싶었던 그림과 마주했다. 바로 요정 대모였다.

알렉스는 이 그림을 볼 때마다 숨죽이고 빙긋 미소를 지었다. 그림 속 요정 대모는 할머니와 전혀 모습이 달랐다. 그림 속 요정 대모는 키가 컸고 입술이 크고 도톰하며 날개가 달린 데다 긴 금발 위에 커다란 황금 왕관을 쓴 매력적인 여성으로 묘사되어 있었기 때문이었다.

실제와 꽤 많이 다른 이 그림은 할머니를 솜씨 좋게 그렸고, 그것이 알렉스가 이 그림을 보고 싶었던 이유가 되었다.

"반가워요, 할머니." 알렉스가 책에다 대고 조용히 말을 건넸다. "멋져 보이네요. 책마다 할머니를 가지각색으로 그리고 있는 게 재미있어요. 책마다 인상적으로 표현하려고 한 것일까요, 아니면 그동안 할머니의 외모가 많이 바뀌었기 때문일까요?"

또 다른 세상을 발견했을 때 요정 대모는 동화 속 세상에 사는 어린 요정에 지나지 않았다. 그리고 두 세상을 자기 의지로 넘나들 수 있는 유일한 존재이기도 했다. 요정 대모는 자기에게 그런 재능이 생긴 이유를 이해하지 못했지만 마법은 스스로 의지를 지닌 듯 그녀에게 깃들었다.

요정 대모가 또 다른 세상에 처음 방문했을 때 그곳은 아주 음산했다. 중세 시대가 시작될 무렵이라 고개를 돌려 어딜 보든 전쟁과 전염병이 만연했다. 요정 대모는 그곳 아이들에게 자기가 있던 동화 속 세상에 대해 이야기해 주었다. 아이들에게 기운을 북돋워 주기 위해서였다. 그 이야기는 아이들에게 희망과 기쁨을 주었고, 요정 대모는 동화 속 세상의 역사를 아이들에게 전하는 일을 계속해야겠다고 다짐했다.

그리고 요정 대모는 마더구스와 요정 협의회의 여러 구성원들을 몰래 데리고 와 아이들에게 이야기를 들려주는 일을 계속 했다(그래서 동화가 '요정 이야기'라고도 불리게 된 것이다). 이들은 자기들이 가진 작은 마법의 힘을 퍼뜨렸다. 그리고 시간이 지나면서 그림 형제나 한스 크리스티안 안데르센 같은 사람들을 설득해 동화를 퍼뜨리도록 했다.

이 두 세상은 서로 다른 시간에 따라 움직였다. 동화 속 세상은 또 다른 세상보다 시간이 훨씬 느리게 흘렀다. 요정들은 또 다른 세상을 가능한 한 자주 방문하려 애썼지만 동화 속 세상에서 몇 달만 보내다 와도 또 다른 세상은 수십 년이 흘러 있었다. 하지만 두 세상에 모두 속한 쌍둥이가 태어나면서 두 세상은 같은 속도로 흘러가기 시작했다.

알렉스와 코너는 두 세계를 하나로 묶는 연결고리였다. 지금 《고전 동화의 보물 창고》를 손에 든 알렉스는 혈관 속으로 마법의 힘이 흐르고 있는 것 같은 기분이 들었다. 두 아이가 태어나서부터 줄곧 동화를 좋아했던 것도 다 이유가 있었던 것이다.

알렉스는 작년에도 할머니가 전 세계에 동화를 퍼뜨리기 위해 노력했는지 궁금해졌다. 그렇지 않다면 동화 속 세상에 뭔가 나쁜 일이 생긴 게 분명했다.

"할머니, 무슨 일이 일어나고 있는지 모르겠지만 지금 당장 할머니가 필요해요." 알렉스가 책을 향해 말했다. "모든 것이 바뀌고 있어요. 모든 것이 내가 좋아하지 않는 방향으로 움직이고 있어요. 어른이 된다는 건 제가 생각했던 것보다 훨씬 힘든 일인 것 같아요. 할머니를 만날 수 없다는 것도 힘들고요."

알렉스는 다시 한번 도서관 안을 둘러보았고 여전히 혼자라는 사실을 확인했다. 알렉스는 책을 구겨지지 않게 할 수 있는 한 꼭 껴안고는 책등에 대고 속삭였다.

"제발 나를 이야기의 땅으로 다시 보내 주세요." 알렉스가 말했다. "할머니와 다른 요정들 곁으로 가고 싶어요. 무슨 일이 생겼다면 제가 할머니를 도울 수 있을 거예요. 저는 제가 할 수 있다는 걸 알아요. 할머니에게 아무 일도 없다면 제발 저에게 신호를 보내 주세요."

알렉스는 몇 분 동안 그렇게 책을 꼭 껴안고 있었다. 어쩌면 오늘은 그토록 바라던 마법의 세계로 들어갈 수 있지 않을까라는 희망을 품었다. 하지만 실망스럽게도 알렉스는 여전히 도서관 안이었다.

하지만 알렉스의 속삭임이 아무런 반응도 이끌어 내지 못한 건 아니었다.

"그 책을 껴안았는데 효과가 없다면 다른 책을 안아 봐." 알렉스 바로 옆에서 누군가가 말했다.

알렉스는 깜짝 놀라 보물같이 여기던 책을 바닥에 떨어뜨렸다. 복도 저편에 책 무더기들을 몇 개 쌓아 둔 채 코너가 바닥에 주저앉아 있었다. 알렉스는 코너가 그곳에 있는지 전혀 눈치채지 못했다.

"간 떨어질 뻔했잖아." 알렉스가 당황한 채 말했다. 자기가 한낱 물건에다 대고 중얼거린 걸 코너가 어디서부터 몰래 엿들었는지 알 수 없었다.

"운이 좋은 줄 알아. 학교 상담 선생님한테 네가 혼잣말을 한다고 일러바칠 뻔했으니까 말이야." 코너가 놀려 대며 말했지만 애정 어린 미소를 짓고 있었다.

"여기서 뭐 하는 거야?" 알렉스가 코너에게 물었다. 알렉스가 복도를 따라 코너 가까이 다가가 살펴보니 코너가 골라 놓은 책들도 거의 이야기책이나 동화책이었다.

"정확하게 같은 이유에서야." 코너가 이렇게 대답하고는 혼자 웃었다. "누구처럼 어떤 책 한 권만 신줏단지처럼 소중히 안고 다니진 않지만 말이야."

"별일이네." 알렉스가 코너 옆에 주저앉으며 말했다. "도서관에 온 건 처음 아냐?"

코너는 한숨을 푹 쉬면서 어깨를 으쓱했다. "오늘따라 왠지 마음이 무겁더라고. 도서관에 와서 이 책들을 넘기다 보면 기분이 좀 나아질 것 같았어." 코너가 말했다.

"그래서 효과가 있었어?" 알렉스가 물었다.

"거의." 코너가 대답했다. "왜 그럴 거라고 생각해?"

"그러게." 알렉스가 머리띠를 쭉 펴면서 말했다. "예전에 동물학 책에서 나무에 사는 새나 곤충 등 몇몇 종은 나무 아래로 내려가 뿌리 속에 숨을 수 있다고 한 걸 읽은 적이 있어. 자기 집이 위험하다고 여기면 말이야."

코너는 무슨 말이냐는 듯 알렉스를 쳐다보았다. "그게 지금 우리 상황과 무슨 상관인데?"

"왜냐면 지금 우리 집이 위협받고 있기 때문이야." 알렉스가 설명했다. "상황이 바뀌고 있잖아. 그러니 우리가 옛날 동화책이나 읽으면서 도서관에 처박혀 있는 거야. 우리만의 뿌리를 찾는 거지."

"그런 것 같네." 코너가 대꾸했다. 코너는 알렉스의 비유를 절반 정도만 이해했지만 상관없었다. "라디오에 나오는 가수 이름은 절대 기억 못 하면서 그런 건 어떻게 다 기억하는지 몰라."

"내가 하고 싶은 말은 이거야." 알렉스가 이어서 말했다. "가끔은 편안함을 느낄 수 있는 익숙한 것들로 되돌아갈 필요가 있다는 거지."

코너가 고개를 끄덕였다. "그래. 하지만 난 익숙한 것들을 찾지는 못한 것 같네."

코너는 책더미를 뒤적이다가 몇 권을 뽑아 알렉스에게 보여 주었다. "이 책은 이집트식으로 바꾼 《신데렐라》야. 요정 대모, 그러니까 할머니를 매로 표현했어." 코너가 신나서 말했다. "그리고 이 책에는 할머니가 아예 등장하지도 않아. 신데렐라는 드레스와 구두를 나무 위에서 얻는다고 나와. 믿어져? 신데렐라가 입을 새 드레스가 나뭇가지에 걸려 있다니. 세상에 생전 처음 보는 사람한테서 드레스를 얻었다고 하는 게 차라리 더 말이 되겠다."

"출판사에 항의 편지를 보내야겠다." 알렉스가 말했다. "우리가 요정 대모의 손자 손녀라고 서명이라도 해서 보내야 하는 거 아냐? 그러면 이야기를 더 진지하게 쓸지도 몰라." 두 아이는 웃음을 터뜨렸다.

"정말 그러네!" 코너가 말했다. "아니면 우리가 오랫동안 실종 상태였던 차밍가의 왕자를 개인적으로 안다고 해도 좋겠지! 아무도 그의 존재를 모르겠지만."

쌍둥이는 잠시 할 말을 잃었고 아이들의 유쾌함은 다시 울적함으로 바뀌었다. "프로기가 보고 싶어." 코너가 말했다. "그를 '프로기'라고 부르던 때가 그리워."

"우리가 할 수 있는 일은 많지 않아." 알렉스가 말했다. "할머니가 우리를 그 세계로 부르고 싶다면 지금 무슨 일이 벌어지고 있는지 우리에게 알려 줄 거야. 그때까지는 이렇게 동화책이나 껴안고 있어야겠지."

"좋아." 코너가 비꼬듯이 말했다. "아빠가 살아 계셨다면 우리에게 뭐라고 말씀하셨을까 궁금하네. 아빠가 들려줬던 이야기들 중에도 지금 우리가 겪고 있는 모든 일을 헤쳐 나갈 방법을 알려 주는 이야기는 없을 거야."

알렉스는 가만히 생각해 보았다. 아빠가 들려줬던 이야기들은 대부분 두 아이가 초등학교에 다니면서 겪었던 어려운 상황과 걸맞은 것들이었다. 하지만 지금 같은 상황이라면 아빠는 어떤 이야기를 들려줬을까?

"아빠는 분명 누구나 '옛날 옛적에'로 시작하거나 '영원히 행복하게 살았답니다'로 끝나는 이야기를 갖고 있다고 말씀하셨을 거야. 하지만 어떤 이야기를 가치 있게 만드는 것은 그 두 구절 사이에서 일어나는 과정이야." 알렉스가 말했다. "그리고 주인공은 그 어려운 문제들과 맞서 싸우면서 영웅이 되지."

"맞아." 코너가 말했다. "그런 거지……. 이런 것에 대해 잘 아는구나."

그때 스피커 너머로 삐익거리며 높은 소리가 들렸다.

"코너 베일리, 교장실로 오길 바랍니다. 다시 한번 알립니다. 코너 베일리, 교장실로 오세요."

두 아이는 스피커를 올려다보고는 서로의 얼굴을 마주 보았다.

"또 일 저질렀니?" 알렉스가 물었다.

"모르겠어." 코너가 침을 꿀꺽 삼키며 말했다. 자기가 교장실에 불려 가 혼날 만한 일을 했는지 지난 4주 동안의 시간을 되짚어 봤지만 딱히 짐작되는 건 없었다. "적어도 내 생각엔 불려 갈 만한 짓은 하지 않은 것 같은데."

코너는 자기 물건을 챙기고는 도서관 책들은 선반에 다시 꽂았다.

"그럼, 내가 별 탈 없도록 행운을 빌어 줘. 학교 끝나고 보자. 내 바람이지만." 코너가 말했다.

알렉스는 바닥에 주저앉았다. 머릿속을 가득 채운 생각 때문에 기운이 쭉 빠졌다. 할머니를 다시 보지 못하면 어떻게 하지? 앞으로 나는 책을 껴안고 이 도서관에서 저 도서관으로 왔다 갔다 하는 이상한 여자가 되지 않을까? 내가 동화 속 세상과 연결되어 있다고 말하면 내 미래의 아이들은 믿어 줄까?

마침내 종이 울렸고 알렉스는 자리에서 일어났다. 그리고 아까 바닥에 떨어뜨렸던 《고전 동화의 보물 창고》를 집어 들었다. 교실에 들어가기 전에 책 속의 그림을 마지막으로 다시 한번 보기 위해서였다.

알렉스는 전에 자기가 말을 걸었던 페이지를 펼쳤다. 하지만 놀랍게도 그림은 완전히 바뀌어 있었다. 날개가 돋치고 왕관을 쓴 몸매 좋은 여인 대신 반짝거리는 하늘색 예복을 입고 상냥한 미소를 띤 조그만 여인으로 바뀌어 있었던 것이다. 그 여인은 바로 알렉스의 할머니였다.

알렉스는 깜짝 놀라 도서관을 둘러보았다. 그리고 얼굴에 미소가 번졌다. 할머니가 알렉스에게 엽서를 보낸 것이었다.

4장

교장실에서

코너는 교장실 밖에서 고작 10분 앉아 있었지만 2시간은 지난 것 같았다. 대체 왜 여기에 불려 오게 된 건지 머리를 싸매고 고민하고 있자니 배고픈 독수리 두 마리가 머리를 쪼아 대는 것처럼 골치가 아팠다.

코너는 올해 놀랄 만큼 모범적인 학생으로 살았다. 알렉스만큼은 아니었지만 그래도 꽤 잘 해냈던 한 해였다. 수학과 과학 성적이 조금 아쉽긴 했지만 성적도 나쁘지 않았다. 대부분의 다른 학생들도 마찬가지겠지만 말이다. 게다가 가끔 언제 어떤 혁명이 어디에서 일어났는지 잊어버리곤 했지만 역사 성적도 나쁘지 않았다. 심지어 국어 시간에는 숙제해 가는 것이 즐겁기까지 했다.

코너는 자기가 잘못한 게 아무것도 없다고 확신했다. 그런데 왜 여기 불려 와 있어야 하는 걸까? 누군가 자기에게 누명을 씌웠다고 생각하니 점점 조급해졌다. 사물함에 낙서를 했거나 교직원 화장실 변기에 금붕어를 넣었다고 의심하는 건 아닐까? 물론 그런 장난은 무척 재미있지만, 그런 짓은 절대 하지 않았다. 만약 코너를 의심하는 것이 아니라면 누가 그런 짓을 했는지 고자질하라는 건 아닐까? 학교에서도 자기에게 불리한 답변은 거부할 수 있을까? 묵비권이라는 것 말이다. 변호사를 부르거나 외부와 통화할 권리가 있는 걸까?

그때 교장실 문이 열리더니 한 2학년 여학생이 눈에 눈물이 맺힌 채 뛰쳐나왔다. 코너는 순간적으로 얼어붙었다.

"코너 군?" 피터스 선생님이 교장실에서 코너를 불렀다.

코너는 침을 꿀꺽 삼켰다. 피터스 선생님이 자신의 이름을 부르는 목소리를 들으니 6학년 때 수업을 들었을 때처럼 몸이 떨렸다.

피터스 선생님은 사실 별로 출세를 바라진 않았지만 어쩌다 보니 학교 전체를 책임지는 교장으로 승진했다.

피터스 선생님은 25년 동안 학생을 가르치다가 이제 가르치는 걸 그만두고 은퇴하려던 참이었다. 꽤 오랫동안 고민해 온 어려운 결정이었다. 몇 년간 학생들 모르게 피터스 선생님은 책상 달력에 그만둘 날을 표시해 왔다.

피터스 선생님은 교사를 그만두고 나면 어떤 인생을 살아야 할지 종종 공상을 했다. 먼저 그동안 가고 싶었던 외국으로의 휴가를 계획했다. 드디어 시간이 생겼으니 아파트 여기저기 수리할 곳을 목록으로 만들기도 했다. 작은 뜰에 텃밭을 만들어 채소를 키울 준비도 마쳤다. 다시 말하면 퇴직할 준비를 모두 갖춘 셈이었다.

하지만 교사를 그만두기로 한 마지막 주에 피터스 선생님은 교장을 맡아 주지 않겠느냐는 제안을 받았다. 피터스 선생님은 정원을 가꾸고 푹 쉬는 생활도 좋지만, 교장으로 일하는 것이야말로 교사로 살면서 가장 좋아하는 부분만을 모아 놓은 삶이라는 생각이 들었다. 감수성이 예민한 어린 학생들에게 영향력을 미치고 좌지우지할 수 있기 때문이었다.

그래서 고민할 필요도 없이 제안을 받아들였다. 교장은 힘이 세서 학생들에게 어떤 벌을 줄지 정할 수 있었고, 무엇보다도 가끔은 자신이 좋아하는 일을 할 수도 있었다. 코너 베일리를 교장실로 부른 것도 그런 이유에서였다.

"거기 앉으렴." 피터스 선생님이 말했다.

코너는 고분고분하게 맞은편에 앉았다. 마치 강아지 버스터가 된 듯한 기분이었지만 상으로 비스킷을 받지는 못할 것 같았다. 코너는 교장실 안을 이리저리 살폈다. 피터스 선생님은 입고 있는 옷과 똑같은 꽃무늬로 교장실 안을 장식해 놓았다.

"오늘 내가 너를 왜 불렀는지 아니?" 피터스 선생님이 물었다. 코너에게는 눈길도 주지 않은 채 피터스 선생님의 눈은 손에 든 종이 뭉치를 빠르게 훑고 있었다.

"전혀 모르겠는데요." 코너가 말했다. 코너는 피터스 선생님 안경에 비친 종이 뭉치가 뭔지 단번에 알아봤다.

"국어 시간에 네가 제출한 글에 대해 이야기를 나누고 싶구나." 피터스 선생님이 이렇게 말하며 마침내 코너와 눈을 맞췄다. 코너는 당황했다.

"《앵무새 죽이기》에 대해 쓴 글 말인가요?" 코너가 물었다. "제가 '이 책에서 가장 아쉬웠던 점은 등장하는 소녀의 이름이 스카우트라는 사실이다'라고 쓰긴 했죠. 하지만 요크 선생님께 왜 더 나은 이름을 택

했어야 하는지 이유를 말씀드렸는데요."

피터스 선생님은 눈을 가늘게 뜬 채 눈썹을 올리며 어디 보자는 듯 엄한 표정을 지었다. 코너와 이야기를 나눌 때면 적어도 한 번은 나오는 표정이었다.

"아니면 《동물 농장》에 대해서 쓴 독후감 때문에 부르셨나요?" 코너가 물었다. "저는 '작가 조지 오웰이 책에서 한 정치적인 표현을 읽다 보면 베이컨 치즈 버거를 먹고 싶은 마음이 싹 사라지는데, 그러지 말았으면 좋겠다'라고 썼죠. 하지만 장난삼아 쓴 게 아니라 정말 그렇게 생각했다고요."

"아니란다, 코너." 피터스 선생님이 말했다. "네가 요크 선생님 수업 시간에 제출한 '창의적인 글쓰기' 과제 때문에 널 여기 부른 건 아니야."

"아, 그래요?" 사실 코너는 '창의적인 글쓰기'를 수업 시간 중 가장 좋아했다. "그럼 제가 뭘 잘못했나요?"

"잘못한 거 없어." 피터스 선생님이 말했다. "아주 잘했단다."

코너는 피터스 선생님의 말이 믿기지 않아 고개를 갸우뚱했다.

"제가 제대로 들은 게 맞나요?" 코너가 물었다.

"그런 것 같구나." 피터스 선생님 역시 코너와 마찬가지로 놀란 모습이었다. "요크 선생님은 네가 다른 글을 베낀 건 아닌가 의심스러워 나에게 살펴보라고 가져왔지. 하지만 네가 쓴 이야기들은 지금껏 내가 한 번도 읽어 보지 못한 것들이었어. 그래서 요크 선생님에게 네가 제출한 과제는 무척 독창적이라고 말해 주었단다."

코너는 피터스 선생님의 말을 있는 그대로 받아들이기 힘들었다. 다른 사람도 아니고 피터스 선생님이 자기를 편들어 주고 칭찬해 주었기 때문이다.

"그러니까 여기 불려 온 게 제가 잘했기 때문이라는 거죠?" 코너가 물었다.

"아주 잘했다." 피터스 선생님이 말했다. "동화 주인공에 대한 너의 관점과 이야기는 놀라울 정도야! 오래전에 자취를 감춘 남동생을 찾으려는 차밍 왕자들 이야기라든지 사악한 여왕의 오래된 연인이 마법 거울에 갇혀 있었다는 이야기 말이야. 심지어 나쁜 짓을 저질러 벌을 받은 요정 트릭스라든지 못생긴 트롤 공주 트롤벨라 같은 인물은 상상력 넘치는 새로운 인물들이더구나. 아주 인상적이었단다!"

"감사합니다." 코너가 말했다.

"그런 이야기들의 영감은 어디서 얻은 거니?" 피터스 선생님이 물었다.

코너는 침을 꿀꺽 삼켰다. 어떻게 대답해야 할지 망설여졌다. 자기가 경험한 사실을 있는 그대로 쓴 것이기 때문이었다. 그러니 말 그대로 '창의적인 글쓰기'는 아닌 셈이었다. 사실 그대로 이야기할 수 없으니 거짓말을 해야 했다.

"그냥 어느 날 갑자기 생각난 거예요." 코너가 어깨를 으쓱하며 말했다. "뭐라 설명할 수가 없네요."

그러자 피터스 선생님은 지금껏 코너에게 한 번도 보이지 않던 표정을 보였다. 코너에게 웃음을 지었던 것이다.

"네가 그렇게 말해 주길 바라고 있었단다." 피터스 선생님이 말했다. 선생님은 책상 서랍에서 서류철 하나를 꺼냈다. "그래서 미안하지만 네가 이번 학기 시작할 때 제출했던 학생부 기록을 살펴보았단다. 흥미롭게도 장래 희망란에 '끝내주는 사람'이라고만 적었더구나."

코너는 고개를 끄덕였다. "아직도 그렇게 생각하고 있어요."

"아직 구체적인 직업을 정하지 않았다면 내가 뭔가를 제안해도 괜찮겠니?" 피터스 선생님이 물었다.

"그럼요." 코너가 대답했다. "아직 어떤 직업이 끝내줄지에 대해서는 생각해 본 적이 없으니까요."

"작가가 돼 보는 건 어떻겠니, 코너 베일리?" 피터스 선생님이 제안했다. "네가 시간과 노력을 들여 이 이야기들을 썼다면 너는 작가가 될 소질이 충분한 것 같구나."

교장실 안에는 두 사람뿐이었지만 코너는 이 상황이 믿기지 않았다.

"작가라고요? 제가요?" 한 번도 생각해 본 적 없는 직업이었다. 코너의 머릿속은 금세 자기가 과연 그 일을 잘할 수 있을지에 대한 의심으로 가득 찼다. 마치 백혈구가 바이러스를 공격할 때처럼 말이다.

"그래, 네가 말이야." 피터스 선생님이 코너를 콕 집어 가리키며 말했다.

"하지만 작가가 되려면 엄청 똑똑해야 하지 않나요?" 코너가 물었다. "'나도 그것에 동의하는 바다'라든가 '나는 그런 것과 나를 동일시하지 않는다' 같이 어려운 말을 쓰는 게 작가잖아요. 전 그렇지 않은걸요. 제가 작가가 된다면 진짜 작가들이 비웃을 거예요."

피터스 선생님은 약하게 콧김을 내뿜었다. 코너가 알기로는 그것은 피터스 선생님만의 웃음이었다.

"똑똑한 건 경쟁할 수 있는 게 아니란다." 피터스 선생님이 말했다. "사람마다 잘하는 것이 다르고 그것을 드러내는 방법 또한 여러 가지란다."

"하지만 글은 누구나 쓸 수 있잖아요?" 코너가 말했다. "제 말은, 그렇기 때문에 작가들이 그렇게 엄격하게 평가받는 것 아닌가요? 엄밀하게 말하자면 누구나 자기가 원하기만 하면 글을 쓸 수 있으니까 말이에요."

"누구나 할 수 있다고 해서 누구나 해야 한다는 건 아니란다." 피터스 선생님이 말했다. "게다가 요즘에는 인터넷 공간에서 누구나 뭐든 평가하고 하찮게 여길 수 있다고 생각하지."

"그런 것 같네요." 코너가 말했다. 하지만 대답과는 달리 표정은 시무룩했다. "제가 좋은 작가가 될 수 있다고 생각하시는 이유가 뭔가요? 다른 이야기들에 비하면 제가 지은 이야기는 무척 단순해요. 게다가 저는 어휘력도 그다지 좋지 않아요. 맞춤법도 맞게 썼는지 항상 확인해야 하고요."

피터스 선생님은 안경을 벗고 눈을 문질렀다. 코너는 여전히 다루기 힘든 학생이었다.

"뭔가 말하고 싶은 게 있고 열정이 있다면 누구나 좋은 작가가 될 수 있어." 피터스 선생님이 말했다. "어려운 단어로 말장난만 하면서 정작 하고자 하는 이야기가 없는 소설이나 글이 얼마나 많은지 아니? 잘 만들어진 이야기는 즐거운 거야. 가끔은 단순함도 큰 역할을 하지."

코너는 여전히 수긍이 가지 않는다는 표정이었다. "그래도 저에게 잘 맞는 일인지 모르겠어요."

"당장 결정할 필요는 없단다." 피터스 선생님이 말했다. "한번 생각해 보라고 얘기하는 것이니까. 너만큼 상상력이 풍부한 학생이 고등학교를 졸업하고 그 능력을 활용해 '끝내주는 일'을 하지 않는다면 슬플 것 같구나."

피터스 선생님은 쉽게 짓지 않는 미소를 한 번 더 얼굴에 띄우며 코너를 바라보았다.

"나는 그동안 학생들을 가르치면서 좋았던 일이 두 가지 있단다. 바로 꾸짖기와 격려하기지." 피터스 선생님이 말했다. "오늘은 네게 이렇게 격려를 할 수 있게 해 주어 고맙구나. 그동안 그럴 기회가 많지 않앉잖니."

"뭘요." 코너가 말했다. "그동안 혼나기만 하다가 다른 대접을 받으니 색다르네요."

피터스 선생님은 안경을 책상 위에 내려놓더니 코너에게 숙제를 건넸다. 코너는 이제 피터스 선생님과 볼일이 끝났다는 사실을 알았다. 앞서 교장실을 뛰쳐나갔던 학생처럼 눈물 바람으로 나가지 않게 되어 다행이긴 했다.

"나는 네가 무척 자랑스럽단다." 코너가 문고리에 손을 뻗으려고 하는데 피터스 선생님이 말했다. "예전에는 수업 시간에 졸기만 했는데, 기특하구나."

코너는 피터스 선생님을 향해 상냥한 웃음을 지을 수밖에 없었다. 만약 1년 반 전에 누군가 피터스 선생님이 언젠가 자기를 응원해 줄 거라고 얘기했다면(또는 코너의 이름을 다정하게 불러 줄 거라고 얘기했다면) 코너는 절대 믿지 않았을 것이다.

코너는 집으로 돌아오면서 이것저것 곰곰이 생각했다. 뭐든 가능할 것 같아 들떴다가도 생각해 보면 확실한 것은 아무것도 없어 다시 움츠러들었다. 피터스 선생님의 정신이 잠깐 나갔던 걸까, 아니면 내가, 코너 베일리가 진짜로 작가가 될 수 있다고 생각한 걸까? 만약 작가가 된다 해도 동화 속 세상에서 알렉스와 겪었던 모험을 글로 써도 될까?

트롤벨라나 트릭스, 사악한 여왕, 늑대 악당 패거리, 잭과 골디락스 이야기를 읽고 싶어 하는 사람이 과연 있을까? 그리고 이 사람들은 자기들 이야기를 써도 괜찮다고 할까? 골디락스와 잭, 빨간 망토 사이의 삼각관계에 대해 썼다가 골디락스에게 들키면 죽도록 맞지나 않을까 걱정됐다.

코너는 사람들이 수백 년 동안 같은 이야기를 반복해서 써 왔다는 사실을 떠올렸다. 그렇다면 그 이야기에 여기저기 살을 덧붙여 내놓아도 사람들은 전혀 신경 쓰지 않을 것이다.

하지만 알렉스는 어떨까? 알렉스도 코너와 똑같은 경험을 했다. 그 경험을 세상 사람들에게 이야기한다면 알렉스가 싫어하지 않을까?

그동안 미래에 대해 고민했던 사람은 코너가 아닌 알렉스였다. 앞으로의 일을 계획하는 것은 알렉스의 특기였다. 코너는 알렉스가 커서 의사나 변호사, 아니면 대통령이 되지 않을까 기대했다. 반면에 코너는 자신의 앞날에 대해 생각해 본 적이 없었고, 그래서 무엇을 상상하든 일종의 준비운동 같았다.

코너는 이 문제를 해결하기 위해선 먼저 알렉스의 의견을 들어 봐야 한다는 걸 깨달았다. 하지만 코너가 집에 도착하자마자 걸음을 멈칫하고 서 있어야 했다. 예상하지 못했던 것들이 눈앞에 있었기 때문이다.

"밥 박사님이 여기는 어쩐 일이시지?" 집 밖에 자동차가 주차된 것을 보고 코너가 혼잣말을 했다.

그때 코너가 문을 열기도 전에 현관문이 스르륵 열렸다. 문 반대편에 눈을 휘둥그렇게 뜨고 얼굴이 하얗게 질린 알렉스가 서 있었다.

"결국 이렇게 되고 말았어!" 알렉스가 마음이 놓인 듯 말했다.

"무슨 일이야?" 코너가 물었다. "밥 박사님이 왜 여기 있어?"

"엄마가 오기 전에 먼저 우리에게 말할 게 있대." 알렉스가 말했다. "밥 박사님은 우리가 이미 안다는 사실을 알고 있어. 그래서 우리에게 물어보고 싶은 게 있대. 나는 밥 박사님이 무슨 말을 할지 알 것 같아."

"대체 무슨 말이야?" 전혀 감을 잡지 못한 코너가 말했다.

"일단 들어가자." 알렉스가 말했다. "중요한 이벤트가 이제 막 시작될 것 같아."

5장

청혼

네살 무렵부터 알렉스와 코너는 일란성 쌍둥이처럼 보이지 않게 되었다. 이때부터 엄마 샬럿은 두 아이에게 똑같은 옷을 입히지 않았고, 두 아이도 각자 독특한 개성을 갖기 시작했다. 하지만 지금 소파에 나란히 앉아 팔짱을 끼고 밥을 노려보는 두 아이는 굉장히 닮아 보였다.

"그래…… 너희 엄마가 마침내 우리 사이를 너희에게 알린 모양이구나." 맞은편 의자에 앉아 불편한 듯 자세를 바꾸며 밥이 말했다.

용기를 내 솔직하게 이야기한 셈이었다.

"네, 확실히 그러셨죠." 코너가 말했다.

밥은 좋은 소식을 전하듯 즐거운 표정으로 고개를 끄덕였다. 하지만 쌍둥이는 겁을 주려는 듯 눈도 깜박이지 않았다.

"꽃이 집으로 배달돼 미안하구나. 원래 병원에 갈 꽃이었단다." 밥이 말했다.

"네, 그랬어야죠." 알렉스가 말했다. 그동안 어려운 수술을 엄청나게 많이 했던 밥이었지만 사귀는 여성의 아이들이 자기를 빤히 쳐다보는 지금이야말로 살면서 가장 힘든 시간이었다.

"너희들이 받아들이기 힘든 일이라는 건 잘 안다." 밥이 말했다. "하지만 그래도 여전히 나는 너희들이 알던 그 사람 그대로야. 너희들과 여러 번 저녁 식사를 같이했던 밥 박사란다. 너희 엄마가 보고 싶지 않아 했던 영화를 같이 보러 갔던 사람 말이야. 버스터를 데리고 온 사람이기도 하고 말이야. 단지……."

"단지 우리 엄마랑 사귈 뿐이라고요?" 코너가 말했다. "돌려 말하느라 애쓰시네요. 하지만 그렇게 말을 늘어놓아 봤자 상황만 더 악화시킬 뿐이에요. 우리는 이미 당신이 뭘 했는지 알아요."

"버스터가 우리에게 잘 보이기 위한 일종의 지참금이었던 건가요?" 알렉스가 물었다.

"알렉스, 지참금이 뭐야?" 코너가 밥에게 눈을 떼지 않은 채 알렉스에게 속삭였다.

"일종의 합의금이야." 알렉스가 대답했다. "옛날에는 딸을 결혼 상대자에게 넘기는 대신 낙타 열 마리라든지 비슷한 재물을 받았지."

"그랬군." 코너가 다시 밥을 쏘아보며 말했다. "우리 엄마가 낙타 열 마리 가치도 없다고 여긴 거군요? 개 한 마리로 거래가 이루어질 거라 생각했나요?"

"무슨 거래를 말하는 건지 모르겠구나." 밥이 말했다. "아직까진 말이다."

알렉스와 코너는 똑같은 표정을 한 채 눈을 가늘게 떴다. 그러자 밥은 주머니 안으로 손을 뻗더니 벨벳으로 감싼 작은 상자를 꺼냈다. 두 아이는 1초 동안 그게 무엇인지 몰라 당황했지만 곧 알아차렸다. 겨우 반지 하나 들어갈 만큼 상자가 아주 작았기 때문에 그 상자의 정체가 무엇인지는 확실했다.

"이런, 세상에." 알렉스가 말했다.

"말도 안 돼." 코너가 말했다.

밥은 미소를 지으며 작은 상자를 내려다보았다. "너희도 알겠지만, 나는 4년 전에 아내를 잃고 난 뒤 다시는 행복해지지 못할 것 같았단다." 밥이 말했다. "나는 매일 병원에서 사람들의 생명을 구했지. 하지만 정작 나 자신은 구할 수 없었어. 오랫동안 말이다. 그러다가 너희 엄마를 만났고, 이런 내 생각이 잘못되었다는 것을 알았지."

알렉스와 코너는 곁눈질로 서로를 바라보았다. 밥이 이렇게 행복해하는 모습은 처음이었고 굉장히 솔직해 보였다.

"두 분이 사귀고 있다는 것은 알고 있었지만 결혼이라니 너무 급작스럽네요." 알렉스가 말했다.

"우리는 두 분이 만난다는 사실을 겨우 어젯밤에 알았어요." 코너가 말했다. "우리 머릿속에서는 두 분이 만난 지 하루밖에 안 되었다고요. 너무 서두르시는 거 아니에요?"

하지만 부드러운 미소를 지으며 결혼반지를 사랑스러운 눈으로 바라보는 밥의 모습을 보니 무척 단단히 결심한 듯싶었다.

"사실 한동안 망설였단다. 하지만 이런 기회는 그렇게 자주 오지 않지." 밥이 말했다. "너희 엄마에게 나머지 인생을 함께하자고 얘기할 기회를 놓친다면, 나는 세상에서 가장 멍청한 사람이 되고 말 거야."

밥은 상자를 열어 쌍둥이에게 반지를 보여 주었다. 알렉스는 숨이 턱 막혔다. 두 아이가 그동안 봤던 반지 중 가장 아름다웠다. 은으로 된 테두리에 큼지막한 다이아몬드가 두 개 박혀 있었는데 하나는 파란색이고 다른 하나는 분홍색이었다. 반지가 빛을 받아 반짝거리면 머릿속에서 아름다운 음악이 들릴 것만 같았다.

"완벽한 반지를 찾는 데 한 달이나 걸렸단다." 밥이 말했다. "하지만 이 반지를 본 순간 '바로 이거다!' 싶었지. 엄마가 이 다이아몬드를 보는 순간 너희 둘이 떠오를 거라 생각했기 때문이야. 같은 다이아몬드에서 나온 두 조각이거든."

이 말을 들은 알렉스의 눈에는 어느새 눈물이 맺혔다. 하지만 코너는 더 힘주어 팔짱을 꼈다.

"이렇게 감동적인 말은 처음 들어요." 알렉스가 코를 훌쩍이며 말했다.

"나도 울 것 같으니까 그만해." 코너가 눈썹을 찌푸리며 말했다.

밥은 허리를 꼿꼿이 세우며 앉았다. 아이들과 이야기가 좋은 방향으로 흐르게 되어 기분이 좋은 듯했다. "나는 너희 아빠를 대신하려는 것도 아니고 새로운 아빠가 되겠다는 것도 아니란다. 그저 너희 엄마와 결혼하겠다고 너희에게 허락을 받으려는 거지. 너희들의 축복을 받고 싶기 때문이야."

두 아이는 믿기지 않았다. 둘은 자기들이 같은 배에 탔다고 생각해 왔는데 이제 밥이 이 배의 선장이 되겠다고 허락을 구하는 것이었다.

"저희에게는 생각할 시간이 필요해요." 코너가 얼른 대답했다.

코너는 알렉스가 미처 깨닫기도 전에 부엌으로 질질 끌고 갔다. 두 아이는 몇 분 동안 아무 말 없이 서로를 쳐다보았다.

"무슨 생각을 하는 거야?" 알렉스가 물었다.

"불편한 기분이야." 코너가 말했다. "엄마가 너에게 브래지어를 어떻게 입어야 하는지 얘기하고 있는데 내가 그 방에 불쑥 들어갔던 때보다 더 불편해."

알렉스는 눈을 굴려 건너편 방에 있는 밥을 흘긋 쳐다보았다. 자기들 이야기를 들었는지 확인하기 위해서였다. "코너, 솔직하게 말하자면 이 문제에 있어서 우리는 선택할 권리가 없다고 생각해. 그럼에도 밥이 우리에게도 결정권을 주려 했다는 건 정말 좋아. 하지만 밥이 지금 했던 말이며 엄마가 어젯밤 했던 말을 생각해 봐. 아무것도 두 사람을 갈라놓을 수 없을 것 같아."

"네 말이 옳아." 코너가 말했다. "그래도 혹시 엄마가 승낙하지 않을 수도 있잖아? 어쩌면 주저할 수도 있고."

"무엇을 주저한다는 거야?" 알렉스가 물었다. "엄마와 밥은 서로 사랑하고 있어. 무엇이 엄마를 가로막겠어?"

코너는 알렉스에게서 눈길을 돌렸다. 머릿속 생각을 말하고 싶지 않은 듯했다. 하지만 두 아이 모두 누군가를 생각하고 있었다.

"아빠는 돌아가셨어, 코너." 알렉스가 말했다. "우리가 아무리 원한다 해도 다시는 돌아오시지 않을 거야."

이렇게 솔직해지기란 알렉스로서도 힘든 일이었다. 그동안 어른들의 사랑을 받기만 했던 알렉스지만 어른들이 하나둘씩 사라지자 이제는 사랑을 직접 준비해야 했다.

코너는 알렉스가 자기에게만 말하는 것이 아니라 스스로에게도 말하고 있다는 사실을 알았다. 알렉스는 코너가 생각하고 싶지 않은 것들을 입 밖으로 꺼내게 하는 재주가 있었다.

"그동안 엄마가 우리에게 너무나 많은 걸 해 주셨으니 두 분 결혼을 축복해 줘야 하는 건 당연한 일이겠지." 코너가 말했다.

"맞아." 알렉스가 고개를 끄덕이며 말했다. "이건 또 다른 중요한 무엇이야."

"그게 뭐야?" 코너가 물었다.

"중요한 순간이라고." 알렉스가 한숨을 쉬며 말했다. "우리는 그동안 이런 순간을 많이 겪었잖아."

"그래, 그랬지." 코너가 말했다. "지금쯤이면 익숙해질 때도 됐는데."

"삶에 익숙해진다고?" 알렉스가 되물었다. "그렇게 운 좋은 사람이 과연 있을까?"

코너는 끙 소리를 내며 허리에 손을 짚었다. "좋아. 밥 박사님이 엄마랑 결혼할 수는 있어. 하지만 나는 계속 밥 박사님이라고 부를 거야."

쌍둥이는 건너편 방으로 돌아왔다. 그리고 긴장된 얼굴로 서 있는 밥을 마주했다.

"어떻게 생각해 봤니?" 밥이 숨 죽인 채 물었다.

"판결을 내리겠습니다." 코너가 말했다. "알렉스와 저는 박사님이 엄마에게 청혼해도 좋다고 결정했습니다."

밥은 기쁜 듯이 손뼉을 쳤고 눈에 눈물이 맺혔다. "얘들아, 너희들 덕분에 세상에서 제일 행복한 남자가 되었구나! 고맙다! 너희 엄마를 평생 잘 돌보겠다고 약속하마!"

버스터도 함께 축하하려는 듯 펄쩍펄쩍 뛰었다.

"어디서 청혼할 예정이에요?" 알렉스가 밥에게 물었다.

"저녁을 먹고 나서 여기서 하면 어떨까?" 밥이 대답했다. "너희 엄마가 제일 좋아하는 식당에서 음식을 주문해, 퇴근해서 돌아오면 깜짝 놀라게 해 줄 작정이란다."

"언제요?" 코너가 물었다.

"빠를수록 좋지." 밥이 말했다. "나는 다음 주 목요일 저녁 시간이 괜찮단다. 너희는 어떠니?"

"오후에 수업이 있지만 6시까지는 집에 올 수 있을 거예요." 알렉스가 말했다.

"좋아. 그럼 약속한 거다!" 밥이 말했다. "다음 주 목요일 저녁 여섯 시에 올게! 몇몇 간호사들에게 부탁해 너희 엄마를 바쁘게 한다면 집에 일찍 도착해 깜짝 이벤트를 들킬 일은 없을 거다. 정말 멋질 거야!"

쌍둥이는 그날이 기다려졌다. 깜짝 이벤트 자체보다는 엄마가 행복해하는 모습을 볼 수 있을 거라고 생각했기 때문이었다.

"그런데요, 밥 박사님." 코너가 말을 꺼냈다. "저희랑 같이 살 예정이에요? 결혼한 사람들은 대개 둘이서만 살고 싶어 하잖아요. 적어도 결혼하고 처음 몇 개월은요."

"그거 좋은 질문이구나." 알렉스가 말했다. "저희는 어디서 살게 되는 거죠?"

"내 집으로 오면 되지 않을까?" 밥이 어깨를 으쓱하며 말했다. "아내가 죽기 전에 여기서 그렇게 멀지 않은 곳에 큰 집을 한 채 사들였단다. 그 집에서 가족을 꾸릴 계획이었지. 마침내 그 집이 꽉 차게 되다니 기쁘구나."

쌍둥이는 지금 사는 좁은 셋집을 둘러보았다. 여기서 떠난다고 생각하니 슬펐다. 어떻든 지난 몇 년 동안 자신들이 살던 집이었으니 말이다.

"이사하면 기분이 좀 이상할 것 같아요." 알렉스가 말했다. "하지만 지난 번 이사 왔을 때 짐을 아직 다 풀지도 못했으니 이사 가는 건 쉽겠네요."

"그 집에는 수영장도 있단다." 밥이 두 아이의 기분을 풀어 주려고 덧붙였다.

그러자 코너의 눈이 휘둥그레졌다. "우와, 와, 정말요? 밥 박사님, 수영장 이야기부터 꺼내셨다면 처음부터 우리한테 점수를 따실 수 있었을 텐데요."

알렉스가 그 말을 듣고 어이없다는 듯 눈을 치켜떴다. 밥은 빙긋 웃었다.

"이제 엄마가 결혼 승낙을 하지 않으면 난 너무 실망하고 말 거야." 코너가 말했다.

두 아이는 이후 일주일 동안 어떤 것에도 집중하기가 힘들었다. 다가오는 목요일이 마치 미래라는 시간에 꽂힌 책갈피 같았다. 그날이 가까워 올수록 점점 긴장되었다.

알렉스와 코너는 왜 이토록 떨리는지 알 수 없었다. 자기들에게 청혼하는 것도 아닌데 말이다. 하지만 이렇게 생각하면 이상할지 모르지만 밥은 두 아이와도 결혼하는 셈이었다. 충분히 그럴 수 있는 일이었다. 쌍둥이는 밥이 자기들의 가족이 된다는 사실에 점점 신이 났다.

코너는 집에 또 다른 남자 가족이 생기기를 정말이지 오랫동안 바랐다. 엄마와 알렉스를 사랑하긴 했지만 몸으로 투닥투닥 장난칠 누군가가 그리웠다.

그 주의 국어 시간에 코너는 엄마가 오거와 약혼하게 된 트롤 가족에 대한 짧은 이야기를 썼다. 등장인물들을 멋있게 표현하지는 못했지만 마음을 다스리는 데는 도움이 되었다. 그리고 종이 가장자리에 작게 그림을 그렸다. 자신과 알렉스를 닮은 트롤 아이들이었다. 알렉스를 닮은 트롤 뿔에는 머리띠를 그려 넣었다.

　학교 수업을 마친 오후 알렉스는 코너가 뭔가를 열심히 쓰고 있는 모습을 발견했다. 코너가 이렇게 어딘가에 집중하고 있는 모습은 처음이었다.

　"이게 뭐야?" 알렉스가 물었다.

　"아, 아무것도 아니야." 코너가 조금 당황해하며 대답했다. 코너는 아직 피터스 선생님과 나눴던 이야기를 알렉스에게 말하지 않았다. "국어 시간에 하는 글쓰기 숙제야."

　"숙제도 하고 대단한걸. 그런데 잠깐, 이거 나 아냐?" 알렉스가 트롤을 가리키며 말했다.

　"전혀 아닌데." 코너가 말했다. "왜 그렇게 생각하는 거야?"

　"왜냐면 그림 아래에 '알렉스로 추정되는'이라고 쓰여 있으니까 그렇지!" 알렉스가 약이 올라 화내며 말했다. "정말 어린애 같구나, 코너. 너 대체 몇 살이니?"

　코너는 죄 지은 표정으로 알렉스를 쳐다보았다. "내가 깜박하고 말하지 않은 게 있어. 국어 시간에 우리 둘의 이야기를 좀 써먹었어."

　"그게 무슨 말이야?" 알렉스가 물었다.

　"동화 속 세상에서 겪은 모험에 대해서 말이야." 코너가 말했다. "저번에 피터스 선생님이 교장실로 불러서 말씀하시길 그 모험담은 굉장한 이야깃거리래. 선생님은 그 이야기를 정말 좋아했고 나보고 작가가 되어 보는 건 어떻겠냐고 권하기까지 하셨어. 그게 뭔지는 몰라도 나에게 작가가 되는 데 필요한 재능이 있다고 생각하시나봐." 코너는 잠깐 멈칫하더니 알렉스에게 물었다. "어떻게 생각해?"

　알렉스는 눈을 두 번 깜박이더니 말했다. "정말 멋진 생각이다!" 알렉스가 이렇게 말하자 코너는 안도의 한숨을 쉬었다. "왜 진작부터 나한테 얘기하지 않았어?"

"우리 둘만의 얘기를 퍼뜨리고 다니는 걸 네가 싫어할까 봐 걱정했어." 코너가 말했다. "너는 그 경험을 나랑 같이 나눈 또 다른 주인이니까 말이야."

"아냐. 난 반대로 그 이야기를 널리 퍼뜨려야 한다고 생각해." 알렉스가 말했다. "우리는 그곳에서 굉장히 많은 일을 겪었고 많은 사람들을 만났잖아. 우리만 알고 있기에는 아까워. 그곳 이야기를 사람들에게 널리 전한다면 아빠도 자랑스럽게 생각하실 거야."

그 말을 들은 코너는 미소를 지었다. 이제껏 그런 생각은 해 본 적이 없었던 것이다.

"정말? 정말 그렇게 생각해?" 코너가 물었다.

"정말이고말고." 알렉스가 말했다. "우리 둘 중 한 사람에게 이야기꾼 재능이 있다면 아빠는 정말 기뻐하실 거야. 나도 그동안 줄곧 이야기를 만들어 보려고 노력했지만 네가 나보다 훨씬 잘하는 것 같아. 재치 있는 데다 사람들이 귀 기울이도록 쓰니까 말이야."

코너는 어깨를 으쓱했다. "음, 그거야 그렇지. 하지만 지금은 그런 문제로 길게 말할 때가 아닌 것 같다." 코너는 알렉스에게 보여 주고 싶은 글 뭉치를 꺼냈다. "이건 트릭스의 재판 이야기고, 이건 입맞춤을 대가로 우리를 자유롭게 풀어 주었던 트롤벨라 이야기야. 트롤벨라 이야기는 잊고 싶지만. 그리고 이건 내가 처음 쓴 구부러진 나무 이야기야. 사람들이 실제로 있는 나무라는 걸 알게 될까 봐 걱정돼서 구부러진 기린 이야기로 바꿨어. 말이 안 되는 게 많지만 뭐, 나는 아직 연습 중이니까."

"대단한데, 코너." 알렉스가 말했다. "정말 대단해."

코너는 입이 귀에 걸리도록 활짝 웃었다. 코너는 피터스 선생님보다 알렉스를 훨씬 더 신뢰했기 때문에 알렉스가 자기를 인정해 주니 비로소 스스로를 믿을 수 있게 되었다.

알렉스는 코너가 내놓은 글 뭉치를 휘리릭 넘겨보았다. 실제로 겪었던 일을 떠올리면서 싱긋 웃거나 깔깔 웃음을 터뜨리기도 했다.

"오, 세상에." 글을 읽다 말고 알렉스가 고개를 들어 무언가 떠오른 듯 입을 열었다. "밥 박사님에게 이야기해야 할까? 할머니랑 아빠가 어떤 사람인지 말이야."

코너는 이 질문에 대답할 수 없었다. 지금껏 한 번도 생각해 보지 않았기 때문이었다. 가족의 가장 큰 비밀을 그와 공유해야 하나?

"그걸 꼭 말해야 한다고 생각해?" 코너가 물었다.

"어쩌면 할머니가 엘프나 요정을 데리고 현관에 나타날지도 모르잖아." 알렉스가 말했다.

"어휴, 대체 우리는 어떤 집안인 거야?" 코너가 먼 곳을 쳐다보며 말했다. "아무리 다른 집들이 벽장에 감춘 해골 같은 말 못할 비밀이 있다 해도, 우리 집은 해골에 날개까지 달린 셈이잖아."

"밥 박사님이 어떤 식으로 받아들일지 몰라도 아마 엄청나게 질문을 퍼부을 게 뻔해." 알렉스가 길게 한숨을 쉬며 말했다. "하지만 어쩌면 이제 아무 상관없는 문제일지도 몰라. 이젠 더 이상 거기 갈 일도 없는데 우리가 다른 세상과 연결되어 있다고 말해 봐야 무슨 소용 있겠어."

"그때그때 사정을 봐 가면서 행동해도 되지 않을까?" 코너가 말했다. "나중에 나이가 좀 더 들었을 때 핑곗거리로 삼아도 좋을 것 같아. 밥 박사님에게는 동화 속 세상에 간다고 하고는 실제로는 파티에 간다든지 말이야."

알렉스는 고개를 갸우뚱하고는 흥미롭다는 듯 코너를 쳐다보았다.

"왜 동화 속 세상을 핑계로 대면서까지 파티에 가야 해?"

코너는 고개를 절레절레 흔들었다. 알렉스가 보통의 십대 아이처럼만 생각한다면 좋을 텐데. "네가 열세 살 몸에 갇힌 늙은이라는 사실을 깜박 잊었구나." 코너가 말했다. "신경 쓰지 마."

주말이 천천히 다가오는 목요일 아침 쌍둥이는 잠에서 깼다. 두 아이는 학교에 가려고 집을 나서면서 엄마를 한참 껴안았다. 엄마가 아이들이 평소와 다르다며 수상쩍게 눈썹을 추켜올릴 정도였다. 알렉스와 코너는 하루가 무척 길게 느껴졌다. 5분에 한 번씩 시계를 쳐다보면서 시간이 빨리 가지 않아 실망하는 일이 거듭되었다. 드디어 학교 수업이 끝나자마자 코너는 집으로 달려갔고 밥과 함께 저녁에 있을 행사를 준비했다. 집에 헐레벌떡 들어가느라 이웃집 잔디를 밟고 장식 석상을 넘어뜨릴 뻔할 정도였다.

알렉스도 마음이 조급해 심화 수업을 제대로 들을 수 없었고 돌아오는 기차에서는 잠도 오지 않았다. 엄마를 위해 그날 저녁을 완벽하게 준비하고 싶었다. 마침내 알렉스가 집에 도착했을 때는 준비가 거의 끝나 있었다.

식탁은 비단 식탁보로 덮였고 한가운데에는 촛불이 놓였다. 샴페인과 사과 주스도 한 병씩 놓여 개봉만을 기다리고 있었다. 밥이 엄마가 좋아하는 이탈리아 식당에서 음식을 주문해 온 덕분에 집 안은 맛있는 냄새로 가득 찼다.

멋진 양복을 입고 넥타이를 맨 밥은 반지가 든 상자를 떨어뜨릴까 봐 조심스레 손에 꼭 쥐고 있었다. 코너도 단추를 채우는 가장 좋은 셔츠를 차려입었다.

알렉스는 버스터의 목걸이에 나비 모양 리본을 매려고 했지만 실패했다. 버스터는 요 며칠 어딘지 이상하게 행동하고 있었다. 때때로 현관문에 앉아 으르렁거렸던 것이다. 쌍둥이는 이웃집에 새로 고양이라도 들였거나 버스터가 자기들이 안절부절못하는 모습을 보고 영향을 받은 게 아닌가 생각했다.

하지만 버스터가 조금 문제인 것 말고는 모든 것이 계획대로 척척 돌아가고 있었다.

알렉스는 침실로 올라가 스커트로 갈아입고 제일 좋은 머리띠를 맸다. 여섯 시 반에 식탁이 있는 아래층으로 내려가 밥과 코너 옆에 앉을 예정이었다.

"엄마가 곧 도착할 거예요!" 코너가 말했다. "얼른 청혼을 끝내주세요, 밥 박사님. 배고파 죽겠어요!"

"최선을 다하마." 밥이 대답했다. 그는 반지에서 눈을 떼지 못하고 있었다. 두 아이는 자기들도 이렇게 긴장되는데 밥은 어떤 기분일지 비교조차 할 수 없었다.

이들은 현관문을 통해 엄마가 걸어 들어와 자기들을 발견하고 나서 놀라는 모습을 보고 싶어 견딜 수가 없었다. 알렉스는 엄마가 너무 많이 울지 않았으면 했다. 엄마가 울면 자기도 울 것 같았기 때문이었다. 코너도 알렉스가 울지 않았으면 했다. 알렉스 따라 자기도 울게 될 테고 눈에 먼지가 들어갔다고 변명할 수도 없을 테니까 말이다.

하지만 불행히도 엄마는 생각보다 늦었고 그래서 세 명은 그만큼 더 기다려야 했다. 이들은 기다리고, 기다리고, 좀 더 기다렸다. 어느덧 원래 도착했어야 하는 시간에서 한 시간이나 지났다.

"엄마에게 전화해 볼까?" 코너가 물었다.

"안 돼, 그러지 마." 알렉스가 말했다. "의심하면 어떡해."

그렇지만 그 뒤로 한 시간이나 더 지나자 쌍둥이의 기다림은 초조함으로 바뀌었다. 밥은 음식이 상하지 않도록 치워야 했다.

"낸시 간호사가 시킨 일을 너무 열심히 하나 보네." 밥이 빙그레 웃었다. "너희 엄마가 너무 일찍 돌아오지 않게 붙잡아 두라고만 했는데 말이지."

하지만 두 아이는 웃을 수 없었다. 저번에도 이렇게 오래 기다려야 했던 적이 있었고 그때 아빠가 돌아가셨기 때문이었다.

"낸시에게 전화해 보마." 시간이 좀 더 흐르자 마침내 밥이 이렇게 말하고는 소아과 병원 동료인 낸시에게 전화를 걸었다. "여보세요, 낸시? 밥이에요. 샬럿 집에 애들이랑 같이 있어요. 샬럿은 아직도 퇴근하지 않았나요?"

알렉스와 코너는 밥의 목소리에 귀를 기울였다. 전화기 반대편에서 낸시가 하는 말이 들릴 정도였다. 하지만 두 아이가 들은 내용은 놀라웠다.

"두 시간 전에 퇴근했다고요?" 밥이 말했다. "정말인가요? 그렇다면 이렇게 아무 말 없이 늦을 리가 없는데."

알렉스와 코너는 서로 두려운 눈빛을 주고받았다.

"뭔가 잘못됐어." 알렉스가 말했다. "나쁜 일이 생긴 게 틀림없어."

"엄마가 이렇게 늦은 적이 없잖아." 코너가 머리를 절레절레 흔들며 말했다.

"알겠어요, 낸시. 샬럿에게 전화해 볼게요." 밥이 이렇게 말하고는 전화를 끊었다.

밥은 얼른 샬럿의 전화번호를 눌렀다. 밥은 자기가 걱정하는 모습을 아이들에게 보이고 싶지 않아서인지 쌍둥이와 눈을 마주치지 않았다. 하지만 몇 번이나 전화를 걸었는데도 샬럿은 전화를 받지 않았다.

"엄마가 전화를 받지 않는구나." 밥이 말했다. "혹시 오늘 밤에 엄마에게 갑자기 무슨 할 일이 생긴 건 아닐까?"

알렉스는 너무 걱정된 나머지 눈물을 글썽였다. "경찰에 연락해야 해요!" 알렉스가 외쳤다.

"48시간 동안 연락이 끊긴 게 아니라면 경찰은 아무 조치도 취하지 않는단다." 밥이 말했다. "허둥지둥하기엔 아직 이른 것 같구나."

코너는 식탁에서 벌떡 일어나 방 안을 마구 서성거렸다. "우리가 할 수 있는 일을 찾아야 해요." 코너가 말했다.

"자전거를 타고 엄마를 찾아 나서겠어." 알렉스가 말했다.

"나도 같이 갈래!" 코너가 선언했다.

"나가면 안 된다." 두 아이만큼이나 안절부절못하면서도 밥은 침착한 목소리로 말했다. "병원에도 전화해 보고 엄마 휴대폰에도 전화를 했으니 조금 더 기다려 보자. 엄마한테 전화가 올지도 모르니까 말이다." 알렉스는 점점 더 걱정이 돼 눈물이 주르륵 흘렀고 이제 걷잡을 수 없을 정도였다. 두 아이는 아빠를 잃었던 예전의 나쁜 기억이 되풀이될까 봐 겁내고 있었.

그때 갑자기 버스터가 미친 듯이 짖기 시작했다. 현관문을 쏘아보더니 펄쩍펄쩍 뛰어오르면서 목청껏 짖었다. 쌍둥이는 버스터가 이런 행동을 하는 걸 처음 보았다.

"버스터, 왜 그러니?" 밥이 말했다. "거기 누가 있어?"

그때 초인종이 울렸다. 버스터를 포함해 모두가 꼼짝 못 하고 얼어붙었다. 초인종이 두 번 울리고 나서야 밥이 움직였다.

"이 시간에 누구지?" 밥이 이렇게 말하고는 현관으로 나갔다. 쌍둥이도 밥을 따라 현관으로 향했다. 두 아이는 아무도 응답하지 않기를 바랐다. 누가 있든, 아니면 무엇이 있든 좋은 소식이기에는 너무 늦은 시간이었다.

버스터가 다시 짖으면서 펄쩍 뛰어올랐다. "버스터, 진정해." 밥이 타일렀다.

버스터는 문가에서 물러나더니 아이들을 지키겠다는 듯 두 아이 앞에 섰다. 눈앞에 무엇이 닥치든 마음에 들지 않으면 확 덮칠 준비가 된 듯했다. 버스터는 두 아이에게는 보이지 않는 뭔가가 보이는 걸까?

밥은 고민에 빠진 두 아이를 돌아보았다. "큰 문제는 없을 거야." 밥이 침착하게 말했다. "어떤 일이 생기든 다 잘될 거라는 사실만 기억하렴."

밥은 천천히 현관문을 열고 밖을 엿보았다. 하지만 아무도 없는 듯했다.

"누구세요?" 밥이 물었다.

여전히 아무것도, 아무도 없었다.

"이봐요?" 밥이 다시 물었다. "밖에 누구신가요?"

"붙잡아!"

눈 깜짝할 새에 은색 갑옷을 입은 열 명 남짓한 군인이 현관문을 밀고 들어왔다. 그중 한 명이 밥을 벽에 세게 밀쳤다. 알렉스는 비명을 질렀다. 코너는 알렉스의 팔을 붙잡고 집 반대편으로 달아나려 했다. 하지만 군인들이 두 아이와 버스터를 둥글게 에워쌌다.

군인들은 칼을 뽑아 든 채였고 무거운 방패도 들고 있었는데 방패에는 작은 유리 구두가 그려져 있었다. 그걸 본 쌍둥이는 이 군인들이 어디서 왔는지 알아차렸다. 바로 차밍 왕국에서 온 군인들이었다. 하지만 대체 여기에 어떻게 왔지?

"당장 내게서 손을 떼시오!" 밥이 자기를 밀친 군인에게서 벗어나려고 애쓰며 외쳤다. "아이들에게서도 물러나고! 당신들 대체 누구요?"

"우리는 두 아이를 안전하게 보호하려는 겁니다." 알렉스 바로 옆에 있던 군인이 큰 소리로 현관문을 열라고 외쳤다. "요정 대모님을 들어오시게 해라."

알렉스와 코너는 순간 너무 빨리 고개를 돌리는 바람에 목을 삐끗할 뻔했다. "요정 대모라고?" 두 아이는 동시에 외쳤다.

다른 군인 두 명이 재빨리 집 안으로 들어왔다. 이들을 이끄는 사람은 다름 아닌 쌍둥이의 할머니였다.

"할머니?" 두 아이는 놀라서 숨을 헉 하고 들이마셨다. 도저히 눈앞의 상황을 믿을 수 없었다.

할머니는 두 아이가 마지막으로 봤을 때와 똑같은 모습이었다. 밤하늘처럼 반짝이는 긴 하늘색 가운을 입었으며 위로 틀어 올린 머리에는 아름다운 하얀색 꽃이 피어 있었다. 할머니는 집 안으로 들어오면서 수정으로 만든 마법 지팡이를 권위 있게 들어 올렸다. 이제껏 보았던 표정 가운데 가장 근심스러운 표정이었다.

"오, 세상에 정말 다행이구나." 할머니가 말했다.

군인들이 에워쌌던 원을 갈라 할머니가 앞으로 나갈 길을 터 주었다. 할머니는 두 팔을 들어 알렉스와 코너를 꼭 껴안았다.

"다시 만날 수 있어 너무나 기쁘구나." 할머니가 두 아이를 터질 듯이 껴안으며 말했다.

하지만 쌍둥이는 할머니를 안을 수 없었다. 동화 속이 아닌 현실세계에서 할머니의 이런 모습을 보다니 믿을 수가 없었다. 두 아이의 머릿속에는 너무나 많은 물음이 꼬리에 꼬리를 물고 이어졌지만 일단은 기본적인 것부터 물어볼 수밖에 없었다.

"할머니?" 알렉스가 말했다. "진짜 할머니인가요?"

"그동안 어디 계셨어요?" 코너가 물었다.

할머니는 두 아이의 얼굴을 부드럽게 어루만졌다. "너무 오랫동안 못 와서 미안하구나." 할머니가 슬픈 목소리로 말했다. "왜 그럴 수밖에 없었는지는 나중에 다 말해 주마."

할머니는 잠시 눈물이 그렁그렁한 눈으로 아이들을 바라보았다. 두 아이는 자기들이 할머니를 그리워했던 만큼 할머니도 그랬다는 사실을 알 수 있었다. "지금 보니 둘 다 예전에 봤을 때보다 많이 자랐구나." 할머니가 말했다.

마침 그때 어디선가 봤던 익숙한 남자가 현관 쪽에서 걸어 들어왔다. 턱선이 독특했고 반짝이는 노란색 옷을 입고 있었다. 밥은 남자의 어깨와 머리카락이 불타고 있는 모습을 보고 깜짝 놀랐다. 하지만 두 아이는 그 남자를 바로 알아보았다. 요정 협의회의 유일한 남자 요정인 잰더스였다.

"집 주변을 둘러봤습니다." 잰더스가 말했다. "아무 이상 없습니다."

"잰더스?" 알렉스가 말했다. "여기서 뭐 하고 있는 거예요?"

밥은 자기를 벽에 밀친 군인과 계속 승강이를 벌이고 있었다. "대체 무슨 일이에요?" 밥이 외쳤다. "당신들은 뭐 하는 사람들이죠?"

그러자 할머니는 밥 쪽으로 마법 지팡이를 들어 올렸다. 잰더스도 밥을 향해 손가락을 들어 올리자 손 전체가 순식간에 화르르 불타올랐다. 둘 다 필요하다면 당장 싸울 태세였다.

"저 남자 아는 사람이니?" 잰더스가 쌍둥이에게 물었다.

"그럼요. 저분은 밥 박사님이에요." 코너가 말했다. "밥 박사님에게 불대포를 쏘지 마세요. 엄마의 남자 친구라고요!"

"남자 친구라고?" 할머니가 마법 지팡이를 내렸다. "이런, 내가 생각보다 너희들과 오래 떨어져 있었구나!"

"저 사람을 풀어 줘라!" 잰더스가 이렇게 명령하고는 손가락을 내렸다. 그러자 밥을 꼼짝 못 하게 하고 있던 군인이 밥을 풀어 주었다.

"저분이 너희 할머니라고?" 밥이 쌍둥이에게 물었다. "서커스 같은 걸 하시는 분이니? 마술이냐? 저 별난 차림새는 다 뭐니?"

"서커스가 뭐지?" 잰더스가 되물었다. 모욕적인 말인지 아닌지 가늠하는 눈치였다.

알렉스와 코너는 어디서부터 설명해야 할지 몰라 망설였다.

"밥, 이건 굉장히 긴 이야기예요." 알렉스가 말했다.

"간단히 말하자면 저희 할머니는 신데렐라 동화에 나오는 요정 대모고요, 동화 속 세상에서 오셨어요." 코너가 말했다. "받아들이기 힘들 테니 천천히 생각하세요. 하지만 우리 가족의 비밀은 이것뿐이에요. 약속해요."

밥은 눈을 크게 뜨고 군인들과 아이들의 할머니, 잰더스를 차례차례 쳐다보았다.

"어, 그렇구나." 밥이 확신할 수 없다는 듯 웅얼대며 대답했다.

할머니는 심각한 표정으로 거실을 둘러보았다. "그런데 너희 엄마는 어디 있니?" 할머니가 물었다.

"우리도 모르겠어요." 코너가 대답했다.

"벌써 몇 시간 전에 집에 오셨어야 하는데 아직 소식이 없어요." 알렉스가 말했다.

"할머니, 무슨 일 있어요?" 코너가 물었다. "엄마가 어디에 있는지 아세요?"

하지만 할머니는 깊은 생각에 빠져 대답하지 않았다.

"할머니, 대체 무슨 일이에요?" 알렉스가 재촉하며 물었다. "1년 동안 저희를 한 번도 보러 오지 않다가 이렇게 갑자기 나타난 이유가 뭐예요? 무슨 일인지 말씀해 주세요. 엄마는 어디 있는 거예요?"

할머니는 두 아이를 번갈아 바라보았다. "얘들아, 아주 무서운 이야기지만 잘 들으렴. 너희가 지금 닥친 상황을 헤쳐 나갈 만큼 강하고 믿음직했으면 좋겠구나."

쌍둥이는 어서 이야기해 달라는 표정으로 고개를 끄덕였다. 아예 소식을 모르는 것보다 뭐라도 아는 게 더 낫다고 생각했기 때문이었다.

"너희 엄마는 아무래도 납치된 것 같구나." 할머니가 말했다.

두 아이의 생각은 틀렸다. 가끔은 무언가를 아는 것보다 아무것도 모르는 게 나은 경우도 있었다.

6장

정원 인형 설치하기

알렉스와 코너는 숨이 멎었다. 심장이 쿵 내려앉는 기분이었다.
"뭐라고요?" 알렉스가 물었다.
"납치라고요?" 코너는 말을 제대로 이을 수조차 없었다. "납치라니 대체 무슨 말이에요? 누가 납치했는데요?"

알렉스는 겁에 질려 입을 틀어막았다. 코너는 믿을 수가 없어 미친 듯이 고개를 절레절레 저었다.

대체 누가 아동 병원에서 일하는 간호사를 납치한 것일까? 엄마는 얼마나 위험한 상황에 놓인 걸까? 이렇게 동화 속 세상에서 요정과 군인들이 집까지 찾아온 걸 보면 상황이 아주 나쁜 게 틀림없었다.

할머니는 눈을 질끈 감았다. "미안하지만 일일이 설명할 시간이 없구나." 할머니가 부드럽지만 단호하게 말했다.

코너가 얼굴을 새빨갛게 물들이며 외쳤다. "설명할 시간이 없다니 무슨 말씀이세요? 그런 얘기를 던져 놓고 우리더러 질문도 하지 말라는 거예요?"

할머니는 굳은 표정으로 두 아이를 내려다보았다. "이 일은 내가 최선을 다해 해결하고 있다는 것만 믿어 주렴." 할머니가 말했다.

"우리는 더 이상 어린아이가 아니라고요, 할머니! 어떤 일이 벌어지고 있는지 말씀해 주세요!" 코너가 말했다. 할머니에게 이렇게까지 목소리를 높인 적은 처음이었다.

"나도 안단다. 너도 진실을 알 자격이 있으니까 이렇게 솔직하게 말하는 거야. 나중에 충분히 얘기해 주겠지만, 지금은 조금만 알수록 좋단다. 이해해 주렴!" 할머니가 말했다.

두 아이는 대답하지 않았다. 이해할 수도, 할머니의 말씀에 동의할 수도 없었기 때문이었다.

그때 버스터가 요정 대모인 할머니를 향해 짖었다. 그동안 집에 새로 오는 손님이 있어도 당황하지 않았던 것치고는 오늘따라 이상했다.

"할머니, 제발요. 저희도 무슨 일이 벌어지고 있는지는 알아야죠." 알렉스가 울먹이면서 겨우 말했다.

"아직은 기다려야 한단다. 지금 난 램프턴 경과 할 말이 있어." 할머니가 말했다.

"그 사람이 우리랑 무슨 상관인데요?" 코너가 물었다. 램프턴은 쌍둥이가 동화 속 세상에서 만났던 신데렐라 여왕의 바로 그 친절한 근위대장이다.

할머니가 몸을 구부려 버스터의 짝짝이 눈을 바라보자 버스터는 똑바로 곤추앉았다. 두 아이는 버스터가 그렇게 누군가의 말을 잘 듣는 모습은 처음 보았다.

"램프턴 경, 이상하거나 수상쩍은 건 없었나요?" 할머니가 물었다.

코너는 알렉스를 쳐다보았다. 할머니가 정신이 이상해진 게 아닐까? 동화 속 세상이 아닌 이곳에서는 개가 말을 하지 못한다는 사실을 잊은 걸까? 어째서 버스터를 램프턴 경이라고 부르는 걸까?

하지만 버스터는 할머니를 향해 한 번 짖더니 고개를 끄덕였다. 할머니의 말을 알아듣는 눈치였다.

"아, 깜박했네요." 할머니가 미안하다는 듯이 버스터를 향해 마법 지팡이를 흔들었다. "얘기하세요."

마법 지팡이 끝에서 빛줄기가 나와 버스터의 입으로 들어갔다. 그러자 버스터의 짖는 소리는 조금씩 기침 소리 비슷하게 변해 갔다. 그건 사람의 기침 소리였다.

"실례합니다." 버스터가 말했다. "뭔가를 발음한 지 너무 오래되어서 이상하게 들리네요."

두 아이는 숨을 헉 하고 들이마셨다. 동물이 말을 하는 모습을 처음 본 것은 아니지만, 집에서 키우던 개가 갑자기 말을 하니 무척 당황스러웠다.

"크게 이상한 점은 없었습니다." 버스터가 말했다. "단지 샬럿이 오늘 아침 출근했다가 아직 돌아오지 않았습니다."

"램프턴 경?" 알렉스가 손으로 얼굴을 가린 채 손가락 사이로 앞을 살짝 내다보며 말했다. "램프턴 경이세요?"

"버스터가 당신이었어요?" 코너가 말했다.

"그렇단다, 얘들아." 버스터가 사실을 고백하고는 고개를 수그렸다. "그동안 내가 누구인지 말하지 못해서 미안하다. 요정 대모님이 너희를 돌볼 누군가가 필요하다고 생각하셨는데, 집에 군인 복장을 한 내가 있으면 너희가 너무 신경 쓸 것 같아 이렇게 개로 바꾸셨단다."

코너는 순간 얼굴이 붉어져서 알렉스를 보며 외쳤다. "우리는 마법 세계와 얽히지 않고서는 개 한 마리도 키울 수 없는 거야?"

"나도 그동안 무척 힘들었단다." 램프턴이 말했다. "개 사료를 먹는다거나 혼자서 몸을 씻는 일에 전혀 익숙해지지 않더라고. 게다가 무엇이든 맛보고 냄새 맡으려는 충동이 일어 꽤나 성가셨단다. 하지만 너희 둘을 위해서라면 세상 끝까지라도 갈 수 있지."

돌아가신 아빠의 오래된 친구가 하는 감동적인 말이었지만, 두 아이는 감사하다는 생각이 전혀 들지 않았다.

"여기에 대해 알고 있었어요, 밥 박사님?" 알렉스가 물었다.

밥이 너무나 잠자코 있는 바람에 쌍둥이는 밥이 거기 있는지조차 잊어버릴 정도였다. 밥은 얼굴색이 창백한 초록색으로 변한 채 위장을 부여잡고 있었다. 확실히 겁에 질린 표정이어서 그가 아무런 관련이 없다는 건 확실했다. 동물이 말하는 것을 난생처음 봤던 것이다.

"마법을 걸었던 걸 용서하세요. 하지만 램프턴 경을 골라 샬럿의 집으로 데려간 건 밥 당신이었답니다." 할머니가 말했다. "나는 당신이 단순히 샬럿의 친구라고만 생각했어요. 이렇게까지 이 일에 얽혀들 줄 몰랐어요."

"나, 나, 나는······." 밥이 말을 더듬었다. "토할 것 같아요." 밥은 곧장 집 뒤쪽에 있는 욕실로 달려갔다. 그날 저녁 놀랄 수 있는 한계치를 넘은 것이 분명했다.

"우리는 이제껏 개를 기르고 있다고 생각했는데 사실은 개가 우리의 보모였던 거네요?" 알렉스가 머리를 감싸며 말했다.

"보모라기보다는 보호자지." 할머니가 말했다.

"무엇으로부터 보호한다는 거죠?" 코너가 물었다.

할머니와 램프턴은 서로를 쳐다보았다. 쌍둥이는 이들이 정직하게 말하고 싶지만 그래도 최대한 정보를 알리지 않으려 한다는 것을 눈치챘다.

"내가 알게 된 사실들 가운데 적절한 것들은 너희에게 얘기해 주겠다고 약속하마." 할머니가 말했다. "동화 속 세상에 걱정거리가 생겨서 무척 골치 아프구나. 최근 들어 그 곤란한 상황이 최고조에 달하는 바람에 너희에게 불똥이 튈까 봐 걱정했단다. 그래서 너희를 보호할 만한 적절한 조치를 취했던 거야. 하지만 불행하게도 너희 엄마가 희생양이 된 것 같구나."

"요정 대모님." 잰더스가 끼어들었다. "예방책을 말씀드리자면 우리는 이웃집이 비어 있을 때 정원에 난쟁이 인형을 설치해야 합니다."

"난쟁이 인형?" 코너가 입 모양으로 알렉스에게 말했다.

"좋아요." 할머니가 이렇게 말하고는 자기와 같이 집에 들어온 경비병들을 쳐다보았다. "당신들은 집 안에서 첫 번째 교대 근무를 시작하세요. 나머지는 나를 따라 오면 해야 할 일을 알려 줄게요."

할머니와 잰더스는 재빨리 군인들을 이끌고 집 앞 잔디밭으로 나갔다. 두 아이도 그 뒤를 바짝 뒤쫓았다. 램프턴도 아이들의 발치에서 현관 쪽을 지켜봤다. 두 아이는 할머니가 동화 속 세상에서 '영원히 행복한 연합'의 경험 많은 지도자라는 사실을 알고는 있었지만 이렇게 많은 군인들에게 명령을 내리는 모습을 보니 놀라웠다.

"각자 자기 자리를 지키세요." 할머니가 군인들에게 명령했다.

군인들은 쌍둥이 집의 앞뜰을 둘러쌌다. 그러자 이 집은 마치 작은 버킹엄 왕궁처럼 보였다. 요정 대모인 할머니는 수정으로 만든 마법 지팡이를 휘둘러 눈 깜짝할 사이에 군인들을 차례로 난쟁이 인형으로 만들었다. 난쟁이 인형은 하나같이 뾰족한 빨간 모자를 쓰고 흰 수염이

나 있었다.

"이웃집 정원의 난쟁이 인형과 똑같이 생겼네." 코너가 말했다. "하마터면 오늘 내가 넘어뜨릴 뻔했던 그 인형 말이야."

"그 인형도 사실 군인이란다." 램프턴이 코너의 무릎께에서 말했다. "지난 몇 달 동안 집 밖을 경비하고 있지."

"소름 돋네요." 코너가 말했다.

"밖에 무슨 일이에요?" 밥이 아직도 초록색 얼굴을 한 채 땀을 뻘뻘 흘리며 집 밖으로 나왔다. "군인들은 다 어디로 가고 이 난쟁이 인형들은 뭐죠?"

"죄송하지만 이미 혼자서 다 대답하셨네요." 알렉스가 말했다.

그 말을 이해한 밥은 집 앞 잔디밭으로 눈길을 돌렸다. 두 아이는 밥에게 왠지 미안한 기분이 들었다. 여자 친구가 납치되었으며 그 사건이 동화 속 세상과 관련이 있다는 사실을 안 지 아직 한 시간도 되지 않은 셈이다. 하지만 밥은 꽤나 잘 적응하고 있는 듯했다.

"화장실에서 네 번 토하고 나서야 이게 꿈이 아니라는 것을 깨달았단다." 밥이 말했다. "우리 가족 중에 정신병을 앓았던 사람은 없지만 내가 내릴 수 있는 최선의 진단은 내가 미쳤다는 거였다."

"걱정하지 마세요, 밥 박사님. 지금 당장은 충격이겠지만 점점 익숙해질 거예요." 코너가 말했다. "알렉스와 제가 이 동화 속 세상에 대해 알게 된 것도 겨우 1년밖에 안 됐는걸요. 저희도 아직 익숙해지는 중이에요."

할머니는 잰더스와 함께 현관 쪽으로 걸어왔다. 할머니는 주의 깊게 지시를 내리고 있었다.

"저 군인들은 이웃 사람들이 보기에는 거슬리겠지만 난쟁이 인형으로 변장했으니까 괜찮을 거예요." 할머니가 말했다. "당신은 여기 남아서 두 아이를 돌봐 줬으면 해요. 내 허락 없이는 아무도 이 집에 들어올 수도, 나갈 수도 없습니다."

알렉스와 코너는 대화의 끄트머리만 들었을 뿐이지만 그 정도만으로도 화가 치밀어 올랐다.

"아무도 들어오거나 나갈 수 없다는 게 무슨 말이에요?" 코너가 물었다. "우리더러 이 집 안에 갇혀 있으라는 건가요?"

"안전해질 때까지는 그래야 한단다." 할머니가 말했다.

"하지만 저는 일하러 가야 합니다." 밥이 말했다. "돌봐야 할 환자도 있고 해야 할 수술도 있어요. 많은 사람이 저를 필요로 합니다."

할머니는 이 문제에 대해 몇 분 동안 곰곰이 생각하더니 말했다. "당신은 원하는 대로 집을 드나들어도 좋습니다. 미안하지만 내가 걱정하는 건 내 손주들이니까요."

"학교는 어떻게 하고요?" 알렉스가 물었다.

"모든 일이 해결되고 엄마를 찾고 나면 다시 학교에 갈 수 있어. 하지만 지금은 너무 위험하단다." 할머니가 말했다. "지금은 되도록이면 바깥세상과 접촉하지 않는 게 좋아. 너희들이 심하게 아파서 누워 있다고 학교에 편지를 보내마."

"저희를 집 안에 가둬 둘 수는 없어요!" 코너가 외쳤다. 동네 사람들이 다 들을 수 있을 만큼 큰 목소리였다.

"저희는 잘못한 것도 없잖아요!" 알렉스도 외쳤다. "왜 저희에게 이런 벌을 주시는 거예요?"

그러자 할머니는 아이들에게 각각 마법 지팡이를 흔들었고 두 아이는 이내 조용해졌다. 뭐라 말하려 했지만 소리가 전혀 나오지 않았다. 마법의 힘으로 목소리가 나오지 않게 한 것이었다.

"제발 내 말을 들어주렴." 할머니가 말했다. "군인들과 잰더스, 램프턴 경이 너희를 지켜 주겠지만 그래도 걱정이 될 정도로 심각한 상황이란다."

그리고 할머니는 램프턴을 내려다보았다.

"한동안 이 모습으로 있어 줘야겠어요." 할머니가 말했다. "난쟁이 인형만으로도 사람들의 시선을 끌기에 충분하니까 당신이 원래 모습으로 돌아오면 곤란해요."

"알겠습니다." 램프턴이 조금 주저하더니 대답했다. 개의 모습으로 지내는 것이 오늘이 마지막이길 내심 바랐던 것이다.

"나는 이제 떠나야겠다." 할머니가 말했다. 할머니가 마법 지팡이를 흔들자 두 아이의 목소리가 다시 돌아왔다.

"결국 이런 식인 건가요?" 코너가 말했다. "1년 동안 아무 소식도 없으시더니 갑자기 나타나서 '얘들아, 너희 엄마가 납치되었어. 오, 그리고 너희 둘을 집에 가둬 두어야겠다'라고 말씀하시는 거예요?"

"저희에게 이러실 줄 몰랐어요, 할머니." 알렉스는 낯선 사람을 쳐다보듯 할머니를 바라보았다.

할머니는 두 아이의 말을 가슴에 묻었다. 아이들을 실망시키고 싶지 않지만 불행히도 지금은 선택의 여지가 없었다. 우선은 최선이라고 생각되는 일을 한 다음 언젠가 기회가 되면 사과할 작정이었다.

"지금 당장은 너희가 날 무척 미워할 거라는 거 잘 안단다." 할머니가 말했다. "하지만 너희는 내게 남은 유일한 가족이야. 이 세상 어떤 무엇보다도 소중한 존재지. 언젠가 너희도 자식이 생긴다면 가족을 안전하게 지키기 위해서라면 무슨 일이든 하게 된다는 걸 이해할 날이 올 거야. 당장은 가족들이 나를 미워해도 말이지."

할머니는 아이들을 다른 사람들의 손에 맡겨 둔 채 현관으로 나가 밤의 어둠 속으로 걸어 들어갔다. 그리고는 부드럽고 반짝이는 구름 속에서 천천히 사라졌다.

"너희 둘 모두 사랑한단다." 할머니는 슬픈 목소리로 말하고는 1초 뒤 완전히 사라졌다.

"우리가 현관에서 어슬렁대는 모습을 누가 보기 전에 얼른 들어가자." 잰더스가 두 아이를 재촉했다.

잰더스와 램프턴은 밥과 두 아이를 집 안으로 데리고 들어갔다. 집 안에 갇혀 있어야 하는 날이 며칠일지, 몇 주, 몇 달, 아니면 몇 년이 될지 알 수 없었다. 하지만 그때까지 쌍둥이는 자기 집에서 죄수처럼 꼼짝 않고 지내야 했다.

두 아이 모두 집에 갇혀 지내는 처음 며칠 동안 시간이 너무나 느리게 지나갔다. 아이들은 제대로 밥을 먹거나 잠을 자지도 못했다. 머릿속은 온통 엄마 걱정뿐이었다. 하지만 가장 신경 쓰이는 질문은 이것이었다. 대체 왜 엄마를 납치한 걸까?

엄마는 그저 아동 병원의 간호사일 뿐인데 어째서 그런 일에 휘말린 것일까? 할머니는 왜 쌍둥이를 지키기 위해 동화 속 세상에서 나타나 이런 조치를 취한 것일까? 엄마는 이 세상에 있을까, 아니면 동화 속 세상으로 끌려갔을까?

잰더스와 램프턴은 아이들의 이 모든 질문에 입을 꼭 다문 채 아무 말도 하지 않았다. 쌍둥이는 매일 뭐라도 말해 달라고 애원했지만 이들은 무소식이 희소식이라고 이야기할 뿐이었다.

불행히도 두 아이 모두 괴로움과 고통을 가라앉히기에는 상상력이 너무 뛰어났다. 트롤 왕과 고블린 왕이 1년 전에 왕관을 빼앗긴 것에 대해 복수하려는 것은 아닐까? 늑대 악당 패거리가 다시 나타난 것은 아닐까? 사악한 여왕이나 마법 거울과 관련된 문제는 아닐까?

쌍둥이는 여기에 대한 어떠한 답도 구할 수 없었고, 그 점이 두 아이를 더욱 미치게 만들었다.

또 집이 너무 붐비는 것도 쌍둥이의 인내심을 시험에 들게 했다. 이들이 살던 셋집은 사람 세 명과 개 한 마리만으로도 비좁았는데, 지금은 다 큰 남자 열 명이 더해졌기 때문이었다. 손님방에는 간이침대가 가득 들어찼고, 아래층은 어디를 둘러봐도 칼과 방패, 갑옷이 여기저기 흩어져 있어 마치 군대 막사 같았다.

잰더스는 쌍둥이의 집을 지키는 일을 맡아 군인들을 지휘하며 능숙하게 일했다. 군인들의 교대 근무에도 무척 엄격해 난쟁이 인형으로 변한 군인들이 집 밖에서 돌아가며 골고루 보초를 서도록 했다. 식사도 매일 정확하게 같은 시간에 나왔다. 그는 쌍둥이가 집 밖으로 나가는 것을 하루에 한 번만 허락했는데, 그것도 겨우 집 뒤뜰까지만 허락했고 램프턴이 지켜보고 있을 때만 나갈 수 있었다.

잰더스는 자신의 임무에 무척 열정적이었다. 매일 앞뜰로 난 창문에 바싹 붙어서 밖을 내다보았고, 쌍둥이가 본 바로는 앉아 있는 시간 또한 결코 몇 분이 넘지 않을 정도였다.

밥은 두 아이에게 무척 친절했으며 매일 아침 출근길에 들러 어떻게 지내는지 살피러 와 주었다. 병원에서 밥이 돌보는 아픈 아이들의 이야기는 쌍둥이가 접하는 유일한 바깥소식이었다. 그래서 두 아이는 매일 아침밥이 나오기만을 기다렸다.

밥의 눈 밑이 거무스름한 것을 보면 쌍둥이만큼이나 그 역시 자기가 아무것도 할 수 없다는 무력감을 느끼는 게 분명했다. 밥 또한 잰더스와 램프턴에게서 뭔가 정보를 알아내려 했지만 매번 실패했다. 한 번은 엄마 샬럿이 어디 있는지 알려 달라며 램프턴에게 밝은색 고무공을 던졌다가 램프턴을 화나게 하기도 했다.

쌍둥이도 자기들과 같이 살고 있는 군인들에게 잡담을 건네며 슬쩍 떠봤지만 군인들은 쌍둥이만큼이나 아는 바가 없었다.

"매일 난쟁이 인형으로 지내는데 견딜 만해요?" 코너가 물었다.

"그렇게 불편하지는 않아요." 한 군인이 어깨를 으쓱하며 말했다. "개인적으로 이런저런 생각할 시간이 많죠."

"똑바로 말해." 또 다른 군인이 말했다. "어제는 비둘기 녀석이 머리 위에 네 시간이나 앉아 있다가 똥을 싸고 날아갔어요. 저희는 그런 처지예요."

"우웩, 더럽네요." 코너가 말했다.

"사람으로 다시 돌아가 비둘기를 쫓으면 안 되나요?" 알렉스가 물었다.

"나도 그러고 싶죠." 군인이 말했다. "하지만 우리는 위험에 빠졌을 때만 변신할 수 있어요. 비둘기가 앉았다고 해서 사람으로 변했다가는 우리 정체가 들통나고 말 거예요."

알렉스와 코너는 이 이야기가 기억에 남았다.

그날 밤늦게 쌍둥이가 막 저녁 식사를 끝냈을 무렵 어디선가에서 환한 불빛이 비쳤다. 두 아이가 주변을 둘러보자 천장에서 하늘색 봉투가 떨어졌다.

"요정 대모님이 보내신 겁니다." 잰더스가 이렇게 말하고는 공중으로 몸을 솟구쳐 봉투를 잡았다. 요정들은 날개가 없어도 날 수 있는 게 분명했다. 잰더스는 1미터 정도 둥둥 떠 있는 채로 편지를 읽더니 쌍둥이가 보지 못하도록 편지를 숨겼다.

알렉스와 코너는 잰더스 아래에 서 있었다. 잰더스는 할머니에게서 온 편지를 읽으면서 눈이 점점 커졌다. "그렇군." 편지를 다 읽은 잰더스가 말했다. 그러고는 내려와서 쌍둥이의 얼굴을 바라보며 말했다.

"요정 대모님이 너희에게 어떤 정보를 알려 주라고 하시는구나." 잰더스가 말했다.

"좋아요." 알렉스가 말했다. 두 아이는 기대에 차서 몸을 떨었다.

"너희 어머니는 동화 속 세상에 있는 것 같다." 잰더스가 말했다. "그게 다야." 잰더스는 봉투를 자기 어깨에 올렸고 불꽃이 봉투를 활활 태웠다.

"그게 좋은 소식인가요, 나쁜 소식인가요?" 새로 알게 된 소식에 불만족스러웠던 코너가 물었다.

"좋은 소식도, 나쁜 소식도 아니다. 지금 당장은 요정 대모님이 이 정도만 알고 있으라고 하시는구나." 잰더스가 말했다.

두 아이는 화가 난 듯 한숨을 쉬었다. 더 알아봤자 좋을 게 없다는 뜻이었다.

그날 밤 늦게, 알렉스는 둘이서만 이야기하기 위해 코너를 자기 침실로 불렀다. 알렉스는 개로 변한 뒤 귀가 무척 밝아진 램프턴이 자기들 말을 엿듣지 못하게 하려고 라디오 소리를 크게 키우고 코너와 이야기를 나눴다.

"엄마가 동화 속 세상에 있대." 알렉스가 코너에게 말했다. "그게 무슨 뜻인지 알겠어?"

"뭔데?" 코너가 말했다.

"아무래도 할머니가 우리에게 거짓말을 하고 있는 것 같으셔." 알렉스가 말했다. "엄마가 어떻게 자기도 모르게 동화 속 세상에 갈 수 있겠어? 어쩌면 할머니 말고도 두 세계를 오갈 수 있는 요정이 또 있는 것 같아."

코너는 고개를 끄덕였다.

"나는 할머니가 우리에게 거짓말을 했다고는 생각하지 않아." 코너가 말했다. "지금 당장은 우리가 할머니에게 화가 나 있어서 어떻게든 할머니 탓을 하려는 것 같아."

알렉스는 피곤한 듯 눈을 문질렀다. 코너의 말에도 일리가 있었다.

"며칠 전까지만 해도 나는 할머니를 무척 걱정했고 엄마에게 정말 화가 나 있었어. 하지만 지금은 엄마가 무척 걱정되고 할머니한테는 화가 나." 알렉스가 말했다. "상황이 너무 빠르게 변해서 정신이 없을 지경이야."

"응, 맞아." 코너가 한숨을 쉬면서 말했다.

"그럼 엄마가 그 세계에 어떻게 갔을 거라고 생각해?" 알렉스가 코너에게 물었다.

코너는 생각하느라 잠시 뜸을 들이더니 말했다. "어쩌면 이야기의 땅에 들어가는 방법이 한 가지 이상인 게 아닐까?" 코너가 말했다.

알렉스는 코너를 향해 고개를 홱 돌렸다. 알렉스는 그동안 이야기의 땅에 들어갈 수 있는 입구가 다시 생기지 않을까 해서 동화책을 껴안고 오랜 시간을 보냈다. 하지만 다른 방법이 있으리라고는 한 번도 생각해 보지 못했다.

"예컨대 어떤 방법이 있다는 거야?" 알렉스가 물었다.

"나도 모르겠어." 코너가 말했다. "하지만 만약 할머니의 이야기책에 어떤 능력이 있다면, 할머니는 두 세계를 드나들 다른 방법도 만들어 놓았을 거야. 그렇지 않겠어?"

"할머니가 다른 방법을 만들어 놨을 거라는 건 말이 돼." 알렉스가 머릿속에 생각나는 대로 말했다. "할머니 자신을 위해서라기보다는 다른 요정들을 위해서 말이야. 할머니와 함께 전 세계에 동화를 퍼뜨리고 다니는 요정들이 있잖아. 그렇지?"

코너가 눈을 크게 뜨더니 입술을 오므렸다.

"그렇게 생각하지 않아?" 알렉스가 물었다.

"내가 궁금한 게 있다는 걸 너 같은 애들은 어떻게 아는 거야!" 코너가 이렇게 투덜거리더니 알렉스에게 질문했다. "네가 직접 두 세계 사이에 문을 만들 수는 없어?"

알렉스도 자기가 그렇게 할 수 있다면 좋겠다고 생각했다. 하지만 알렉스에게는 그럴 능력이 없었고 스스로도 그 사실을 알고 있었다.

"아니, 그건 할머니만 쓰실 수 있는 마법인걸." 알렉스가 말했다. "나는 그저…… 그저…….."

"스위치만 켤 수 있다면 좋겠다는 거지?" 코너가 말했다.

"맞아." 알렉스가 대답했다.

"그렇다면 할머니는 우리가 스위치를 켤 수 있는 문을 하나만 만들어 놓으셨을까?" 코너가 말했다.

코너가 이렇게 말하자 알렉스는 갑자기 어떤 생각이 번뜩 떠올랐다. "어쩌면 할머니가 엄마의 행방을 모르시는 것도 그런 이유 때문일 거야." 알렉스는 혼자 고개를 끄덕이며 말했다. "누군가 이야기책 같은 역할을 하는 물건을 얻은 다음, 엄마한테 가는 데 사용한 거지."

두 아이는 얼굴에 미소를 띤 채 서로를 바라보았다. 행복해서 웃는 게 아니라 해냈다는 의미였다. 쌍둥이는 자기들이 뭔가를 새로 알아냈다는 걸 희미하게나마 느낄 수 있었다.

"하지만 대체 누가?" 코너가 물었다.

7장

느긋한 거위

다음 날 저녁 쌍둥이는 램프턴과 함께 거실에 앉아 텔레비전 뉴스를 보았다. 램프턴은 화면에 코를 박고 텔레비전을 홀린 듯 쳐다봤다. 머리를 앞으로 기울이고 한쪽 귀를 세운 채였다.

"내가 지금껏 알게 된 이 세계의 기술 가운데 이 텔레비전이 제일 마음에 드는구나!" 램프턴이 꼬리를 흔들며 말했다. "정말 놀라운 물건이야!"

"저는 마법 거울이 훨씬 더 신기해요." 잰더스가 창가에 앉아 주변을 열심히 감시하며 말했다. "그리고 이 세상에 없었으면 하는 단 한 가지가 있다면 그건 화재경보기죠. 내 앞에서 한 번만 더 울린다면 벽에서 확 뜯어내 부숴 버리고 말 거예요."

"음, 죄송하지만 이 세계에서는 어딘가에 불이 난다는 게 좋은 일이 아니거든요." 코너가 말했다.

잰더스는 못마땅하다는 듯이 눈썹을 추켜올리고는 창문으로 다시 몸을 돌렸다. 화가 났는지 어깨에서 불꽃이 활활 타올랐다.

그때 갑자기 번쩍거림이 방을 가득 채웠다. 쌍둥이가 위를 올려다 보았더니 어제처럼 천장에서 하늘색 봉투 하나가 하늘하늘 내려오는 것이 보였다. 그러자 잰더스는 휙 날아올라 봉투를 집더니 공중에서 두 아이의 할머니에게서 온 새로운 전갈을 읽기 시작했다. 그는 쌍둥이의 궁금해하는 눈빛을 못 본 체했다.

편지를 다 읽자 잰더스는 봉투를 자기 어깨에 올렸고, 땅에 내려오기도 전에 봉투는 다 타 버렸다.

"우리는 이제 가야 해." 잰더스가 이렇게 말하자 쌍둥이는 그의 이야기에 귀를 기울였다. "램프턴 경과 나는 우리가 있던 세계로 돌아오라는 명령을 받았단다."

"왜죠?" 알렉스가 물었다.

잰더스는 대답할 말을 찾느라 잠깐 말을 멈추더니 이내 이어서 말했다.

"요정 대모님은 이곳보다는 동화 속 세상이 우리를 더 필요로 한다고 하시네." 잰더스가 간단하게 말했다. "하지만 우리를 대신해서 너희들을 돌봐 줄 사람들을 보낼 테니 너무 걱정하지 말렴."

코너는 끙 소리를 냈다. 그리고 눈을 굴리며 말했다. "아, 그렇군요. 저희를 아기처럼 돌봐 줄 다음 사람은 누구일까요? 개 빙고랑 이빨 요정인가요?"

"아니야, 마더구스가 오실 거란다." 잰더스가 말했다.

알렉스와 코너는 그 말에 잰더스를 멍하니 쳐다보다가 이내 서로의 얼굴을 바라보았다. 잰더스는 진심으로 하는 말일까? 유머 감각이 그리 많아 보이지는 않는데.

"무슨 문제라도 있니?" 잰더스는 전혀 비꼬는 기색 따위 없었다. "정말이야. 마더구스가 오늘 밤 유럽에서 여기로 날아오실 거란다."

"마더구스라니." 코너가 말했다. "〈잭과 질이 언덕을 올라가네〉 노래에 나오는 그 마더구스 말이에요?"

"그래, 당연히 그 마더구스지." 잰더스가 어디 아프냐는 듯 코너를 바라보며 말했다. "다른 마더구스가 또 있니?"

"그분은 유럽에서 무슨 일을 하고 계신데요?" 알렉스가 물었다.

"너희 할머니가 동화 속 세상에 일어난 일을 처리하시는 동안 계속해서 사람들에게 이야기를 전하는 일을 하시지." 잰더스가 대답했다. "하지만 그분 앞에서 잭과 질 이야기는 입도 뻥끗하지 않는 게 좋을 거다. 밤새 수상한 뒷이야기를 듣고 싶지 않다면 말이다. 마더구스는 언제나 음…… 조금은 말수가 많으시니까."

마더구스는 '영원히 행복한 연합' 구성원 가운데 두 아이가 이야기의 땅에 머무르던 동안 보지 못했던 유일한 요정이었다. 그래서 그분을 만난다고 생각하니 기대되었다. 하지만 기대와 현실은 무척 달랐다.

자정을 살짝 넘긴 시각, 쌍둥이는 램프턴의 외침에 잠에서 깼다.

"오셨어! 오셨어!" 램프턴이 집 안이 떠나가라 외쳤다. "마더구스가 내려오고 계셔!"

쌍둥이는 계단을 내려와 현관으로 나갔고, 잰더스와 램프턴을 따라 뒷마당으로 갔다. 하지만 두 아이가 밤하늘을 아무리 올려다보아도 별과 달밖에는 아무것도 보이지 않았다.

"아무것도 보이지 않는걸요." 코너가 말했다.

"날 믿으렴." 램프턴이 귀를 쫑긋 세우며 말했다. "내게는 마더구스가 날아오는 소리가 들린단다."

그때 갑자기 커다란 그림자가 달을 쓱 스쳐 지나가는 게 보였다. 그리고 곧 커다란 형상 하나가 이들을 향해 다가왔다. 쌍둥이는 그 모습을 확인하려고 눈을 찌푸렸다. 가까이 다가올수록 점점 더 또렷해졌고, 커다란 흰색 거위 등에 탄 마더구스가 보였다.

"마더구스가 날아서 온다고 했을 때 이런 모습일 줄은 생각도 못했네요." 코너가 말했다.

"워워, 레스터! 천천히!" 마더구스가 쉰 목소리로 외쳤다. 그리고 거위에 맨 고삐를 잡아당겼다.

마더구스가 너무 빨리 내려오는 바람에 쌍둥이와 램프턴은 정원에 있는 간이 탁자 아래로 몸을 피해야 했다. 하지만 잰더스는 눈 하나 깜짝하지 않고 제자리에 서 있었다. 전에 마더구스가 착륙하는 모습을 본 적이 있기 때문이었다.

거위는 집 전체가 들썩거릴 정도로 요란하게 철퍼덕하고는 착지했다. 작은 지진이라도 일어난 것 같았다.

"세상에, 레스터! 그것도 착륙이라고 한 거니?" 마더구스가 덩치가 말만 한 거위를 꾸짖었다. "별똥별도 너보다는 부드럽게 착륙하겠다!"

그러자 레스터는 '그러든지 말든지' 하는 표정으로 눈을 뒤집었다. 적어도 쌍둥이가 보기에는 그런 표정이었다. 그러고는 물갈퀴 달린 발이 잔디밭에 움푹 박히는 바람에 레스터는 발을 빼내려 애썼다.

마더구스는 키가 작고 몸이 통통한 나이 지긋한 여성이었다. 앞에 은색 버클이 달린 뾰족한 검정 모자 아래로 곱슬곱슬한 회색 머리칼이 보였고, 또 주름이 들어간 하얀색 옷깃이 달린 헐렁한 초록색 드레스를 입고 있었다. 그리고 커다란 부츠에 눈에는 두꺼운 비행사용 고글을 쓴 채였다.

"우리가 제대로 온 건가?" 마더구스가 주변을 둘러보며 말했다. "지도가 어디 있는지 영 찾을 수가 있어야지. 그래서 네 머리 뒤에 내비게이션을 달아야 한다는 거야."

마더구스는 고글을 쓰고 있어 눈이 무척 커 보였다. 하지만 잰더스가 바로 앞에 서 있는 것도 못 알아보는 걸 보면 앞이 제대로 보이지 않는 게 분명했다.

"안녕하세요, 마더구스." 잰더스는 자기가 낼 수 있는 최대한의 열정을 담아 말했다. "제대로 도착하신 게 맞아요. 베일리 댁에 오신 걸 환영합니다."

"재니, 당신이에요?" 마더구스가 이렇게 묻고는 고글을 벗었다. 날아오느라 거센 바람을 하도 맞아 얼굴이 빨갛게 부풀어 있었다. "오, 재니, 이렇게 다시 만나게 되어 반가워요! 난 또 레스터가 나를 멕시코 티후아나에 데려다 놓지 않을까 걱정했거든요. 레스터가 그곳을 무척 좋아해서요."

잰더스는 자기 애칭을 듣자 민망해했다. "착륙은 그렇다 치고 여기까지 오시면서 별일 없으셨어요?"

마더구스는 낑낑대며 레스터에서 벗어나 땅에 풀쩍 뛰어내렸다. "오, 여행은 나쁘지 않았어요. 괜찮았어요." 마더구스가 말했다. "이 녀석이 피츠버그에서 747 비행기에 부딪혔던 것만 빼면요. 나중에 털을 뽑아 베개로 만들어 버릴 테다, 멍청한 거위 녀석."

그러자 레스터가 천천히 고개를 저었다. 확실히 변명거리가 있는 듯했다.

"그 망할 비행기가 너무 커서 피하는 것도 힘들었지 뭐예요." 마더구스가 말했다. "라이트 형제에게 비행기를 만들어 보라고 격려하지 말

걸 그랬어요. 인생 최대의 실수라니까요!"

마더구스가 팔을 죽죽 펴며 몸을 풀자 등과 다른 관절들에서 마치 불꽃놀이라도 하듯 두두둑 소리가 났다. 그러는 동안 알렉스와 코너, 램프턴은 천천히 탁자 아래에서 나와 마더구스에게 다가갔다.

"마더구스, 쌍둥이를 소개해 드릴게요." 두 아이를 본 잰더스가 말했다. "이 아이들은 알렉스와 코너예요."

"그럼, 알다마다요. 이 꼬맹이들은 전에도 본 적 있어요." 마더구스가 말했다. 그러고는 손을 허리 위에 올리고는 두 아이를 위아래로 훑었다.

"정말요?" 코너가 말했다.

"몇 년 전 너희들이 갓난아기였을 때란다. 너희 할머니와 같이 있는 걸 봤지." 마더구스는 이렇게 말하더니 먼저 알렉스를, 그다음에는 코너를 가리켰다. "만약 내 기억이 맞다면 너는 끊임없이 울어 댔고, 너는 내가 기저귀를 갈아 주는 동안 나를 온통 오줌 범벅으로 만들었단다." 마더구스는 아이들에게 몸을 기울이더니 진지한 눈빛으로 말했다. "처음이라 봐 줬지만 다시는 그런 일이 없어야 할 거야."

두 아이는 동시에 침을 꿀꺽 삼켰다. 그리고 곧 잰더스가 했던 말이 무슨 뜻인지 알 수 있었다. 마더구스의 심각했던 얼굴에 함박웃음이 번지며 큰 소리로 웃기 시작했던 것이다.

"긴장 풀어, 얘들아! 장난친 거란다." 마더구스는 이렇게 말하고는 몸을 돌려 레스터의 등에서 커다란 바구니를 끌어내렸다. "짐 나르는 것 좀 도와주겠니, 코너?"

마더구스는 코너의 팔에 무거운 바구니를 안겼고 코너는 생각보다 무게가 나갔던 터라 끙 하고 신음했다.

"그리고 너." 마더구스가 알렉스에게 말했다. "레스터에게 채소 한 바구니 가져다주겠니? 오랫동안 날아왔기 때문에 뭘 좀 먹어야 할 거야. 하지만 브로콜리는 빼 주렴. 배에 가스가 차니까 말이야."

거위는 눈을 동그랗게 뜨고 마더구스를 쳐다보더니 입을 크게 벌렸다. 비밀스러운 정보를 아무렇지도 않게 흘렸다는 사실에 깜짝 놀란 듯했다.

"그렇게 쳐다보지 마. 사실이잖아!" 마더구스가 말했다.

"이 거위에게 직접 먹이를 주라고요?" 알렉스가 지나치게 큰 거위를 보며 한 걸음 물러서서 긴장한 목소리로 말했다.

"레스터는 무서워하지 않아도 된단다." 마더구스가 알렉스를 안심시켰다. "꽥꽥거리기만 하지 뒤뚱대며 널 밟지는 않을 거야."

잰더스와 램프턴은 마더구스를 집 안으로 안내했다. 코너도 짐 바구니를 들고 그 뒤를 따랐다. 너무 무거운 나머지 등이 부러질 것만 같았다. 알렉스는 레스터에게 먹이를 주기 위해 부엌으로 가서 커다란 그릇에 있던 채소를 몽땅 던져 넣었다.

마더구스는 베일리 가족의 셋집을 둘러봤다. "나쁘지 않구나, 나쁘지 않아."

"셋집일 뿐이에요." 코너가 말했다. "몇 년밖에 살지 않았고요."

"나는 오랫동안 신발 모양 집에서 할머니와 함께 지냈단다. 개조하기 전까지 말이지." 마더구스가 코너에게 말했다. "내 말을 믿으렴. 그런 경험을 했기 때문에 나는 어떤 집에 머물든지 궁전같이 느껴져. 그 집의 고약한 냄새는 잊혀지지 않지만."

"최근에는 이 집이 감옥같이 느껴져요." 코너가 말했다.

"애야, 난 그동안 여러 감옥을 방문해 봤고 갇혀 본 적도 있단다. 여기는 감옥 축에도 못 껴." 마더구스가 말했다. "내 바구니를 난롯가로 옮겨다 주겠니?"

코너는 바구니를 난롯가에 끌어다 놓았다. 그러자 마더구스는 바구니로 손을 뻗더니 그 안에서 나무로 만든 커다란 흔들의자를 꺼냈다. 그 광경을 본 코너는 자기 눈을 믿을 수가 없었다. 바구니에서 꺼내기에는 흔들의자가 너무 컸기 때문이었다. 그리고 그 바구니 안에 어떤 놀라운 물건이 더 들어 있을지 궁금해졌다.

마더구스는 흔들의자에 앉더니 부츠를 벗어 던졌다. 드러난 발은 그런 큰 신발을 신고 있었다기에는 놀라울 정도로 아주 작았다.

"재니, 부탁인데 난로에 불 좀 켜 주겠어?" 마더구스가 고갯짓으로 난로를 가리키며 말했다.

잰더스는 마지못해 그쪽 방향으로 손을 가볍게 튕겼다. 그러자 검지에서 불타는 공이 나오더니 난로 속 장작에 불이 붙었다.

"고마워, 재니." 마더구스가 말했다. "그리고 너희 둘 중 한 명이 내 발을 좀 문질러 줬으면 좋겠구나."

코너와 잰더스는 절대 안 된다는 표정으로 마더구스의 얼굴을 빤히 바라보았다. 그러자 마더구스는 어깨를 으쓱했다. "미안, 그냥 물어본 거였어."

그때 레스터에게 먹이를 다 준 알렉스가 돌아왔다.

번쩍이는 빛이 다시 한번 방을 채웠다. 하지만 이번에는 봉투가 떨어지는 대신 방 한가운데에 하얀색 문이 나타났다. 알렉스와 코너의 눈이 서로 마주쳤다. 동화 속 세상으로 통하는 문이라고 생각했기 때문이었다. 두 아이는 문 속으로 뛰어들어가고 싶었지만 만약 그렇게 한다해도 옆에서 그들을 저지할 게 뻔했다.

"저건 우리더러 동화 속 세상으로 들어오라는 문이야." 잰더스가 램프턴에게 말했다.

"이곳을 책임질 수 있으시죠, 마더구스? 그동안 제가 군인들을 엄격하게 훈련시켰어요. 두 명은 언제나 집 안을 지켜야 하고, 나머지는 돌아가면서 집 밖을 순찰해야 해요."

"그래, 그래, 그래. 나도 규율에 대해서는 잘 알고 있어." 마더구스가 흔들의자를 앞뒤로 흔들며 말했다. "군인들을 처음 이끄는 것도 아닌데 뭘. 그동안 네가 조그맣게 불꽃이나 일으키는 동안 나는 여기저기 휘젓고 다녔다고. 이런 애들을 안전하게 지키는 것쯤이야 식은 죽 먹기지."

"네, 대단하세요." 잰더스가 툴툴대듯 말했다. 그리고 그 어느 때보다 불꽃이 활활 타올랐다. "이제 갑시다, 램프턴 경."

그러자 개 모습을 한 램프턴이 문 쪽으로 달려갔다. "잘 있으렴, 애들아." 램프턴이 말했다. "부디 몸조심하렴. 곧 또 보자."

잰더스가 램프턴이 들어갈 수 있도록 문을 열자 램프턴이 안으로 뛰어들어 갔다. 잰더스도 문 안쪽으로 발을 한 걸음 디뎠다가 문을 닫기 전에 쌍둥이를 돌아보며 말했다. "너희 할머니가 뭘 바라시는지 잘 생각해 보렴." 그러고는 문을 닫았다.

문이 사라지자 두 아이는 어느 때보다 크게 실망했다.

마더구스는 잰더스와 램프턴이 사라질 때까지 지켜보다가 바구니를 뒤적거리기 시작했다.

"내 보글이 어디 갔지?" 마더구스는 혼자서 중얼거리더니 팔 전체를 바구니에 넣고 훑었다. "여기 있네." 그러고는 커다란 금속 보온병을 꺼내 안에 든 내용물을 한 모금 마시더니 만족스럽다는 듯 "아아" 하는 소리를 냈다.

알렉스와 코너는 곁눈질로 서로를 바라보며 실실 웃었다.

"너희 둘, 왜 웃는 거니?" 마더구스가 물었다.

"아무것도 아녜요." 알렉스가 웃음기를 거뒀다.

"저희가 예상했던 모습과는 많이 달라서요." 코너는 이렇게 말하더니 미소가 두 배는 커졌다.

"그게 무슨 뜻이지?" 마더구스가 눈썹을 추켜올리며 물었다.

코너는 어깨를 으쓱했다. "마더구스라고 하면, 뭐랄까 보닛을 쓰고 어린아이들에게 전래 동화를 읽어 주는 커다란 거위를 상상했거든요."

"저런, 나에 대해 사람들이 흔히 하는 오해지." 마더구스가 보온병을 들고 한 모금 더 들이켰다. "가끔은 레스터가 내 보닛을 쓰고 싶어 하거든. 그러면 거위인 자기는 기분이 좋겠지만 사람들이 나를 어떻게 보겠어! 레스터, 그런 눈으로 쳐다보지 마라! 그러면 주변 사람들이 수군거리잖아!"

레스터가 뒤뜰에서 창문을 통해 마더구스를 바라보고 있었다. 부리를 넓게 벌리고 눈을 찡그린 채였다. 그러더니 잔디밭에 편안하게 자리 잡고는 잠을 청했다. 레스터에게는 부끄러운 일이 너무 많은 하루였다.

"레스터는 지나치게 예민하단다." 마더구스가 말했다.

"저렇게 큰 거위를 어디서 찾았어요?" 알렉스가 물었다.

"꽤 오래전 일이지." 마더구스가 대답했다. "난 난쟁이의 숲에서 오거 몇 마리랑 돈을 걸고 카드놀이를 했지. 그리고 운 좋게도 커다란 황금알을 땄단다. 난 너무 신났지. 이제 곧 부자가 될 수 있다고 생각했으니까 말이야! 하지만 다음 날 알에서 깨어난 게 저 녀석이었고 난 무척이나 실망했단다."

"우와." 코너가 말했다. 레스터가 황금알에서 나왔다는 것도, 마더구스가 도박을 했다는 것도 흥미진진했다.

"어쨌든 말이다." 마더구스가 이렇게 말하고는 보온병에 든 것을 한 모금 더 들이켰다. "나는 여러 해 동안 저 녀석을 통해 일해 왔단다. 내 주된 교통수단이었지. 난 비행기 타는 게 싫고 배를 타면 멀미가 나는 데다, 한동안 운전면허가 정지된 상태였거든."

마더구스는 보온병에 든 것을 한 모금씩 마실수록 눈꺼풀이 점점 무거워지는 듯했다. 그리고는 머리를 떨구고 꾸벅꾸벅 졸기 시작했다. 그러더니 갑자기 두 아이를 향해 보온병을 치켜들고 말했다. "졸아서 미안하구나. 너희들도 마실래?"

"그 안에 든 게 뭔지 모르겠지만, 아마 저희가 법적으로 마실 나이는 아닐 것 같네요." 알렉스가 대답했다.

"마음대로 하렴." 마더구스가 말했다.

알렉스는 마더구스를 상당히 의심스러운 눈으로 바라보기 시작했다. 하지만 코너는 대단하다는 듯 존경심을 담은 눈길로 바라보았다. 마더구스를 보면 볼수록 이제껏 동화 속에서 봤던 등장인물 가운데 가장 마음에 들었던 것이다.

코너는 바구니 안을 들여다봤다. "이 안에 또 뭐가 있어요?" 코너가 물었다. "여권인가요?"

그러자 마더구스는 얼른 바구니 뚜껑을 닫더니 코너를 흘겨봤다. 코너는 미안하다는 듯 웃음을 터뜨렸다.

"죄송해요." 코너가 말했다. "사생활을 엿보려던 건 아니었어요. 단지 그 안에 이렇게 많은 것들이 다 들어간다는 게 신기해서요."

"이것 보렴, 얘야." 마더구스가 약을 올리며 말했다. "네가 나처럼 오래 살고 나처럼 많이 여행을 다니다 보면 그 과정에서 적들이 생긴단다. 나는 너희 할머니와는 달라. 모든 사람이 다른 사람과 다 잘 지내지는 못하지. 차마 말할 수 없는 몇몇 나라와 문화권에서는 나같이 자기 주장이 강한 여자를 별로 좋아하지 않거든."

마더구스는 확신한다는 듯 고개를 끄덕이고는 한 모금 더 마셨다. 알렉스와 코너도 차마 아니라고 할 수가 없어 따라서 고개를 끄덕였다.

"언제나 빠져나갈 제2의 계획과 자신을 구해 줄 친구를 만들어야

해. 그러면 절대 실패할 일은 없을 거야." 마더구스가 이렇게 말하더니 보온병에 든 것을 한 모금 더 마셨다. "그게 내 신조야."

마더구스가 말을 흐리더니 눈꺼풀이 무거워진 듯 파르르 떨었다.

"유럽 어디 어디에 계셨어요?" 알렉스가 화제를 바꾸려고 필사적으로 애쓰며 물었다.

"루마니아의 아동 병원에 있다가 알바니아의 보육원에 잠시 머물렀단다."

두 아이는 마더구스가 '~니아'로 운을 맞춘 게 아닌지 생각했다. 마더구스는 술을 마실수록 더 운을 맞추려는 것 같았다.

"아이들에게 어떤 동화를 읽어 주셨나요?" 마더구스가 잠들지 않도록 하려고 코너가 말을 걸었다. 이야기 듣는 게 즐거워서 이대로 끝내기는 아쉬웠던 것이다.

"나는 〈잭과 질〉, 〈꼬마 아가씨 머펫〉을 읽어 주었어. 평소대로 말이야. 하지만 그 아이들이 내가 환상인지 의심하는 바람에 아주 힘들었단다." 마더구스는 하품을 했지만 새로운 이야깃거리가 생기자 신났는지 감긴 눈꺼풀을 다시 떴다. "머펫은 가끔은 자기가 여가수인 것처럼 굴지만 거미를 무척 무서워하는 게 흠이지."

마더구스는 마치 랩 가수처럼 말했다.

"멋지네요." 코너가 웃음을 터뜨렸다. "〈잭과 질〉 이야기는 어떤가요? 저는 둘이 그 언덕에서 실제로 뭘 했는지가 늘 궁금했거든요."

알렉스는 코너를 말리려는 듯 팔꿈치로 툭툭 쳤다. 그 말을 듣자 마더구스는 흔들의자에서 일어나 앉았다. 그 모습을 본 코너는 마더구스가 무슨 말을 하든 들을 만한 내용일 거라고 직감했다. 하지만 알렉스는 긴가민가한 표정이었다.

"잭과 질이 물 한 동이를 떠 오려고 언덕에 올라갔지." 마더구스가 말했다. "하지만 잭이 언덕에서 데굴데굴 굴러떨어져 머리가 깨지고 말았어. 그건 질이 잭의 등을 떠밀었기 때문이었단다. 하지만 아무도 질을 붙잡지 않았지!"

"그럴 리가요!" 코너가 흥미롭다는 듯 미소를 지으며 말했다.

마더구스는 자기 말이 옳다는 듯 고개를 위아래로 슬렁슬렁 끄덕였다.

"질은 왜 잭을 언덕 아래로 떠밀었죠?" 알렉스가 물었다.

마더구스가 빙그레 웃더니 말했다. "잭은 동작이 빠르고 날렵했어. 하지만 그게 그러니까……." 마더구스는 열세 살짜리 아이들에게 이야기하는 중이라는 사실을 깨달았는지 말을 끝맺지 못하고 어물거렸다. "오늘 밤은 너무 많이 마셨구나. 나는 이제 잠을 자야 할 것 같다."

마더구스는 보온병을 바구니에 넣더니 두 아이에게 그만 가 달라고 했다. 그러더니 마더구스는 흔들의자에 앉아 턱이 가슴에 닿을 정도로 고개를 푹 수그린 채 눈을 감고 깊은 잠에 빠졌다. 그리고 회색곰처럼 코를 골기 시작했다.

"난 저분이 좋아!" 침실로 올라가면서 코너가 바보 같은 미소를 지으며 말했다.

"하지만 남의 험담을 너무 쉽게 하는 것 같아." 알렉스가 말했다.

"그건 그래." 코너가 말했다. "저 병 안에 든 게 뭔지는 모르겠지만 몇 모금 마시니까 정말 사람이 제멋대로가 되더라."

알렉스는 계단을 반쯤 올라가다 말고 뒤돌아서서 자기들을 돌봐주기로 했던 마더구스가 잠자는 모습을 다시 한번 쳐다봤다. "그래, 확실히 그런 것 같아……." 하지만 알렉스는 머릿속에서 뭔가 다른 계획을 떠올리고 있었다.

알렉스는 그날 밤 태어나서 가장 지독한 악몽을 꾸느라 밤새 뒤척였다. 지난 몇 달 동안 반복되었던 그 꿈은 늘 똑같은 장면에서 시작했다. 알렉스는 코너와 함께 기분 좋게 숲속으로 달려갔지만 할머니의 오두막집 뜰을 벗어나지 못했다. 하지만 오두막집 창문을 통해 언뜻 보이는 얼굴은 할머니가 아니라 엄마였다. 엄마는 눈물을 흘리면서 "도와줘!"라고 속삭였고, 이 장면은 알렉스가 잠에서 깰 때까지 반복됐다.

알렉스는 잠에서 깨 몸이 흠뻑 젖은 채 덜덜 떨면서 울음을 터뜨렸다. 지금까지의 상황대로라면 이건 현실과 동떨어진 꿈이 아니었다. 엄마는 심각한 위험에 빠져 있거나 다쳤을지도 모른다.

알렉스는 더 이상은 견디기 힘들었다. 어떤 수단을 동원해서라도 무슨 일이 일어났는지 알아봐야 했다.

집 안 사람들이 다 일어나자 알렉스는 아래층으로 내려가 아침을 먹는 코너, 마더구스, 밥에게 다가갔다.

"좋은 아침이구나." 밥이 말했다. "잘 잤니?"

"아뇨." 알렉스가 대답했다.

"나랑 비슷한 것 같네." 눈 아래가 거뭇해진 코너가 말했다.

"시리얼을 좀 주마." 마더구스가 말했다. 그리고는 부엌에 가서 '마더구스 옥수수 시리얼'이라는 상표가 붙은 시리얼을 그릇에 쏟고 우유를 부었다. 시리얼 상자에는 실제보다 훨씬 행복해 보이고 활짝 웃음 짓고 있는 마더구스가 그려져 있었다.

마더구스는 알렉스 앞에 시리얼 그릇을 내려놓았다. "마더구스 시리얼이네요. 그런데 왜 이렇게 그려 놓은 거죠?"

"나와는 상관없는 일이야." 마더구스가 말했다. "이 세계에서 나를 어떻게 그렸는지 신경 써야 하는 건 너무 싫어. 너무 바보 같거든. 하지만 이 시리얼만큼은 처음 나왔을 때부터 내 얼굴이 상자에 그려져 있다는 사실이 별로 신경 쓰이지 않았단다. 매일 중독된 듯 먹고 있거든.”

알렉스는 어깨를 으쓱하고는 시리얼을 한 입 먹었다. 꽤 괜찮았다.

“마더구스가 밥에게 동화 속 세상을 설명해 주고 있던 참이었어.” 코너가 알렉스에게 말했다.

“놀라운 이야기예요.” 밥이 말했다. 밥은 마더구스와의 대화에 빠져든 눈치였다. “만약 제가 잘못 알아들었다면 정정해 주세요. 그러니까 당신과 다른 요정들이 수백 년 동안 전 세계를 돌아다니며 동화가 필요한 아이들에게 이야기를 들려줬다는 거죠?”

“간단하게 정리하자면 그렇죠.” 마더구스가 말했다.

“그렇다면 당신은 나이가 수천 살은 되었겠네요.” 밥이 말했다.

그러자 마더구스는 밥을 쏘아보았다. “지금 뭐라고 했죠? 오해하면 곤란한데 내가 나이가 꽤 많은 건 사실이지만 그렇게 많지는 않아요. 이 세계는 우리 세계보다 시간이 훨씬 빨리 흐른다고요. 이 세계에는 구분되는 시대가 아주 많죠. 중세, 르네상스, 계몽주의 시대, 산업화 시대, 현대에 이르기까지 말이에요. 하지만 동화 속 세상은 내가 기억하기로는 시대가 세 개 정도뿐이에요.”

“어떤 시대들인가요?” 알렉스는 동화 속 세상의 역사에 대해 관심을 가졌다.

“가만있어 보자.” 마더구스가 말했다. “용의 시대, 마법의 시대를 거쳐 지금은 황금시대라고 불리고 있단다. 이 모든 난리가 나기 전까지는 정말 말 그대로 황금시대처럼 평화로웠지.”

“용의 시대라고요?” 코너가 흥분해서 되물었다. “동화 속 세상에 용이 살았다는 말인가요?”

"엄청나게 많았단다." 마더구스가 말했다. "하지만 그 때문에 세상은 엉망진창이었지! 용들이 여기저기 날아다니며 멋대로 불을 뿜어 대는 바람에 말이야! 결국 너희 세상에서 공룡이 그랬던 것처럼 멸종해 버렸지만."

"용을 직접 본 적 있으세요?" 코너가 물었다.

"나는 용하고 맞붙어 싸우기도 했어. 마법을 부리거나 이야기를 들려주는 일을 하기 한참 전이지." 마더구스가 뻐기듯이 눈웃음을 지으며 말했다.

코너는 못 믿겠다는 듯 눈을 가늘게 떴다. "거짓말이죠?"

그러자 마더구스는 소매를 걷어붙이더니 팔에 난 커다란 화상 자국을 보여 주었다. "이건 요리하다가 덴 자국이 아니란다, 애야." 마더구스가 말했다.

코너는 입을 헤 벌리고는 마더구스를 쳐다볼 뿐이었다. 지금껏 이렇게 누군가에게 큰 감명을 받은 것은 처음이었다. 마더구스는 세 사람에게 마땅히 그럴 만한 감탄을 안겼다.

"그럼 중세와 르네상스 시대에도 이 세계에 오셨던 거예요?" 알렉스가 물었다. "정말 여러 곳에 가 보고 많은 사람을 만났겠어요!"

"르네상스를 시작한 게 바로 나란다." 마더구스는 마치 차 모임을 열었다는 듯 얘기했다.

두 아이는 이제 마더구스의 이야기에 빨려 들어가고 있었다.

"정말로 그랬단다!" 마더구스가 말했다. "나랑 너희 할머니, 로제트, 스카일렌, 비올레타가 그 자리에 있었지. 우리는 사람들이 사는 너희 세상이 너무 지루해서 어느 날 큰 파티를 열었지. 정말 즐거운 시간이었단다. 그리고 나서 수십 년 뒤에 돌아와 보니 유럽 전체가 우리를 따라 하고 있더구나."

"우리 할머니도 거기 계셨어요?" 코너가 물었다.

"오, 그랬지." 마더구스가 말했다. "너희 할머니도 무척 재밌게 그 모임을 즐겼단다. 나중에 아들, 그러니까 너희 아빠를 임신하고 난 뒤에는 좋은 엄마가 되었지만 말이야. '요정 대모'라는 이름을 얻게 된 것도 그 때문이란다. 모든 사람에게 친절하고 자상했지." 알렉스와 코너는 이 말을 듣고 서로를 쳐다봤다. 지금은 할머니에게 꽤 화가 나 있었지만 알면 알수록 대단한 분이었다.

"그거 아니?" 마더구스는 이야기를 이어나갔다. "레오나르도 다빈치와 나는 서로 좋아하는 사이였단다."

알렉스는 헉, 하고 숨을 들이마셨다. "믿을 수 없어요! 이제 이야기를 마구 지어내시는군요!"

그러자 마더구스는 어이없다는 듯 눈을 치켜뜨고는 심각한 표정으로 알렉스를 똑바로 쳐다봤다. "다빈치가 왜 날아다니는 기계를 만들었겠니? 레스터와 나랑 어울리기 위해서였다고. 이봐, 레스터, 얘들한테 내가 레오나르도 다빈치랑 연애한 게 정말이라고 말해 줘! 도대체 믿지를 않네!"

그러자 레스터가 부엌 창문 너머로 모습을 드러냈다. 레스터는 마더구스의 말이 진짜라는 듯 고개를 끄덕였다. 두 아이는 깜짝 놀랐다.

"물론 그때는 내 이름이 마더구스가 아니었지. 그때 내 암호명은 모나리자였단다."

"당신이 모나리자였다고요?" 코너가 놀라서 물었다.

"그 유명한 그림에 나오는 사람 말예요?" 알렉스가 물었다.

"왜 너희 십대들은 다른 사람들이 너희에게 거짓말만 한다고 생각하는 거지? 너희에게 정직하지 않을 이유가 없잖니." 마더구스가 말했다. "나는 그 사람을 레오라고 불렀지. 레오는 나를 웃게 해 줬어. 내

초상화에도 웃는 표정이 분명히 드러나 있지."

알렉스와 코너는 입을 떡 벌린 채 마더구스를 바라보았다. 어디까지가 정말인지 더 이상 분간이 가지 않았다.

"왜 암호명을 썼어요?" 코너가 물었다.

"아까 말했잖니, 나는 적이 많았다고!" 마더구스가 대답했다. "나는 그동안 가짜 이름을 여러 개 써 왔어. 기네비어, 모나리자, 고디바 부인, 구스 플루…… 이 인물들이 다 나란다. 하지만 지금은 마더구스라고만 불리지. 나에게 가장 잘 어울리는 이름이고."

밥 역시 두 아이와 마찬가지로 황당하다는 표정이었다. 과학으로 무장했고 공부도 많이 한 그였지만, 지금은 그동안 자신이 알고 있던 모든 것에 대한 믿음을 서서히 잃어 가는 채 이야기를 듣고 있을 뿐이었다.

"그러니까 당신과 요정들이 그동안 우리가 알고 있던 동화를 퍼뜨려 왔다는 거죠?" 밥이 물었다.

"있는 그대로 얘기했을 뿐이에요." 마더구스가 대답했다. "동화 세계의 최근 역사가 이 세계에 큰 영향을 끼쳤으니까요. 〈잠자는 숲속의 공주〉며 〈백설 공주〉, 〈신데렐라〉 등등의 이야기 말이에요. 이 시대를 황금시대라고 하죠. 하지만 불행히도 이 세계는 점점 발전하면서 동화 속 세상보다 훨씬 빨리 흐르기 시작했어요. 그래서 우리는 시간이 지날수록 동화가 사라지는 게 두려웠고 우리를 도와 동화를 퍼뜨릴 사람들을 모집했죠."

"그림 형제 같은 사람들 말씀인가요?" 밥이 조금은 이해했다는 듯 물었다.

"그림 형제, 한스 크리스티안 안데르센, 월트 디즈니…… 다 우리가 모은 사람들이었죠." 마더구스가 손을 꼽으며 얘기했다. "하지만 지금은 제자 기르기를 그만두고 우리 요정들이 직접 다니고 있어요. 요즘은 두 세계 사이에 흐르는 시간의 속도가 다르지 않거든요. 걱정하지 않아도 될 정도로요. 그리고 '영원히 행복한 연합'이 만들어진 이후로는 우리 세계도 좀 조용해졌죠. 그래서 우리도 짬이 났고요."

"영원히 행복한 연합은 뭔가요?" 밥이 물었다.

"국제연합 비슷한 거예요." 알렉스가 대신 대답했다. "모든 왕과 여왕들이 평화를 지키겠다고 조약에 서명했죠."

"모든 왕과 여왕을 비롯해 요정 대모, 요정 협의회 사람들과 내가 만든 모임이지. 우리는 그 조약을 만든 이후 줄곧 잘 지켜 왔단다." 마더구스가 말했다. "지금껏 조약은 정말로 잘 작동해 왔지. 우리 동화 속 세상은 그동안 꽤 평화로웠어. 지금은 이렇게 되어 버렸지만."

마더구스는 두 아이를 바라봤다. 지금의 상황에 대해서는 이야기를 꺼내지 말라는 당부를 들었기 때문에 말끝을 흐리는 것 같았다.

밥은 살짝 고개를 끄덕였다. "이제 좀 이해가 되네요. 하지만 한 가지 궁금한 점이 있어요. 두 세계 사이에 시차가 있었다고 했잖아요? 그건 어떻게 된 거죠?"

그러자 마더구스는 쌍둥이를 가리키며 말했다. "이 두 아이가 이 세상에 태어났기 때문이에요." 마더구스는 웃음 지었다. "이 아이들은 두 세계 모두에서 태어난 첫 번째 아이들이거든요. 그래서 두 세계를 연결해 주는 존재가 되었죠. 마법이 신기한 방식으로 작동한 거예요. 마법은 언제나 그렇지만."

그 말을 들은 밥은 쌍둥이를 바라보며 감명받았다는 듯 미소를 지었다.

"우리가 좀 대단한 애들이에요." 코너가 말했다.

밥은 코너를 향해 웃었다. "다른 애들이 모르는 세계를 안다는 거지?" 밥이 눈을 찡긋했다.

밥은 곧 출근했고, 쌍둥이는 집 주변을 청소하면서 하루를 시작했다. 하지만 머릿속은 온통 걱정뿐이었다. 두 아이 모두 같은 생각이 자꾸 머릿속을 빙글빙글 도는 바람에 몹시 지쳤다.

이후 며칠은 지난주보다 분위기가 훨씬 누그러졌다. 마더구스는 잰더스처럼 엄격하지 않았고, 이런 점이 쌍둥이에게는 대단히 위안이 되었다. 심지어 난쟁이 인형으로 변신한 군인들이 교대 시간을 알려 주려고 낮잠을 자던 마더구스를 깨워야 했다.

코너가 마더구스와 잘 어울리는 모습을 지켜보면서 알렉스는 기분이 좋아졌다. 둘은 사실상 서로 떼어놓을 수 없을 정도로 붙어 다녔다. 예컨대 낮에 두 사람은 창가에 앉아 집 앞을 내다보며 우체부에게 장난을 쳤다(마더구스는 한쪽 귀를 꿈틀대면서 우체부가 등을 돌릴 때마다 우편함을 마법으로 조금씩 움직였다). 그리고 저녁 식사 뒤에는 프로 레슬링 경기를 시청하거나 군인들과 카드놀이를 했다. 마더구스는 코너에게 에이스 카드를 소매 속에 숨기는 방법을 가르쳐 주었다.

알렉스는 며칠 동안 머릿속으로 계획을 꾸미고 있었지만 코너에게는 자세히 알려 주지 않았다. 할머니의 바람을 깨뜨리는 것만으로도 이미 죄책감을 느꼈기 때문에 코너까지 끌어들이고 싶지 않았던 것이다.

그러던 어느 날 밤이었다. 코너는 일찍 잠자리에 들었고 알렉스는 아직 마더구스 이야기를 듣고 있었다. 마더구스는 부엌 식탁에 앉아 보온병을 손에 든 채 군인들과 동화 속 세상 이야기를 두런두런 나누고 있었다. 알렉스가 보기에 마더구스는 꽤 즐거워 보였다. 마더구스는 눈이 반짝반짝 빛나고 있는 데다 분명하지 않은 발음으로 단어의 운율을 맞추고 있었다.

"아주 어렸을 때 이후로 이렇게 즐거웠던 적은 처음이에요. 그땐

욕조에서 세 사람과 둥둥 떠다닐 정도로 재밌게 지냈는데." 마더구스가 웃음을 터뜨리더니 식탁에 앉은 군인들에게 자신의 보온병을 넘겼다. 군인들도 각자 병 속에 든 액체를 마셨고 시간이 지날수록 눈꺼풀이 아래로 처지기 시작했다.

"마더구스, 당신에게 고백할 게 있어요." 그때 한 군인이 슬픈 목소리로 말했다. "저는 조각난 달걀 험프티 덤프티를 다시 붙여 보려고 애쓰던 왕실 보초병 가운데 한 사람이었어요. 그때 당신도 근처에 있었던 것 같네요. 험프티 덤프티를 살리지 못해서 아직도 아쉬워요."

끔찍한 사고로 목숨을 잃은 친구를 생각하니 마더구스의 눈가에 눈물이 맺혔다.

"험프티와 나는 벽에 나란히 앉아 있었죠. 우리는 무척 용감했어요." 마더구스가 말했다. "그러다가 험프티가 벽에서 굴러떨어졌죠. 불쌍하게도 독한 술에 취해 몸을 가누지 못했어요. 그 달걀 친구가 오늘따라 몹시 보고 싶네요!"

마더구스는 손으로 얼굴을 감싸고는 몇 분 동안 흐느껴 울었다.

그러다가 마더구스는 몸을 일으켜 보온병을 챙겨 들고는 난롯가의 흔들의자로 가 앉았다. 마더구스가 손가락을 튕기자 난로에 불이 붙었다. 그러고는 병에 남은 마지막 한 모금까지 다 마셨는데, 자신과 군인들이 안의 내용물을 다 마셔 버려 실망한 눈치였다. 그것을 지켜보던 알렉스는 지금이 기회라고 생각했다.

알렉스는 살며시 부엌으로 들어가 샴페인 병을 꺼냈다. 밥이 엄마에게 청혼할 때 쓰려고 사 왔던 술이었다. 알렉스는 오늘 밤 이 술을 잘 활용해야겠다고 생각했다.

흔들의자에 앉아 졸던 마더구스는 가까이에서 뻥 소리가 나자 소스라치게 놀랐다. 알렉스가 등 뒤에서 샴페인 병을 딴 것이었다.

"마실 것을 좀 더 채워 드릴까요?" 알렉스는 마더구스가 손에 꼭 쥐고 있는 텅 빈 보온병을 가리켰다.

"오, 그래 주면 정말 고맙겠구나." 마더구스는 살짝 당황한 눈치였다. 알렉스는 마더구스가 들고 있는 보온병 맨 위까지 샴페인을 가득 채운 다음 술병을 옆에 놓았다.

"잔뜩 따랐구나. 친절하기도 하지." 마더구스가 이렇게 말하고는 첫 모금을 마셨다. "좋은 술이구나. 아마 특별한 순간을 위해 아껴 둔 술 같은데?"

"밥이 엄마에게 청혼할 때 쓰려고 가지고 온 술이었어요. 하지만 엄마가 납치되었으니 지금은 쓸모가 없게 됐죠." 알렉스가 쉬지 않고 재잘재잘 대며 마더구스가 앉은 의자 옆 계단에 앉았다.

"너희같이 착한 애들이 이런 일을 겪다니." 마더구스는 안됐다는 듯이 알렉스의 머리칼을 다정하게 쓸어내렸다. 마더구스의 눈은 슬퍼 보였지만 보온병 안에 든 술을 한 모금 마실 때마다 눈동자는 점점 초점을 잃고 무거워졌다. 알렉스는 자신이 바라던 바를 거의 이룬 셈이었다.

"코너와 저는 그동안 힘든 일을 많이 겪어 왔어요. 하지만 저희만의 방식으로 어떻게든 헤쳐 나갔죠." 알렉스가 말했다. "그러니 어떻게 된 일인지 사정을 전혀 알 수 없는 지금이 저희에게는 가장 힘든 때예요. 우리는 그런 일들을 겪으며 더 빨리 철이 들었어요. 그래야만 했죠. 지금은 아이 취급을 받고 있지만요."

그때 마더구스가 우렁찬 소리로 코를 골았다. 깜빡 잠이 든 것이었다. 알렉스는 마더구스를 톡톡 두드리며 깨웠다.

"음?" 마더구스가 한쪽 눈을 겨우 뜨고는 말했다. "우리가 어디까지 이야기했지, 얘야?"

알렉스는 재빨리 머리를 굴렸다. 마더구스가 반쯤 잠이 든 상태였기 때문에 알렉스는 이 상황을 제대로 활용해야겠다고 생각했다.

"제게 동화 속 세상에서 사는 것이 얼마나 지독한 일인지 얘기하던 중이셨어요." 알렉스가 마더구스가 의심하지 않도록 하려고 지나칠 정도로 고개를 끄덕이며 말했다.

그러자 마더구스는 머리를 위아래로 까닥거렸다. "상황이 좋은 편은 아니지. 동쪽에는 아직도 가시덤불이 있고." 마더구스는 이렇게 말하고는 어리둥절한 듯 주변을 둘러봤다.

"내가 너무 많이 마신 것 같구나. 방이 핑글핑글 도네······."

"저런." 알렉스는 얼른 마더구스의 보온병에 샴페인을 더 따랐다. "하지만 영원히 행복한 연합은 가시덤불쯤은 쉽게 처치할 수 있잖아요. 그렇죠?"

알렉스는 보온병을 마더구스 쪽으로 내밀었다. 그러자 마더구스는 병을 들어 한 모금 더 마셨다.

"가시덤불 자체가 무서운 건 아니란다. 가시덤불에 걸린 마법이 엄청나게 무시무시한 거지." 마더구스가 말했다. "가시덤불은 그녀를 찾아다니다가 결국 붙잡았어. 하지만 우리는 시간도 없고 운도 없었지." 마더구스가 가슴까지 머리를 축 늘어뜨리더니 다시 졸기 시작했다. 알렉스는 마더구스를 흔들어 깨웠다. 이번에는 마더구스도 빨리 깨지 않았다.

"미안, 내가 말하다가 또 잠이 들어 버렸구나." 마더구스가 말했다. 이제는 너무나 피곤한 나머지 눈이 풀려 있었다. "내가 뭐라고 말했니?"

알렉스는 얼른 머리를 굴렸다. "누구를 찾는지는 몰라도 당신이 그녀를 찾았으면 좋겠다고 말했어요."

마더구스는 고개를 끄덕였다. 그러고는 알렉스의 볼을 쓰다듬었다. "너무 걱정하지 말렴. 그들이 곧 에즈미아를 찾을 거야." 마더구스가 말했다.

알렉스가 한 번도 들어보지 못한 이름이었다. "에즈미아라고요? 그게 누구죠?"

그러자 마더구스는 깜짝 놀라서 눈이 두 배로 커졌다. 술에 취해 있지 않았다면 아마 의자에 자세를 똑바로 하고 앉았을 게 분명했다. 알렉스는 이것이 코너와 자기에게 비밀에 부치려 했던 정보 중 하나라는 사실을 알아차렸다.

"오, 이런." 마더구스가 이렇게 말하더니 딸꾹질을 했다. "너희 할머니에게 내가 말했다고 이르면 안 된다."

"안 할게요, 맹세해요." 알렉스가 말했다. 그러자 마더구스는 다행이라는 듯 털썩 주저앉았다. "그 사람이 누군지 알려 주기만 한다면요." 알렉스가 덧붙였다.

마더구스는 몸에서 받아들일 수 있는 최대한의 술을 마신 듯했다. "그럴 수 없어. 너희에게 절대 말하지 않기로 너희 할머니와 약속했는걸!" 마더구스가 말했다.

"그럼 동화를 들려주듯 말씀해 주세요." 알렉스가 부탁했다. 그러고는 일어서서 간절히 알고 싶다는 듯 마더구스의 눈을 바라보았다. "결국에는 알게 될 사실이에요. 시간문제일 뿐이죠. 그러니 제발 말씀해 주세요. 에즈미아가 누구죠?"

마더구스는 집 안을 둘러보며 듣는 사람이 아무도 없는지 확인하고는 보온병에 남은 마지막 한 방울까지 들이켰다. 그러고는 알렉스와 시선을 마주치지 않으려고 눈을 돌려 난롯불을 바라보았다. 말하지 않기로 약속했기에 마음이 무거웠던 것이다.

"세상 사람들은 오랫동안 에즈미아가 죽은 줄로만 알았지. 어디에 있는지 아무도 몰랐고 아무도 이야기하지 않았으니까. 에즈미아는 어둠 속에서 지내며 조용히 음모를 꾸몄지. 복수심에 가득 차서 분노가 타올랐던 거야. 여러 해 동안 쌓인 슬픔과 분노 때문에 두려움은 내일로 미뤘지. 공주에게 저주를 걸어 죽이려던 시도가 실패로 돌아가자 이제 에즈미아는 세계를 멸망시키겠다는 목표로 시선을 돌리고 있어. '영원히 행복한 연합'은 이제 힘을 잃고 과거의 존재들이 될 거야. 마침내 사악한 마법사가 돌아왔으니…….”

이야기를 끝낸 마더구스는 눈을 감았다. 피곤했기 때문이 아니라 부끄러웠기 때문이었다. 알렉스는 한 마디 한 마디 머릿속에 새겼다.

“마법사라고요?” 알렉스가 마더구스의 말을 짜 맞추며 말했다. “잠자는 숲속의 공주를 죽이려 했던 그 사악한 마법사 말인가요?”

“그렇단다.” 마더구스가 대답했다. “그 마법사 이름이 바로 에즈미아고 너희 엄마를 납치한 사람이란다.”

마더구스는 턱이 가슴까지 축 처지더니 완전히 잠이 들었다. 알렉스는 그렇게 깊이 잠든 사람은 처음 보았다. 마더구스의 코 고는 소리가 조용했던 집 안을 가득 채웠다.

알렉스는 방 안을 빠르게 두리번거렸다. 가슴이 두방망이질 쳤다. 그리고 방금 들은 이야기 때문에 숨이 턱 막혀서 잠시 숨을 골라야 했다. 머릿속은 마치 조종사가 움직이는 듯했다. 알렉스는 곧장 계단을 올라가 침실로 향했다. 그리고 배낭에 든 교과서와 여러 물건들을 바닥에 우르르 쏟고 그 대신 옷가지로 가득 채워 넣었다. 그다음 스웨터를 입고 운동화를 신었다.

알렉스는 계단을 내려와 부엌으로 들어갔다. 그리고는 긴 여행을 떠날 때 필요한 먹을거리와 칼, 성냥, 물병 같은 준비물을 챙겼다. 식탁에 기절한 듯이 누워 있는 군인들을 지나칠 때도 전혀 조심하지 않을 정도였다. 급하게 떠나는 길이었지만 확실하게 결심이 섰기 때문에 그 무엇도 알렉스를 막을 수는 없었다.

알렉스는 현관으로 나가 자전거를 타고 거리로 나섰다. 그리고 난쟁이 인형을 돌아보았다. 꼼짝도 못 하는 인형이었지만 알렉스는 그들이 군인이라는 사실을 알았다.

"여러분은 나를 멈출 수 없을 거예요. 위험에 빠지지 않았으니까요." 알렉스는 난쟁이 인형을 향해 외쳤다. 그러고는 나직하게 혼잣말을 했다. "아직까지는……."

알렉스는 가능한 한 빨리 페달을 밟아 어둠 속으로 들어갔다. 자기가 없어졌다는 사실을 알고 군인이나 마더구스가 쫓아오는 건 시간문제였기 때문이었다. 계획을 미리 세워 둔 것은 아니었지만 어디로 향할지는 이미 정한 상태였다. 할머니의 산속 오두막집으로 갈 예정이었다.

어린 시절 가족들과 함께 할머니 댁에 방문했을 때 자동차로 몇 시간이나 걸렸었다. 그래서 알렉스는 자전거로는 더 오래 걸릴 것이라는 사실을 알고 있었다. 만약 할머니가 동화 속 세상으로 들어갈 입구를 마련해 뒀다면 그건 오두막집일 게 분명했다.

알렉스는 떠나기 전 마지막으로 집을 돌아보았다. 이곳에 다시 돌아오기까지 오랜 시간이 걸릴 것 같다는 느낌이 들었지만 기분이 그렇게 나쁘지만은 않았다. 할머니의 바람이 무엇인지는 상관없었다. 알렉스는 엄마를 구하기 위해 이야기의 땅으로 떠날 생각이었다. 그 과정에서 목숨을 잃는다 해도 말이다.

8장

오두막집

알렉스는 다음 날 오후 풀밭에서 눈을 떴다. 그러고는 주변을 둘러보면서 끙 소리를 냈다. 전날 밤새 자전거를 타고 달리다가 길을 벗어나 잠깐 눈을 붙였을 뿐이었는데 이렇게 늦게 일어났던 것이다. 확실히 예정했던 시간보다 몇 시간은 더 늦었다.

알렉스는 할머니의 오두막집으로 향하는 산자락에 있었다. 마지막으로 이곳에 온 게 꽤 오래전이라 정확한 방향을 가늠하기가 어려웠다. 산등성이가 서서히 높아지는 길목에서 알렉스는 잠깐 멈춰 작은 주유소에 들러 지도를 한 장 샀다. 산길이 구불구불 이리저리 갈라져 있는 바람에 방향을 잡기가 어려웠다. 알렉스는 지도를 앞뒤로 살피며 자신이 북동쪽을 향하고 있는 게 맞는지 확인해야 했다. 예전에 부모님이 길이 더 이상 나 있지 않은 곳까지 북동쪽 방향으로 자동차를 몰고 들어갔던 기억이 났기 때문이었다.

알렉스는 코너를 두고 온 것이 못내 마음에 걸렸지만, 즉흥적인 계획에 코너까지 끌어들이고 싶지 않았다. 알렉스는 날이 어둑해지자 길에서 멀찌감치 떨어진 곳에 작은 텐트를 쳐야 했다. 이때만큼은 코너가 있었으면 하는 마음이 들었다.

알렉스는 동화 속 세상의 숲속을 혼자 여행하는 게 더 위험한지, 이곳 숲속을 여행하는 게 더 위험한지 판단할 수 없었다. 동화 속 세상처럼 늑대 악당 패거리가 나타날 일은 없었지만 보통 늑대들이 돌아다니는 건 확실했다.

하지만 이런 늑대조차 감당할 수 없다면 그 대단한 마법사를 어떻게 쓰러트릴 수 있겠는가? 알렉스는 자기가 몽둥이를 휘둘러 한 왕국을 100년 동안이나 저주에 빠뜨렸던 마법사를 쫓아낼 수 있을지 의심스러웠다.

또 곰곰이 생각하면 생각할수록 이해할 수 없는 부분이 많았다. 마법사 에즈미아는 대체 왜 엄마를 데려갔을까? 그리고 엄마를 어떻게 찾아낸 걸까? 요정들조차도 에즈미아와 엄마를 찾지 못하는데 알렉스가 과연 찾아낼 수 있을까?

사실 알렉스와 코너는 다른 사람들보다 마법사에 대해 더 많은 것을 알고 있었다. 사악한 여왕과 이야기를 나누다 이 마법사가 어린 시절 사악한 여왕을 납치했다는 사실을 알게 되었기 때문이다. 여왕을 납치해서 동화 속 세상을 지배하는 데 사용하려 했던 것이다.

배낭을 베고 땅바닥에 누운 알렉스의 머릿속에는 온갖 생각이 휘젓고 돌아다녔다. 그래도 알렉스는 가까스로 잠을 청했다.

다음 날 해가 뜨자마자 알렉스는 다시 자전거에 올라탔다. 그리고 오후가 한참 지날 때까지 바람 부는 산길을 자전거로 달렸다. 하지만 자전거 앞바퀴가 날카로운 바위에 부딪혀 구멍이 나는 바람에 하마터면 앞으로 고꾸라질 뻔했다.

"어떻게 이런 일이 있을 수가 있담!" 알렉스는 화를 내며 이제는 쓸모없어진 자전거를 길옆에 내팽개쳤다. 이제는 여정이 얼마가 남았든 걸어가야 했다.

그러다 저 앞에서 나무다리를 발견한 알렉스는 힘을 내서 한 시간 정도 더 걸었다. 알렉스와 코너가 어렸을 때 자동차 안에서 저 다리를 보면 할머니 댁에 거의 도착했다는 의미였기 때문이었다. 알렉스는 목적지에 꽤 가까워졌다고 생각했다.

알렉스는 안심한 채 다리를 향해 걸었다. 하지만 가까이 다가가서 보니 이 다리는 어렸을 때 봤던 그 다리가 아니었다. 기억 속의 다리보다 훨씬 작아 보였다. 그건 지금 알렉스가 몸집이 커졌기 때문일까? 또 한 가지 실망스러웠던 점은 다리가 무척 낡아 보였다. 나무 조각이 전부 부스러지고 엉망진창으로 썩어 있었다.

알렉스는 다리 쪽으로 몇 걸음 더 걸어가 살펴보았다. 다리는 정상적인 상태가 아니었다. 자동차 한 대도 지나갈 수 없을 것 같았다. 알렉스가 다리 아래를 내려다보니 100미터 정도 아래에 물이 흐르지 않아서 바위만 남은 강바닥이 보였다. 예전에 알렉스 가족이 건너던 다리는 1~2미터 아래에 개울이 흘렀었다.

알렉스는 한숨을 쉬었다. 길을 잃은 것이다.

그때 갑자기 등 뒤에서 뭔가 갈라지는 소리가 들려 알렉스는 홱 하고 뒤를 돌아봤다. 어디서 소리가 나는지 찾기도 전에 발밑의 썩은 나무가 쪼개졌고 알렉스의 몸은 아래로 푹 꺼지고 말았다.

알렉스는 놀라 비명을 지르며 손에 잡히는 대로 다리를 붙잡았다.

떨어지지 않으려고 애를 썼지만 소용없었다. 몸무게 때문에 나무는 계속 갈라지고 있었다.

"도와줘요!" 알렉스가 소리쳤다. "누가 좀 도와주세요!"

알렉스는 자신의 구조 요청을 듣는 사람이 과연 한 사람이라도 있을지 알 수 없었지만 계속해서 외쳤다. 알렉스가 아는 한 이 산에서 자기가 지금 목숨을 잃을 위기에 놓였다는 사실을 알 만한 사람은 아무도 없었다.

'안 돼, 안 돼!' 알렉스는 마음속으로 생각했다. '이렇게 죽을 수는 없어! 그럴 수는 없다고!'

알렉스는 몸을 가누려 애썼다. 하지만 다시 한번 쩍 갈라지는 소리가 났고 알렉스는 바위투성이인 다리 밑으로 더 미끄러졌다.

그렇게 아슬아슬한 순간 누군가 두 손으로 알렉스를 꼭 붙잡았다. 알렉스가 올려다보니 아주 익숙한 얼굴이 자기를 내려다보고 있었다. 알렉스는 언뜻 아빠인 줄 알았지만 다시 보니 코너였다. 뜻하지 않은 순간에 코너가 얼마나 자랐는지 깨달은 셈이었다.

코너는 온 힘을 다해 알렉스를 끌어올리느라 얼굴이 벌겋게 달아올랐다. "지금이야, 레스터! 우리를 끌어올려 줘!" 코너가 끙끙대며 말했다.

레스터가 코너와 알렉스를 천천히 위로 끌어올렸다. 알렉스가 다리 위로 올라와 보니 레스터는 코너의 바짓가랑이를 단단히 문 채 질질 끌고 있었다. 덩치 큰 거위 레스터는 두 아이를 끌고 다리를 건너 단단한 땅바닥 위에 안전하게 내려놓았다. 쌍둥이와 레스터는 그 자리에서 숨을 헉헉 몰아쉬었다.

"지금은 네가 정말 밉다, 알렉스." 바지를 추스르며 코너가 말했다.

"왜 그래. 나는 지금 네가 정말 사랑스러운걸." 알렉스가 함박웃음을 지으며 코너를 껴안았다. "고마워, 이 은혜 잊지 않을게!"

"다행히 은혜 갚을 기회는 곧 생길 거야. 앞으로도 우리가 겪어야 할 일은 엄청나게 많을 테니까 말이야." 코너가 말했다.

그러자 레스터가 두 아이를 향해 꽥꽥댔다. 마치 '나에게 신세 갚을 생각은 안 해도 괜찮아!'라고 말하는 듯했다.

"알렉스가 너한테도 신세 갚을 거야. 걱정하지 마!" 코너가 말했다.

두 아이는 일어서서 옷을 털었다. 옷에는 썩은 나무에서 나온 부스러기가 잔뜩 묻어 있었다. 레스터도 몸을 일으켜 목과 부리를 쭉 펼쳤다.

"내가 여기 있는지 어떻게 알았어?" 알렉스가 물었다.

"운 좋게도 맞혔지!" 코너가 말했다. "집을 나올 때조차도 평범한 십대처럼 굴지 않아서 말이야. 쪽지 한 장 정도는 남겼어야지! 다행히 네가 갈 만한 곳은 여기뿐이라고 추측했어. 그래서 레스터를 타고 온종일 주변을 날아다니다가 마침내 내팽개쳐진 자전거를 발견했지."

"마더구스가 내가 여기 있는 걸 알아?" 알렉스가 물었다.

"네가 사라졌다는 사실은 말하지 않았어. 마더구스에게는 아파서 방 안에서 온종일 토하는 중이라고 얘기했지. 그리고 마더구스 몰래 레스터를 빼돌려 이렇게 널 찾아 나선 거야." 코너가 말했다.

"거위는 어떻게 조종했어? 타 본 적도 없는데." 알렉스가 물었다.

"레스터는 당연히 날 도와야 한다고 느끼는 것 같았어. 잘 해내서 마더구스에게 뭔가를 보여 주겠다고 생각하는 듯했지." 코너가 말했다. "레스터에게 별다른 말은 하지 않았지만 척 하고 알아듣던걸. 그렇지, 레스터?"

코너는 레스터를 돌아보았고 레스터는 고개를 끄덕였다.

"그나저나 왜 나하고 같이 오지 않은 거야?" 코너가 화난 목소리로 물었다. "어떻게 나만 집에 두고 혼자 올 수가 있어? 혼자서 뭔가 해보려고 했던 거야? 그러면 안 되지, 알렉스."

알렉스는 부끄러운 듯 고개를 숙였다. "할머니가 알게 되면 무척 화를 내실 테니까. 일을 저지르면 엄청 혼날 텐데 너까지 끌어들이고 싶지 않았어." 알렉스가 말했다. "게다가 난 누가 엄마를 납치했는지도 알아냈다고! 마더구스로부터 정보를 캐냈거든."

"그래서 그렇게 아무 말도 안 하고 떠났단 말이지?" 코너가 말했다. "그런데 마더구스가 뭐래? 누구 짓이야?"

알렉스는 이제야 할머니가 이 일을 자기들에게 비밀에 부친 이유를 이해할 수 있을 것 같았다. 자기가 받았던 스트레스를 코너에게 똑같이 주고 있다는 사실을 깨닫게 되니 끔찍한 기분이었다.

"그 마법사가 돌아온 게 확실해." 알렉스가 코너에게 말했다. "잠자는 숲속의 공주에게 저주를 걸어 동화 속 세상을 겁먹게 했던 마법사 말이야. 지금은 엄마를 납치했지."

"뭐라고?" 코너가 믿기지 않는다는 듯 되물었다. "마법사가 엄마를 데려간 이유가 대체 뭔데?"

"나도 잘 모르겠어." 알렉스가 대답했다. "나도 알아내려고 애썼지만 아무것도 알아낼 수 없었어."

"잠깐, 그 마법사 죽은 거 아니었어?" 코너가 말했다. "사악한 여왕이 자신이 마법사에게 독을 먹이자 마법사가 달아나다가 죽었다고 말했잖아. 기억 안 나?"

"아마 여왕이 잘못 안 걸 거야." 알렉스가 말했다. "마법사의 이름은 에즈미아래. 확실히 살아 있고 말이야."

"그동안 할머니의 얼굴을 오랫동안 보지 못한 이유가 바로 에즈미아 때문이구나." 코너가 말했다.

"그런 것 같아." 알렉스가 말했다.

코너는 곰곰이 생각하면서 산길을 서성거렸다.

"우리는 동화 속 세상으로 다시 들어가야 해." 코너가 말했다. "그리고 엄마를 구해야 해."

"나도 그렇게 생각해. 하지만 동화 속 세상에 들어가서 어떻게 할 건데? 요정들도 못 하는 일을 우리가 할 수 있겠어?" 알렉스가 물었다.

"사실 우리는 아무것도 할 수 없을지 몰라." 코너가 말했다. "그래도 우리 조금이나마 도움을 줄 수 있지 않을까? 집에 가만히 앉아 나쁜 소식을 기다리는 것보다는 훨씬 낫잖아."

알렉스의 얼굴에 미소가 번졌다. 알렉스도 똑같은 생각이었던 것이다.

"해가 지기 전에 할머니의 오두막집으로 가자." 알렉스가 말했다. "여기가 어딘지 알아? 오두막집과 가까운가?"

코너는 주변을 둘러보았다. "응, 가까운 편이야!" 그러더니 코너는 약간 떨어진 편평한 산봉우리를 가리켰다. "할머니 오두막집은 저 산봉우리 너머에 있어! 어렸을 때 저 산꼭대기를 보고 화산이었으면 하고 생각했던 적이 있었거든!"

"확실해?" 알렉스가 물었다.

"응. 확실해." 코너가 대답했다. "레스터, 우리를 저 산봉우리 쪽으로 데려다주겠니?"

레스터는 코너가 손으로 가리키는 방향으로 머리를 돌리더니 과장되게 한숨을 푹 내쉬었다. 그러고는 고개를 끄덕였다.

코너는 레스터의 등에 올라탔고 알렉스에게 손을 내밀었다. "이리 올라와." 코너가 말했다.

알렉스는 주저하더니 물었다. "정말 안전한 것 맞아?"

그 말에 레스터는 모욕받은 듯 꽥 하고 소리 질렀다.

"한번 타 봐." 코너가 신나서 말했다. "왜 마구가 레스터를 타고 돌아다녔는지 알 것 같아."

"마구가 누구야?" 알렉스가 물었다.

"마더구스의 줄임말이야." 코너가 대답했다. "서로 별명으로 부르기로 했거든. 마더구스는 나를 코니라고 불러."

알렉스는 어깨를 으쓱하고는 코너의 손을 잡았다. 그리고는 레스터 위에 걸터앉아 코너의 허리를 꼭 붙잡았다.

코너는 고삐를 붙잡고 날아오를 준비를 했다. "자, 이제 날아, 레스터!" 코너가 말했다.

그러자 레스터는 날개를 활짝 펼쳤다. 낮에 보니 레스터의 날개 길이는 대단했다. 레스터는 몇 발자국 뒤로 물러선 다음 앞으로 뒤뚱대며 빠르게 나아갔다. 그리고 날개를 퍼덕이며 점점 더 높이 날아올랐다.

거위를 타고 나는 것은 코너 말대로 무척 놀라운 경험이었다. 새의 시선에서 아래를 내려다보니 산이 훨씬 멋져 보였다. 두 아이는 이제껏 살면서 이렇게 자유로운 기분은 처음이었다.

"아무도 우리를 보지 못했으면 좋겠어." 알렉스가 눈 아래 보이는 마을과 길을 두려운 듯 샅샅이 살펴보며 말했다.

"난 지금이 거위 사냥철이 아니기를 바랄 뿐이야." 코너가 대꾸했다.

그러자 레스터도 겁에 질린 표정으로 코너를 돌아보며 꽥 소리를 질렀다. "농담이야, 레스터." 코너가 말했다. "곧 알도 낳을 건데 마음 편히 먹어."

레스터는 산봉우리를 향해 날았다. 몇 분 지나지 않아 이들은 산봉우리를 넘었다. 코너는 편평한 산꼭대기에 분화구의 흔적이 보이지 않자 조금 실망하는 눈치였다.

"오두막집이 어디 있나 잘 찾아봐." 코너가 알렉스에게 말했다.

"이제 곧 나올 것 같으니까 말이야."

알렉스는 아래를 샅샅이 살폈다. 나무 윗부분밖에 보이지 않아서 찾기가 힘들었다. 이따금 굴뚝이 보일 뿐이었다. 그때 익숙한 다리가 보였고, 알렉스는 그 뒤로 구불구불 이어지는 길과 숲을 눈으로 좇았다. 그리고 그 길이 끝날 때쯤 이야기책에서나 나올 법한 오두막집 한 채가 나왔다.

"찾았어! 저기 있어!" 알렉스가 오두막집을 손으로 가리키며 외쳤다. "할머니의 오두막집이야!"

레스터가 오두막집 앞에 내려앉자 막 해가 뉘엿뉘엿 지기 시작했다. 알렉스와 코너는 레스터에서 내려 할머니의 옛집을 바라보았다.

"와, 이런." 코너가 먼저 입을 뗐다.

"확실히 우리가 예전에 봤던 그 모습은 아니네." 알렉스가 말했다.

오두막집은 오랫동안 아무도 살지 않은 게 분명해 보였다. 앞마당의 잔디는 군데군데 말라 죽거나 지나치게 자라 있었다. 화단에도 잡초가 가득했는데 풀들이 두 아이의 키와 거의 맞먹었다. 오두막집 벽에는 담쟁이덩굴이 자라 있었고 지붕 일부는 무너진 채 방치되어 있었다.

할머니의 파란색 자동차가 밖에 주차되어 있었지만 먼지가 두껍게 쌓이고 바퀴와 바퀴 사이에는 거미줄이 잔뜩 끼어 있어 오랫동안 사용하지 않은 듯했다.

할머니는 두 아이가 방문할 때만 이 오두막집에 살았기 때문에 거의 임시 쉼터일 뿐이었지만, 이곳은 쌍둥이의 가장 행복한 기억이 남아 있는 장소였다. 그런 집이 이렇게 엉망진창으로 방치되어 있는 걸 보니 쌍둥이는 슬펐다.

알렉스와 코너는 조심스레 현관문 쪽으로 다가갔다.

"맛있게 먹고 있어, 레스터." 코너가 레스터에게 높이 자란 잔디를 가리키며 말했다. 레스터가 꽥꽥거리며 행복한 표정으로 뒤뚱뒤뚱 잔디밭으로 향했다.

"문이 잠겨 있을까?" 알렉스가 물었다.

코너가 손잡이를 돌리자 현관문은 삐걱거리면서 열렸다. 질문에 대한 답이 된 셈이었다.

쌍둥이는 집으로 들어가 안쪽을 살폈다. 먼지와 거미줄이 덮인 것만 빼고는 두 아이가 기억하는 모습 그대로였다. 할머니의 흔들의자도 난롯가에 그대로 있었다. 여기서 할머니가 동화책을 읽어 주면 두 아이는 그 앞 큰 깔개에 누워 듣곤 했다.

"이 모든 걸 다시 보게 되다니 묘한 기분이 들어." 알렉스가 말했다. "할머니의 흔들의자, 난로, 부엌 식탁, 이 모든 게 지금도 그대로 있다니 믿기지 않아."

"저기 밑에서 아빠와 요새를 만들던 것 기억나?" 코너가 식탁을 가리키며 물었다.

"당연히 기억나지." 알렉스가 말했다. "네가 줄곧 나를 놀이에 끼워 주지 않으려 했잖아. 하지만 아빠가 그렇게 못 하게 하셨지."

"재밌는 게 뭔지 알아?" 코너가 서성거리며 말했다. "지금이야 할머니가 이 집에서 내내 살았던 게 아니라는 사실을 알게 됐지만 나는 그동안 할머니를 상상하면서 이 부엌에서 할머니가 쿠키를 굽거나 난롯가에서 책을 읽는 모습을 떠올렸어."

"나도 그래." 알렉스가 말했다. "우리의 어린 시절의 기억 대부분이 꾸며진 거였지만 그래도 좋은 기억이었지."

"이 집에 우리를 동화 속 세상으로 데려다줄 뭔가가 있을까?" 코너가 물었다.

"그래야만 해." 알렉스가 단호하게 말했다. 하지만 과연 그게 가능할지 의심이 들기는 했다. 무엇을 찾아내야 하는지도 확실하지 않았지만 가능한 한 빨리 찾아야 했다.

코너는 벽난로 선반에 놓인 먼지 쌓인 액자를 바라봤다. 생일 파티 때나 휴일에 두 아이가 가족들과 찍은 사진들이었다. 한 사진에서는 세 살쯤 된 두 아이가 산타클로스의 무릎에 앉아 있었다. 코너는 몹시 토실토실했고 활짝 웃고 있었다. 그리고 알렉스는 신경질적으로 울음을 터뜨리는 중이었다.

"산타클로스와 같이 찍은 이 사진 좀 봐." 코너가 웃음을 터뜨렸다. "너는 산타클로스가 자기를 잡아먹기라도 할 것처럼 울고 있어."

"동화 속 등장인물이 나중에 우리를 해칠 것에 대비해 미리 연습했던 거야." 알렉스가 말했다.

그러자 코너는 낄낄대며 또 다른 사진을 집어 들었다. "이것 봐! 젊은 시절의 엄마와 아빠야! 우리가 태어나기 전일지도 몰라."

알렉스는 가까이 다가가 그 사진을 살피더니 이렇게 말했다. "사진 속 두 분 모습은 우리를 쏙 빼닮았어. 누가 봐도 우리 부모님이야."

"맞아." 코너가 말했다. "저번에 우리가 절반은 요정이라는 이야기를 듣고 나는 혹시 입양된 게 아닐까 상상했거든. 요정이란 게 마음에 들지 않아서 말이야. 하지만 이 사진을 보니 입양은커녕 이분들은 빼도 박도 못하게 우리 부모님이구나."

알렉스는 머릿속에 무언가 번뜩 떠오른 듯 무언가를 찾기 시작했다.

"동화 속 세상으로 통하는 문 비슷한 걸 찾기라도 했어?" 코너가 물었다.

"아직은." 알렉스가 말했다. "음, 하지만 어쩌면 이것일지도 모르겠는걸."

알렉스는 벽에 걸린 아름다운 그림 한 장을 바라보았다. 어렸을 때도 그 그림이 걸려 있었지만, 오두막집의 다른 물건들과는 달리 그 그림만이 유난히 생생하게 빛났다. 연못 풍경이 담긴 수채화로 초록색과 파란색이 아름답게 조화를 이룬 그림이었다. 다시 보니 예전에 가 본 적이 있는 익숙한 풍경인 듯도 싶었다.

"이 그림이 우리를 이야기의 땅으로 데려다줄 거라고 생각해?" 코너가 물었다.

"《나니아 연대기》에서는 그랬지." 알렉스가 대답했다.

알렉스는 그림을 향해 한 발자국 더 가까이 다가가더니 액자에 손을 가져다 댔다.

"여기는 미운 오리 새끼의 연못이야!" 알렉스가 그 장소를 알아보고는 외쳤다. "바로 이거야! 이걸 통해서 동화 속 세상에 들어갈 수 있을 거야! 할머니가 이 연못 그림을 오두막집에 왜 걸어 두었겠어?"

"그런데 이 그림을 작동시킬 수 있겠어?" 코너가 물었다.

"시도는 해 볼 수 있지." 알렉스가 대꾸했다.

알렉스는 양손을 황금색 액자에 가져다 대고는 동화 속 세상에 들어가고 싶다는 의지를 힘껏 모았다. 하지만 아무런 일도 벌어지지 않았다. 그러자 알렉스는 눈을 감고 숨을 깊이 들이마신 다음 더욱 힘껏 의지를 북돋웠다. 그래도 효과가 전혀 없었다.

그때 코너가 박수를 쳐 알렉스의 집중력을 흐트러뜨렸다. "박수를 쳐 봐!" 코너가 말했다.

"뭘 하려는 거야?" 알렉스가 물었다.

"거울을 작동시킬 다른 방법을 찾는 거야." 코너가 말했다. "어딘가에 리모컨이나 스위치가 있지 않을까? 플라즈마 스크린과 비슷할지도 모르잖아."

알렉스는 코너의 말을 무시하고 다시 그림에 집중했다. 알렉스는 동화 속 세상에 처음 들렀을 때 만났던 모든 장소며 사람들을 상상했다. 코너와 같이 구경했던 성과 숲도 상상했다. 그리고 자기들이 만났던 무시무시한 동물과 괴물들도 떠올렸다. 무엇보다도 자기가 이것들을 다시 보고 싶은 마음이 얼마나 간절한지를 생각했다. 그리고 알렉스는 할머니와 아빠, 엄마를 떠올렸다. 그다음 그림 속 연못과 수련, 개똥벌레, 그리고 연못의 물을 상상했다.

그러자 놀랍게도 그림이 빛을 내기 시작했다.

"네가 해냈어!" 코너가 알렉스를 얼싸안으며 외쳤다. "그림을 작동시킨 거야!"

"정말?" 알렉스가 되물었다. 너무나 좋아서 믿기지 않을 정도였다. "내가 해냈어, 해냈다고!"

두 아이는 흥분해서 펄쩍펄쩍 뛰었다. 하지만 이 흥분은 얼마 지나지 않아 두려움으로 바뀌었다. 그림이 점점 더 밝게 빛나자 오두막집이 흔들리기 시작했던 것이다. 발밑으로 커다란 기차가 지나가는 듯했다.

"《나니아 연대기》에서는 아이들이 그림을 통해 어떻게 여행을 했더라?" 코너가 천천히 그림에서 물러서며 말했다.

"글쎄."

어느덧 오두막집은 더 이상 흔들리지 않았고 그림에서 나오던 빛도 희미해졌다. 그리고 그림 속 연못은 사라져 버렸다. 캔버스는 텅텅 비어 있었다.

"이게 뭐야?" 알렉스가 말했다. "이거 이상한데."

"그래도 조금은 안심이 된다." 코너가 말했다. "연못 한복판에 풍덩 떨어질까 봐 순간 걱정했거든……."

와장창! 그때 오두막집의 현관문 창이 부서지며 물줄기가 쏟아져 들어왔다. 쌍둥이는 비명을 지르며 오두막집 맞은편으로 도망쳤다. 와장창! 집 맞은편에서도 또 다른 물줄기가 쏟아져 들어왔다. 와장창! 이제 물줄기는 온갖 창문과 문을 뚫고 쏟아져 들어왔고 오두막집은 물에 잠기기 시작했다.

"대체 무슨 일이야?" 코너가 비명을 지르며 말했다. "빙산에 부딪히기라도 한 거야?"

코너의 표현은 정확했다. 집은 물에 잠기는 중인 듯했고 잠기는 속도는 점점 빨라졌다. 물은 이미 두 아이의 허리춤까지 차올랐다. 할머니의 예전 집은 완전히 엉망이 되었고 쌍둥이는 겁에 질려 서로의 얼굴을 쳐다보았다.

"우리가 무슨 짓을 한 거지?" 알렉스가 외쳤다.

"이 집에 수영장이 있었으면 했지만 이건 아니잖아!" 코너가 소리쳤다.

물은 점점 더 빠른 속도로 집 안으로 쏟아져 들어왔다. 두 아이는 더 이상 바닥에 발을 딛고 서 있을 수 없었다. 물에 둥둥 떠서 천장을 향해 올라가는 중이었다.

"여기서 빠져나가야 해. 안 그러면 물에 빠져 죽고 말 거야!" 코너가 외쳤다. "날 따라와!"

코너는 숨을 깊이 들이마시고는 물속으로 잠수했다. 알렉스도 얼른 그 뒤를 따랐다. 두 아이는 오두막집을 가로질러 현관문까지 헤엄쳤다. 하지만 문을 통해 엄청나게 거센 물줄기가 들어오는 바람에 두 아이는 떠밀려 가지 않으려고 뭔가를 꼭 붙잡아야 했다.

두 아이는 현관문 앞에 겨우 도달해 오두막집 밖을 내다보았다. 하지만 그곳은 더 이상 산꼭대기가 아니라 큼지막하고 탁한 물구덩이였다. 아래는 어두침침한 깊은 물속이었던 것이다. 쌍둥이는 서로의 몸을 꼭 붙들고 있는 힘껏 위쪽으로 솟구쳤다. 수면 위에 닿기를 바라면서.

마침내 두 아이의 머리 위에 일그러진 밤하늘이 보였다. 수면에 가까워진 것이다. 쌍둥이는 정체를 알 수 없는 물 위로 떠올라 급하게 공기를 들이마셨다. 차가운 공기가 얼굴에 닿았다.

"이게 다 무슨 일이래!" 코너가 소리쳤다.

하지만 알렉스는 코너의 말에 아랑곳하지 않고 주변부터 살폈다. 멀리 커다란 나무가 보였는데 큼지막한 뿌리가 땅에 박혀 있었다. 공중에는 개똥벌레들이 날아다녔고 근처 물 위에는 수련이 떠다녔다. 알렉스는 이곳이 어디인지 확실히 알 것 같았다.

"코너!" 알렉스가 흥분해서 물을 튀기며 외쳤다. "여긴 미운 오리 새끼의 연못이야! 제대로 도착했다고! 이야기의 땅에 다시 들어온 거야!"

9장

숲속 모임

알렉스와 코너는 천천히 헤엄쳐 연못을 빠져나왔다. 몸이 물에 완전히 젖고 진흙과 수련 잎이 여기저기 달라붙은 채였다. 두 아이는 차가운 밤공기 속에서 덜덜 떨면서 서로를 꼭 끌어안고는 주변을 살폈다.

미운 오리 새끼의 연못은 북쪽 왕국의 숲속 한가운데에 있었다. 예전에 두 아이가 이야기의 땅을 들렀을 때 지나갔던 곳이기도 했다. 하지만 이야기의 땅을 두 번째로 방문하는 과정에서 이 연못에 풍덩 빠지리라고는 상상도 하지 못했다.

"우리가 할머니의 오두막집을 물속에 가라앉히다니 믿을 수가 없어!" 코너가 이를 덜덜 떨며 말했다. "물과 먼 곳에 떨어져 있던 무언가를 물속에 완전히 빠뜨린 것도 대단한 재주야!"

오두막집의 부서진 조각들이 연못에 둥둥 떠 올랐다. 할머니의 흔들의자가 물 위로 떠올랐다 가라앉았다. 알렉스는 자기가 지금 얼마나 더러운지, 추운지 전혀 신경 쓰이지 않는다는 사실이 놀라울 뿐이었다.

"할머니는 분명 괜찮은 보험에 드셨을 거야. 알렉스, 내 말 듣고 있어?" 코너가 물었다.

알렉스는 코너를 향해 얼굴을 돌렸다. 알렉스의 눈에는 흥분한 기색이 그야말로 반짝반짝 빛나고 있었다. 여기까지 오는데 얼마나 고생했는지는 전혀 신경 쓰이지 않는 듯했다. 마침내 이곳에 도착했고, 그것만이 중요했던 것이다.

"여기 왔어…… 마침내 여기 왔다고……." 알렉스가 입을 뗐다. 턱이 덜덜 떨렸지만 그래도 얼굴에는 웃음기가 가시지 않았다. 상황은 엉망진창이었지만 그래도 알렉스는 최근 몇 달 만에 지금이 가장 행복한 순간이었다.

"축하해. 좀 위험했지만 성공적으로 동화 속 세상으로 들어왔어." 코너도 얼굴에 미소를 띠며 말했다. "하지만 네 운송 방식보다는 할머니의 방식이 더 마음에 든다는 점은 짚고 넘어가야겠어."

하지만 현실적인 문제가 비집고 들어오면서 알렉스의 미소는 사라졌다. "뭔가 잘못됐어." 연못 주변 숲을 자세히 살피던 알렉스가 말했다.

"물론 뭔가 잘못됐지!" 코너가 말했다. "할머니의 오두막집이 연못 바닥에 가라앉았잖아! 할머니한테는 어떻게 설명할 거야?"

"내 말은 그게 아냐." 알렉스가 말했다. "귀 기울여 봐. 저 소리 들려?"

코너는 눈썹을 찡긋 올리고는 좌우를 두리번거렸다. 주변 연못과 숲은 죽은 듯이 조용했다.

"아무 소리도 들리지 않는걸." 코너가 말했다.

"바로 그거야." 알렉스가 말했다. "우리는 지금 연못 가장자리에 서 있잖아. 그런데 아무런 소리도 들리지 않아. 개구리도, 귀뚜라미도 한 마리 없어."

코너는 고개를 끄덕거렸다. 알렉스의 말이 이해됐다. 아까는 눈치 채지 못했던 사실을 알게 되자 으스스해졌다. "모든 것들이 입을 막고 있는 것 같아." 코너가 말했다.

"아니면 숨어 버렸거나." 알렉스가 말했다.

그때 갑자기 연못 반대편 나무 사이에서 어두운 형체가 불쑥 나타났다. 두 아이는 소스라치게 놀랐지만 알고 보니 강아지 정도의 작은 동물이었다. 그 동물은 뭔가 하얀색 흔적을 남기며 빼빼 마른 네 다리로 아주 빠르게 뛰어갔다.

알렉스와 코너는 가장 가까이에 있는 나무 뒤에 숨어 멀리서 그 모습을 지켜보았다. 그 이상한 동물은 점차 속도를 늦춰 폴짝폴짝 뛰어 조심스레 연못으로 다가갔다. 짙은 색 망토를 입은 그 동물은 앞발로 두건을 내리더니 연못물을 마셨다.

그러자 연못에 반사된 달빛이 정체를 알 수 없는 손님을 비추었고 쌍둥이는 비로소 그 모습을 제대로 볼 수 있었다. 짙은 붉은빛이 감도는 털과 뾰족한 귀, 끝이 흰색인 길고 보송보송한 꼬리를 가진 동물이었다.

"여우야!" 코너가 알렉스에게 속삭였다.

여우는 연못 위로 머리를 홱 들더니 밝게 빛나는 노란색 눈으로 두 아이가 숨은 방향을 쳐다보았다. 귀가 무척 예민한 것이 분명했다.

쌍둥이는 숨을 죽이고 제자리에서 꼼짝도 하지 않았다. 그러자 여우는 아까 왔던 반대편 숲을 향해 움직이기 시작했다.

"어디로 가는 거지?" 알렉스가 코너에게 소곤거렸다.

"내가 망토 뒤집어쓴 여우에 대해서 뭘 알겠어?" 코너가 말했다. 여우는 나무 사이로 사라졌다. 하지만 이곳에 도착한 이후 처음 만난 생물이었기에 두 아이는 이 여우가 무척 흥미로웠다. 이대로 사라지게 그냥 둘 수는 없었다. "따라가 보는 게 좋겠어." 코너가 말했다.

"왜?" 알렉스가 물었다.

코너는 어깨를 으쓱했다. "아니면 별다른 계획이라도 있어?"

"좋은 지적이야." 알렉스가 말했다. 시간을 조금이라도 낭비할 수 없었기에 두 아이는 작은 여우를 쫓아가기 시작했다. 그리고 이 여우가 엄마를 찾는 데 도움이 될 누군가, 또는 무언가로 이끌어 주기를 바랐다.

쌍둥이는 꽤 오랜 시간 여우를 쫓아갔다. 여우는 잘 닦인 산길로만 가는 것이 아니었기 때문에 나무 틈새로는 잘 보이지 않기도 했다. 게다가 작은 몸집에 비해 몹시 날랬기 때문에 쫓아가는 것도 꽤 힘들었다. 하지만 두 아이는 뛰다 보니 몸에 열이 나 기분이 좋아졌다. 옷도 조금씩 마르기 시작했다.

"난쟁이의 숲으로 들어가는 중인 것 같아." 알렉스가 뜀박질하며 속삭였다.

"어떻게 알아?" 코너가 물었다.

"나무들이 점점 울창해져서 하늘이 보이지 않잖아." 알렉스가 말했다. "그리고 앞으로 나아갈수록 뭔가 긴장되는 것 같은 느낌이 들어. 그게 가장 큰 증거야."

코너는 침을 꿀꺽 삼켰다. 난쟁이의 숲은 결코 좋은 일이 일어나는 장소가 아니었다. 저번에 이야기의 땅에 방문했을 때는 이곳에서 늑대들에게 쫓기고 고블린에게 납치되었기 때문이다.

그러다 여우가 너무 가까워지자 두 아이는 자동차가 뒤늦게 끼익

하고 브레이크를 밟듯 서둘러 멈춰 서야 했다. 그러고는 가까운 곳의 큰 나무 뒤에 숨어 서로의 입에 손가락을 가져가 댔다.

여우는 공터 한복판의 돌로 만든 우물 옆에 뒷다리로 버티고 서 있었다. 달빛이 공터를 조명처럼 비췄다. 여우는 꼼짝 않고 서서 주변의 나무들을 가까이서 바라보았다. 무언가를 기다리는 듯했지만 그 대상이 무엇인지는 알 수 없었다.

어느 순간 여우는 쌍둥이가 숨어 있는 곳을 쳐다봤지만 두 아이를 보지는 못한 듯했다. 알렉스와 코너는 자기들의 차림새가 너무 더러워서 주변의 숲과 구별되지 않은 게 아닌가 하고 생각했다. 어쩌면 그저 어둑어둑해서 보이지 않은 것일지도 모르지만 말이다.

난쟁이의 숲은 불안할 정도로 조용했다. 이 점은 꽤나 놀라웠는데, 저번에 마지막으로 이곳에 왔을 때는 가까운 곳과 먼 곳 가리지 않고 온갖 거슬리는 소리가 잔뜩 났기 때문이었다.

그때 밤공기 사이로 작은 나뭇가지 몇 개가 꺾이는 소리가 울려 퍼졌다. 누군가 공터로 들어오고 있었다. 여우는 소리가 나는 방향으로 고개를 홱 돌리더니 미소를 지었다. 여러 개의 작고 날카로운 이빨이 보이며 교활한 표정이 드러났다. 쌍둥이는 여우가 기분이 좋아서 그런 표정을 지은 것인지, 여우라는 동물의 표정이 원래 그런지 알 수 없었다.

곧 망토를 입은 세 개의 그림자가 공터로 걸어 들어왔다. 그 형체와 몸집은 모두 제각각이었다. 하나는 몸집이 엄청났고, 다른 하나는 쌍둥이보다 약간 컸으며, 마지막은 여우만큼이나 몸집이 작았다. 그리고 커다란 까마귀 한 마리가 공터로 날아오더니 여우 바로 옆 우물에 앉았다. 까마귀는 짙은색 깃털 덕분에 어둠 속에서도 눈에 띄지 않아서 자기 몸을 감출 망토가 필요하지 않았.

세 형체는 우물을 둘러싼 채 여우를 향해 섰다. "당신들이 해내다니 기쁘군요." 여우는 조그만 앞발을 비비면서 이빨을 드러내고 싱긋 웃으며 말했다.

그러자 망토를 쓴 셋 가운데 몸집이 가장 작은 형체가 두건을 벗었다. 반짝 빛나는 검은색 눈과 하얀 줄무늬, 짧은 주둥이를 가진 오소리였다. 오소리는 주변이 위험하다는 피해망상에 걸린 듯했다.

"이렇게 밤에 돌아다니는 건 안전하지 않아요." 오소리가 긴장한 듯 주변을 돌아보며 말했다. "여기는 괜찮지만요."

"긴장 풀어요, 오소리 씨." 여우가 말했다. "마법사가 우리를 해칠 작정이었다면 우리는 진작 죽은 목숨이었을 거예요."

"어서 본론부터 얘기하죠, 여우 양반." 까마귀가 참을성 없는 목소리로 까악거렸다. "오늘 밤 우리를 여기로 부른 이유가 뭐예요?"

그러자 몸집이 가장 큰 형체가 얼굴을 가린 두건을 벗었다. 커다란 불곰이었다. "얘기를 빨리 좀 끝냈으면 좋겠네요. 집에서 아기들이 기다리고 있거든요." 곰이 웅웅 울리는 목소리로 으르렁대며 말했다.

알렉스와 코너는 말하는 동물들을 이렇게 한 자리에서 잔뜩 본 건 처음이었다. 동물들이 자기들의 존재를 알아차리지 않기를 바랄 뿐이었다.

"저는 동쪽 왕국에서 막 돌아오는 길이에요." 여우가 말했다. "마법사가 그런 짓을 했다는 말을 듣기는 했지만 내 두 눈으로 똑똑히 확인하고 싶었죠. 현장은 정말 재난 그 자체더라고요. 덩굴과 가시덤불이 멀리 끝도 없이 뒤엉켜 있었어요. 상상했던 것보다 더 심하더군요. 가시덤불 구덩이가 왕국 전체를 집어삼킨 것 같았죠!"

"이런, 세상에." 오소리가 높게 비명을 지르더니 긴장한 듯 앞발을 서로 맞부딪쳤다. "그 구덩이가 다른 왕국까지 덮치고 있나요?"

"가시덤불이라니 정말 싫어." 까마귀가 중얼댔다.

"바로 그거예요." 여우가 설명했다. "가시덤불은 국경선을 따라 점점 자라고 있지만 북쪽 왕국 너머로까진 넘어오지 않았어요. 제가 막대기로 가시덤불을 약 올렸지만 동쪽 왕국 땅에 닿자마자 돌돌 말리더니 움츠러들더군요. 그렇게 특정 영역에서만 움직이는 걸 보면 아주 강력한 마법에 걸린 게 분명해요."

동물들은 걱정스러운 표정을 지었다. 하지만 망토를 쓴 형체 가운데 아직 두건을 벗지 않은 동물은 아무 말도 하지 않았다. 알렉스와 코너는 그 정체가 궁금했다.

"왜 덤불이 한 왕국에만 머물러 있는 거죠?" 곰이 물었다.

"마법사가 일부러 그렇게 한 게 아닐까 싶어요." 여우가 말했다. "왕국을 한 번에 하나씩 집어삼키려는 거죠. 그러면 세상 사람들에게 영원히 행복한 연합은 자신의 적수가 되지 못한다는 사실을 똑똑히 보여 줄 수 있을 테니까요. 마법사가 난쟁이의 숲을 집어삼키는 건 이제 시간문제예요. 우리도 대비해야 하고요."

"하지만 마법사가 난쟁이의 숲을 뭐하러 점령하려 들겠어요. 그래서 좋은 점은 뭐죠?" 오소리가 고개를 절레절레 흔들며 물었다. "여긴 범죄자나 우리 같은 외톨이들밖에 없는데요."

그러자 여우가 더 크게 미소 지었다. "바로 그 점 때문에 오늘 밤에 여러분들을 부른 거예요." 여우가 말했다. "마법사가 여기를 덮치기 전에 우린 뭉쳐야 해요."

여우의 말을 들은 동물들은 말도 안 된다는 듯 으르렁대며 툴툴거렸다.

"토끼나 쫓던 주제에 뭘 안다고 떠들어요, 여우 양반!" 곰이 말했다.

"우리는 이미 쫓기는 몸이라고요!" 까마귀가 말했다. "우리가 피노키오 감옥에 갇히는 꼴을 봐야겠어요?"

그러자 여우는 앞발을 들어 화가 난 동물들을 달랬다.

"일단 내 말 좀 들어봐요." 여우가 말했다. "생각해 봐요. 우리가 이 숲에서 숨어 지내는 이유는 우리가 영원히 행복한 연합이 다스리는 세상과 맞지 않기 때문이에요. 하지만 마법사는 이런 세상을 전부 뒤집어 놓을 거라고요. 요정과 인간이 지배하는 세상은 이제 끝났어요. 지금이라도 마법사에게 충성을 맹세한다면 그분이 세상을 점령했을 때 우리 사정을 잘 봐주지 않겠어요?"

동물들은 여우의 말에 서서히 설득되기 시작했다. 하지만 다른 동물들이 아무 말도 하지 않는 가운데 오소리가 항의하고 나섰다.

"그건 불가능해요!" 오소리가 말했다. "이미 도망 다니면서 사는 것만으로도 힘들잖아요! 만약 우리가 마법사 편을 들었다는 사실을 알게 되면 영원히 행복한 연합이 우리를 가만 놔둘 것 같아요?"

"그건 잘못된 생각이에요." 여우가 말했다. "당신은 이미 영원히 행복한 연합의 사고방식에 물들어 있다고요. 내 생각에 마법사는 그들을 충분히 물리칠 수 있어요. 나를 믿어요. 바깥세상의 요정들도 이번만큼은 마법사를 막지 못할 거예요. 할 수 있다면 이미 그렇게 했겠죠."

동물들은 서로의 얼굴을 쳐다보았다. 여우의 말에 관심은 갔지만 선뜻 먼저 나서지 못하는 모습이었다.

"그러면 우리의 충성을 어떻게 보여 주죠?" 곰이 물었다.

"여우의 말에 찬성하는 건 아니죠, 그렇죠?" 오소리가 곰에게 물었다.

곰은 계속 으르렁대며 말했다. "우린 이미 세상에서 쫓겨난 도망자들이에요. 여기서 더 나빠질 것도 없죠. 만약 바깥세상이 바뀌고 있는 게 사실이라면 우리도 그 흐름을 타는 게 좋지 않겠어요? 우리에게 유리하다면요."

그 말에 까마귀는 깊은 생각에 빠진 채 고개를 위아래로 주억거렸다. "그럼 당신 계획은 뭔가요, 여우 씨?" 까마귀가 물었다.

"그동안 여기저기에서 정보를 수집하면서 좋은 방법을 생각해 냈어요." 여우가 말했다. 입가에는 미소가 사라졌지만 눈은 여전히 웃고 있었다.

"당신 생각은 어때요?" 아직 정체가 밝혀지지 않은 동물을 향해 까마귀가 물었다. "당신은 지독하게도 말이 없군요."

"늘 그래요." 곰이 말했다. "말을 할 줄 아는지조차 모르겠어요."

두건을 쓴 형체는 동료 동물들을 둘러보더니 고개를 끄덕였다. 그때 두건 밑에서 짧게 개굴개굴 하는 소리가 났다.

알렉스와 코너는 동시에 헉 소리를 냈다. 어떻게 그럴 수가 있을까?

오소리는 두 아이가 내는 소리를 언뜻 들었는지 아까보다 더 겁에 질렸다. "붙잡히기 전에 여기서 얼른 나가야겠어요."

"생각해 보세요!" 여우가 말했다. "내가 평소에 어디서 지내는지는 다들 알죠?"

동물들은 모두 두건 속에 다시 머리를 감추고는 어둠 속으로 사라졌다. 여우가 마지막으로 숲속을 한 번 둘러 본 다음 동물들과 함께 사라졌다. 오소리의 조심 많은 성격에 영향을 받은 모양이었다.

쌍둥이는 아직 정체를 모르는 두건 쓴 형체를 따라가고 싶었다. 그래서 다른 동물들과 어느 정도 떨어진 걸 확인한 다음 새로운 목표를 쫓기 위해 숲속으로 후다닥 들어갔다.

숲으로 들어갈수록 점점 더 어두워졌다. 두 아이는 나뭇가지와 뿌리를 뛰어넘으며 몇 분 동안 쉼 없이 달렸다. 쌍둥이는 춥고 지친 데다 길까지 잃었다. 지난번 이곳에 왔을 때 했던 고생이 다시 생각났다. 하지만 두건 쓴 형체는 보이지 않았다.

"이해할 수가 없네." 알렉스가 말했다. "아까까지만 해도 여기 있었는데."

"연기처럼 사라진 것 같아. 으아악!" 코너가 비명을 질렀다.

알렉스는 무엇이 코너를 놀라게 했는지 보려고 고개를 돌렸다. 두 아이의 바로 뒤에 있는 나무 사이로 모습을 드러낸 것은 다름 아닌 두건을 쓴 형체였다. 공터에서 봤을 때보다 키가 훨씬 컸고 위협적인 모습이었다. 형체는 쌍둥이를 향해 천천히 걸어오기 시작했다. 두 아이는 겁에 질려 서로의 몸을 꼭 껴안았다.

"뒤를 밟아서 미안해요!" 코너가 말했다. "우리가 아는 사이라고 생각했어요."

"해를 끼치려고 했던 건 아니었어요!" 알렉스가 말했다. "지금이라도 얼른 갈게요!"

하지만 두건 쓴 형체는 두 아이를 향해 계속 다가왔다.

"우리에게 가까이 오지 않는 게 좋을 거예요!" 코너가 조금 다른 전략을 취했다. "여기 알렉스는 마법을 부릴 줄 알아요. 지금 막 집 한 채를 물에 담그고 오는 길이라고요. 당신을 엉망진창으로 혼내 줄 거예요!"

알렉스는 믿기지 않는다는 듯이 코너를 쳐다보았다. 그렇게 말하면 진짜 도움이 될 거라고 생각하는 건가?

그러자 두건 쓴 형체는 쌍둥이와 고작 1~2미터 떨어진 거리에서 얼어붙은 듯 걸음을 멈췄다. 그러고는 두 아이를 샅샅이 훑어봤다.

코너는 땅바닥에서 커다란 나뭇가지를 주워 두건 쓴 형체를 향해 휘두르기 시작했다.

"초등학교에서 어린이 야구단에 있었다고!" 코너가 소리쳤다. "미리 경고했어요!"

그때 두건 아래에서 가볍게 킥킥 웃는 소리가 들렸다.

"세상에 옛 친구에게 그렇게 인사하는 법이 어디 있어요!" 아주 익숙하고 개성 있는 목소리였다. 목소리의 주인공은 천천히 두건을 벗었고, 쌍둥이는 안도의 한숨을 내쉬었다.

"프로기!" 두 아이가 외쳤다. 그러고는 반가움에 옛 친구에게 달려들어 힘차게 껴안았다.

"안녕, 코너! 안녕, 알렉스!" 프로기가 두 아이를 껴안으며 말했다. "여기서 이렇게 다시 만나게 되니 놀랍다고 말하고 싶지만, 너희들은 항상 위험천만한 곳만 다니니 그다지 놀랍지도 않구나."

프로기는 사람만큼 키가 큰 개구리로 눈이 크고 반짝였으며 입도 컸다. 그리고 항상 잘 차려입고 다녔다. 쌍둥이는 프로기가 망토 아래에 조끼까지 갖춘 양복 정장을 입었다는 사실을 알아챘다.

"다시 만나게 돼서 반가워요, 프로기!" 코너가 말했다.

"당신이 정말 그리웠어요." 알렉스가 말했다.

"나도 너희가 그리웠단다." 프로기가 몸을 수그려 두 아이의 눈을 마주 보며 말했다. "둘 다 꽤 많이 자랐구나! 이제 어른이 다 됐네!" 하지만 프로기는 이 만남이 이뤄지는 장소가 어디인지 기억하고는 이내 목소리를 낮췄다. "그런데 이 시간에 대체 여기서 뭐하는 거니? 너희가 여기 와 있는지 요정 대모님은 아시니?"

알렉스와 코너는 죄책감이 담긴 시선으로 서로를 쳐다보았다.

"음…… 아뇨, 모르세요." 코너가 말했다.

"할머니는 우리가 어디 있는지 모르실 거예요." 알렉스가 프로기의 눈을 피하며 말했다.

"그래서는 안 돼." 프로기가 말했다. "난쟁이의 숲은 무척 위험한 곳이란다. 가뜩이나 지금 같은 시절에, 그리고 이렇게 늦은 시간에는 말이지."

알렉스와 코너는 다시 한번 서로를 마주 보았다.

"왜 그런 표정인지 알 것 같은데." 프로기가 말했다. "나에게 숨기고 있는 것이 있지? 왜 그렇게 수상쩍은 표정을 짓는 거야?"

두 아이는 프로기에게 잠깐 거짓말을 했지만 언젠가 들킬 거라는 사실을 알고 있었다.

"할머니는 우리가 동화 속 세상에 온 것도 모르고 계세요." 알렉스가 털어놓았다.

그러자 프로기는 커다란 입을 떡 벌리고는 멍한 표정으로 두 아이를 쳐다보았다. "그럼 여기에 어떻게 온 거니?"

"알렉스가 할머니의 오두막집을 연못에 빠뜨렸어요. 아까 농담한 게 아니었어요." 코너가 말했다. "그래서 우리가 이렇게 진흙과 물을 뒤집어쓴 거예요. 겁을 줄 수 있는 묘하게 멋진 차림새죠."

"집을 연못에 빠뜨렸다고?" 프로기는 놀라서 말문이 막힌 듯했다. "말도 안 된다고 얘기하고 싶지만 너희는 워낙 사고뭉치니 그럴 법도 하구나."

"사고였다고요!" 알렉스가 변명했다. "이 세계로 넘어오는 문을 열려다가 그만 그렇게 되어 버렸어요."

"좀 더 연습이 필요해." 코너가 입을 다물고 거의 소곤대며 말했다.

프로기는 숲을 둘러보았다. 두 아이가 동화 속 세상에 몰래 왔다는 점 때문에 더 긴장한 듯했다.

"얘들아, 너희는 여기 있으면 안 돼." 프로기가 말했다. "지금은 무척 위험한 시기거든. 사악한 마법사가 대대적으로……."

"에즈미아죠." 알렉스가 말했다. "우리도 그 마법사에 대해 조금 알아요. 저희 엄마를 납치했거든요."

"뭐라고?" 프로기가 깜짝 놀라면서 말했다. "정말 슬픈 일이구나."

"우리만큼 슬프지는 않을 거예요." 코너가 말했다. "게다가 할머니는 여기에 오지 못하게 하려고 우리를 집에 가둬 두었죠."

"그 결과 이렇게 되었구나." 프로기가 눈을 굴리며 말했다. "할머니를 만나 보기는 했니? 할머니 말만 듣고 집에 가만히 갇혀 있었다는 건 말도 안 되지."

"고마워요." 코너는 프로기가 자기편을 들어 주어 기뻤다.

"잠깐만요." 알렉스가 뭔가 중요한 사실을 알아채고는 말했다. "프로기…… 다시 개구리로 돌아왔네요?"

"앗, 그렇네." 코너가 말했다. "왜 그렇게 되었어요?"

프로기가 차밍 왕가에서 오랫동안 실종 상태였던 찰리 왕자였다는 사실이 드러났고 그는 다시 왕자로 변신했지만, 두 아이는 여전히 프로기를 떠올릴 때면 개구리 모습이 먼저 생각났다. 원래 그 모습이 아니라는 사실을 받아들이기가 어려웠던 것이다.

"나는 지금 위장 근무 중이야." 프로기가 말했다. "너희 할머니가 나를 다시 개구리로 돌려놓으셨어. 이 난리 통에 난쟁이의 숲에 사는 동물과 범죄자들을 감시하라고 말이야. 이들은 내가 양서류의 모습일 때 나를 더 믿어 주거든. 몇몇은 내가 여기 살 때부터 아는 사이기도 하고."

"이 숲속 동물들이 정말 마법사 편을 들려고 할까요?" 알렉스가 물었다.

"아직 확실하지 않아." 프로기가 말했다. "지금 상황을 이용하려 드는 사기꾼들이 워낙 많아야지. 그렇게 걱정하지는 않지만 영원히 행복한 연합은 상황이 바뀔 경우를 대비해 이 사기꾼들을 지켜보고 있지." 프로기는 팔짱을 끼고는 두 아이를 번갈아 가며 바라보았다. "연합은 너희들이 뭘 하고 있는지 꽤 관심 가질 게 분명해."

"프로기, 우리가 여기 왔다는 사실을 아무에게도 얘기하지 말아 주세요." 코너가 말했다. "분명 저희를 돌려보낼 테니까요."

"엄마가 위험에 처해 있는데 집에만 갇혀 있을 수는 없잖아요." 알렉스가 말했다.

두 아이는 애원하듯 눈을 크게 뜨고 프로기를 올려다보았다.

"얘들아, 내가 너희를 얼마나 걱정하고 있는지 알아야만······." 프로기는 이렇게 입을 뗐지만 곧 입을 다물 수밖에 없었다. 코너가 소리를 질렀기 때문이었다.

"우리는 더 이상 어린애가 아니라고요! 모두 우리를 어린애 취급해서 이젠 지긋지긋해요! 우리는 지금껏 많은 어려움을 헤쳐 나갔어요. 우리는 파티에 몰래 숨어든 철없는 어린애가 아니라고요. 엄마의 목숨을 구하려고 나선 청소년이에요!"

"할머니에게 우리는 우리가 해야 할 일을 했을 뿐이라고 전해 주세요." 알렉스가 말했다. "할머니가 우리를 다시 집에 가둘 수는 있겠죠. 하지만 우리는 엄마가 안전하게 돌아오실 때까지 계속 여기 올 거예요."

"우리는 엄마를 찾아야 해요, 프로기." 코너가 말했다. "우리는 이미 아빠를 잃었어요. 그런데 엄마까지 잃을 수는 없잖아요. 엄마를 구할 때까지 우리는 절대 멈추지 않을 거예요."

프로기는 안절부절못하며 윤기가 흐르는 큰 눈으로 두 아이를 바라보았다. 두 아이는 프로기를 몹시 곤란한 상황으로 내몰고 있었다.

"일단 제일 중요한 것부터 해결하자." 프로기가 입을 뗐다. "누군가 너희를 발견하기 전에 우선 난쟁이의 숲에서 벗어나야 해. 안전한 곳에 가서 이 문제에 대해 좀 더 자세히 얘기해 보자."

알렉스와 코너는 고개를 끄덕였다. 하지만 더 이상 얘기할 거리가 없다는 사실을 알고 있었다. 프로기는 할머니보다는 쌍둥이와 훨씬 더 친했다. 할머니의 심부름꾼이 되기 전부터 이미 두 아이와 친구였기 때문이다. 프로기는 두 아이에게 자기 망토를 씌웠고 안전하게 숲 밖으로 데리고 나왔다.

알렉스와 코너는 자기들을 도와줄 동지를 이렇게 빨리 기적처럼 만나게 되어 마음이 놓였다. 하지만 한 치 앞도 내다볼 수 없는 상황에서는 최악의 일이 생길 수 있다는 사실도 알고 있었다.

10장

룸펠슈틸츠헨의 등장

피노키오 감옥은 동화 속 세상에서 모든 왕국을 통틀어 가장 위험한 범죄자들이 갇혀 있는 곳이다. 이 감옥은 어둡고 높은 요새였는데, 동쪽 왕국 남부의 인어 만을 따라 휘감겨 있는 긴 반도 한가운데에 있었다. 높은 바위 절벽 꼭대기에 있는 이 감옥은 창문마다 안쪽과 바깥쪽을 향해 날카로운 못이 삐죽삐죽 꽂혀 있었다. 그래서 이 안에 갇힌 죄수가 탈출할 수도, 허락받지 않은 누군가가 들어갈 수도 없었다.

돌로 만든 좁은 복도를 따라 마법에 걸린 나무 군인들이 순찰을 돌았고, 철창 뒤의 죄수들을 감시했다. 죄수들 대부분은 양을 훔친 오거나 사람들을 납치한 마녀, 사람들을 잡아먹은 동물들이었다. 이들은 난쟁이의 숲에서 도망치다 잡혀 들어왔다.

감옥은 대단한 비밀 집합소이기도 했다. 동쪽 왕국에 100년 동안 사람들을 잠들게 하는 저주가 걸려 있었을 때에도 이 감옥만은 유일하게 잠들지 않은 장소였다. 왕국 사람들이 전부 잠들어 있는 동안 피노키오 감옥의 죄수와 군인들만은 신기하게도 정신이 또렷했다.

더욱이 최근에는 동쪽 왕국 땅 가운데 마법사의 사악한 가시덤불에 뒤덮이지 않은 곳 또한 이 감옥뿐이라는 사실이 드러나면서 비밀은 한층 더 깊어졌다.

이것이 기적인지 우연인지는 아무도 알지 못했다. 많은 사람은 피노키오 감옥이 너무 외진 곳에 있기 때문에 저주가 미치지 않았다고 생각했다. 하지만 감옥의 죄수나 군인들이 모르는 사실이 한 가지 있었다. 이 감옥이 동쪽 왕국에 걸린 최악의 저주를 피할 수 있었던 이유는 바로 13층에 갇힌 한 죄수 때문이라는 점이었다.

룸펠슈틸츠헨이 이곳 감옥에 갇힌 지도 벌써 127년이 흘렀다. 그는 몸집이 아주 작은 남자로 축 처진 커다란 눈과 단추 같은 코를 하고 있었고, 짧은 머리카락은 헬멧처럼 머리에 들러붙어 있었다. 옷깃이 넓은 셔츠 아래로 짝 달라붙은 바지가 조그만 다리를 감쌌고, 뾰족한 빨간 구두는 걸을 때마다 쟁그랑 소리가 났다.

동쪽 왕국의 전 왕비의 품에서 첫 번째로 태어난 아기를 훔치려고 했던 악명 높은 시도가 실패로 돌아간 이후 룸펠슈틸츠헨은 숨어 지내야만 했다. 하지만 그렇게 몇 년이 흐르자 이 몸집 작은 남자는 자기가 저지를 뻔한 일에 대한 죄책감 때문에 괴로웠다. 그래서 지금으로부터 127년 전 자수를 했고 그 이후 줄곧 피노키오 감옥에 갇혀 있었던 것이다.

룸펠슈틸츠헨은 자기를 위해 마련된 작은 감방에서 지냈다. 감방에는 창살로 막힌 창문이 두 개 있었는데 하나는 감방의 무거운 문에 달린 창문이었고 다른 하나는 인어 만쪽으로 난 창문이었다. 두 창문 모두 룸펠슈틸츠헨의 키에 비해 너무 높아 밖을 내다보려면 폴짝 뛰어야 했다. 그러니 그가 매일같이 바라보는 것은 감방 바닥과 어두운 벽뿐이었다.

감옥에서 생활하는 동안 룸펠슈틸츠헨의 생활은 매우 단순해졌다. 감방 구석의 커다란 건초 더미에서 잠을 자고 벽에 바싹 붙인 작은 식탁에서 식사했다. 숟가락 하나와 밥그릇 하나가 그 위에 올려져 있는 전부였다. 꽤 많은 마법을 부릴 수 있었지만 룸펠슈틸츠헨은 감옥에 들어오면서 마법의 힘을 포기했다. 마법을 부리면 말썽이 생길 게 뻔했기 때문이다. 그는 가능한 한 단순하게 생활하고자 했다.

감옥에서 생활하는 첫 10년은 이 몸집 작은 남자에게도 몹시 외로운 나날이었다. 하지만 운 좋게도 예상치 못한 친구가 감방에 들어왔다. 어느 날 거센 바닷바람을 타고 씨앗 하나가 방에 날아 들어왔는데 일주일이 지나자 작은 데이지 꽃이 돌 바닥 틈새로 모습을 드러내는 것이었다.

룸펠슈틸츠헨은 이런 일이 생길 수 있다는 사실이 놀라웠다. 이렇게 비참한 장소에서 어떻게 이렇게 기분 좋은 생명체가 자라날 수 있을까? 다른 곳을 다 놔두고 하필 이곳에 싹을 틔울 생각을 했을까? 그는 꽤 오랫동안 이런 질문에 대해 고민했고 외로움과 부끄러움으로부터 잠시 벗어날 수 있게 되어 즐거웠다.

룸펠슈틸츠헨은 마침내 꽃도 자기와 마찬가지로 친구가 필요하다는 결론을 내렸다. 꽃씨가 감방에 들어온 것도 다 그런 이유 때문이라고 생각했던 것이다. 그는 꽃을 지극 정성으로 돌봤고 꽃이 죽지 않게 하려고 감방에 있는 내내 애썼다. 자기가 먹을 물을 데이지 꽃과 나눠

마셨으며 이야기를 들려주기도 했다. 꽃이 병이라도 들면 괜찮아질 때까지 창가에 숟가락을 들고 까치발로 서 있었다. 햇빛을 반사시켜 꽃에 닿도록 하기 위해서였다.

보통 사람이라면 꽃을 친구로 삼는다는 게 별나 보였겠지만 룸펠슈틸츠헨에게는 이제껏 살아오면서 최고의 친구가 바로 데이지 꽃이었다.

이 꽃은 예전에 다른 사람들이 그랬듯 입고 있는 옷만으로 룸펠슈틸츠헨을 업신여기지 않았다. 인생을 값지게 살지 않는다고 그를 섣불리 판단하지 않았다. 정치적인 목적을 위해 그를 이용하지도 않았고, 여러 해 전의 실수 때문에 그를 비난하지도 않았다. 이 꽃은 단 한 가지 일만 할 수 있을 뿐이었다. 그건 자신의 아름다움을 나눠 주는 일이었다.

어떤 점에서 보면 감옥 생활은 룸펠슈틸츠헨에게 있었던 일 가운데 최고의 행운이었다. 인생에서 가장 중요한 친구를 만들어 주었기 때문이었다. 그가 자수한 것은 양심의 가책을 덜기 위해서이기도 했지만 과거에 만났던 동료들로부터 자신을 보호하기 위해서이기도 했다. 하지만 이렇게 오랫동안 자신의 과거로부터 도망쳤는데도 룸펠슈틸츠헨의 과거는 결국 그를 찾아내고 말았다.

막 해가 질 무렵 룸펠슈틸츠헨은 감방 밖에서 천둥이 치는 듯한 소리를 들었다. 철컥, 우지끈, 펑 하는 소리가 모두 합쳐진 소리는 시간이 지날수록 점차 커졌다.

감방은 덜덜 떨리기 시작했다. 식탁 위의 밥그릇과 숟가락도 요동쳤다. 정체가 무엇인지는 몰라도 가까이 온 게 분명했다.

룸펠슈틸츠헨은 이 소동을 일으킨 게 누구인지 보려고 폴짝폴짝 뛰어 창문 너머를 살폈다. 그리고 그가 본 것은 몇 해 동안 보았던 것 가운데 가장 무시무시한 광경이었다. 엄청난 흙더미가 몰려들 듯 화가 난 가시덤불이 파도처럼 땅을 가로질러 감옥을 덮치고 있었다.

"이런, 안 돼!" 룸펠슈틸츠헨이 놀라 외쳤다. 그는 두 손을 모아 입을 막고 감방을 둘러보았다. 이런 마법을 부릴 수 있는 사람은 오직 한 명뿐이었다. 무려 127년 만에 그를 찾아온 셈이었다.

나무로 만든 군인들은 혼란에 빠진 채 복도를 뛰어다녔다.

"가시덤불이 감방으로 향하고 있어!" 군인 한 명이 소리쳤다.

"공격 준비!" 또 다른 군인이 외쳤다.

룸펠슈틸츠헨은 데이지 꽃을 내려다보았다. 꽃은 가볍게 떨고 있었다. "저런, 저런, 괜찮아." 룸펠슈틸츠헨은 데이지 꽃잎을 부드럽게 쓰다듬으며 말했다. "모든 게 다 괜찮아질 거야. 내가 널 지켜 줄게."

룸펠슈틸츠헨은 식탁에서 밥그릇을 가져와 꽃 위에 덮었다.

곧 가시덤불이 감방을 후려쳤고 그 충격 때문에 요새 전체가 흔들렸다. 가시덤불은 감방 벽을 타고 기어올랐고 마치 뱀처럼 벽을 휘감았다. 마침내 창문까지 전부 덤불로 덮였고 감방 안은 어두워졌다.

잠시 조용하다가 커다란 심장이 쿵쿵 울리듯 부드럽게 우르릉거리는 소리가 감방을 채웠다. 우르릉 소리는 점차 커졌다. 룸펠슈틸츠헨이 머물러 있는 감방 저 아래에서 나는 듯했다. 뭔가가 요새를 따라 천천히 올라오고 있는 중이었다.

룸펠슈틸츠헨은 나무 군인들이 위층에서 우르르 내려오는 소리를 들을 수 있었다. 아래층에서 쳐들어오는 무언가와 맞서 싸우기 위해 내려오는 소리였다. 군인들이 무기를 철컥 장전하는 소리도 들렸다. 이들이 싸우려는 대상은 그저 덤불만이 아닌 것이 분명했다.

마침내 룸펠슈틸츠헨은 이들이 자기가 있는 13층에서 싸우고 있다는 사실을 알았다. 가까이에서 소리가 들렸기 때문이었다. 룸펠슈틸츠헨은 무서워서 움직일 수가 없었다. 뭔가 타는 냄새와 연기가 감방문 아래로 흘러들어 왔다. 나무 군인들은 비명을 질렀고 이어 한 명씩 바닥에 쓰러지는 소리가 들렸다.

군인들이 모두 쓰러지자 부드러운 발소리가 복도를 따라 다가오더니 룸펠슈틸츠헨의 감방 앞에서 멈췄다. 룸펠슈틸츠헨은 몸을 덜덜 떨었다. 이제 죽은 목숨이구나 싶었다.

그때 밝은 보랏빛이 폭발하더니 감방문이 산산조각 났다. 룸펠슈틸츠헨은 단단히 버티려 했지만 문 조각 때문에 나가떨어지고 말았다. 폭발하면서 생긴 연기가 가라앉자 룸펠슈틸츠헨은 마침내 이 모든 혼란을 일으킨 사람의 정체를 볼 수 있었다.

문 앞에는 키가 크고 아름다운 여성이 서 있었다. 자홍색 긴 머리카락이 물결치며 둥둥 떠올라 마치 천천히 타오르는 불꽃 같았다. 눈은 보라색이었고 속눈썹이 나방의 더듬이처럼 길게 뻗어 있었다. 그녀는 높은 옷깃이 달린 긴 보라색 드레스에 잘 어울리는 장갑을 끼고 있었다. 몸을 휘감은 유령 같은 망토는 두꺼운 연기처럼 복도 바닥에 깔렸다.

"에즈미아?" 룸펠슈틸츠헨이 두려움에 떨며 물었다.

마법사는 밝은 빨간색 입술에 곡선을 그리며 히죽 웃었다. "안녕, 룸피." 에즈미아는 공기가 섞인 장난스러운 듯한 목소리로 말했다. "오랜만이야. 보고 싶었어."

에즈미아는 룸펠슈틸츠헨의 좁은 감방으로 들어와 안을 살폈다. 가시덤불이 벽을 타고 자라나면서 에즈미아를 따라 들어왔다. 감방 안쪽 벽도 점점 덤불로 덮였다.

"난 당신이 집을 꾸미던 방식이 마음에 들었는데." 에즈미아는 룸펠슈틸츠헨이 침대로 사용하는 건초 더미를 지나치며 비꼬는 투로 말했다. "이런 건 당신의 고상한 취향에 맞지 않잖아? 난 아직도 왜 당신이 나를 버리고 130년 가까이 이런 곳에서 지내고 있는지 이해할 수가 없어."

룸펠슈틸츠헨은 쥐죽은 듯 가만히 있었다. 이런 위험한 존재 앞에서 섣불리 움직였다가는 뼈도 못 추릴 것이라 생각했기 때문이었다.

"날 죽이러 온 거야?" 룸펠슈틸츠헨이 턱을 덜덜 떨면서 말했다.

그러자 마법사는 과장된 웃음을 터뜨렸고 그것을 본 룸펠슈틸츠헨은 마음이 조금 편해졌다. "내가 왜 옛 친구를 죽이겠어?" 그러고는 겁을 주려는 듯이 미소를 지었다. "내가 당신을 죽이고 싶었다면 이미 여러 해 전에 죽였을 거야." 에즈미아가 미소를 거두더니 보랏빛 눈동자로 룸펠슈틸츠헨을 아래위로 노려보며 말했다. "그동안 내가 왕국에 걸었던 저주에서 당신만 예외였던 이유가 뭐라고 생각해?"

그동안 룸펠슈틸츠헨도 이 감옥에만 저주가 걸리지 않은 이유가 자기 때문인지 계속 의문스럽던 차였다.

"죽이러 온 게 아니라면 여기 왜 온 거야?" 룸펠슈틸츠헨이 아까보다 더 심하게 몸을 떨면서 말했다. 죽는 것보다 더 나쁜 벌을 주려고 온 게 분명했기 때문이었다.

"이봐, 룸피. 당신은 지금 내가 당신을 처음 발견했을 때처럼 아무 힘도 없어 보여." 에즈미아가 그를 불쌍하다는 듯 쳐다보며 말했다. "처음 만났을 때 당신은 그저 광산에서 일하는 가엾은 난쟁이에 불과했지. 하지만 나는 당신과 내가 비슷한 기질을 가졌다는 걸 알았어. 우리 둘 다 세상이 우리에게 준 것보다 더 많은 것을 바랐지. 그리고 그 때문에 세상에서 쫓겨났고 말이야."

"당신을 화나게 하려던 건 아니었어." 룸펠슈틸츠헨이 고개를 떨구며 말했다. "난 자수를 할 수밖에 없었어. 내가 했던 짓을 그대로 묻어둔 채 살 수는 없었거든."

"무려 성공하지도 못했던 그 일 때문에 말이지." 에즈미아가 말했다. "하지만 모든 걸 용서받았잖아."

룸펠슈틸츠헨은 에즈미아를 잘 아는 만큼 그녀의 말을 곧이곧대로 믿을 수 없었다. 에즈미아는 언제나 그랬듯이 속에 뭔가 꿍꿍이가 있었다.

"나에게 바라는 게 뭐야?" 룸펠슈틸츠헨이 물었다.

에즈미아는 창가로 다가갔다. 에즈미아가 인어 만의 풍경을 바라볼 수 있도록 창문을 가리고 있던 가시덤불이 양옆으로 흩어졌다.

"좋든 싫든 간에 우리는 약속을 했잖아." 에즈미아가 말했다. "내가 여기 온 이유는 당신이 그 책임을 다할 수 있도록 해 주기 위해서야. 나는 우울하게 광산에서 일하던 당신을 구해 주었고, 제자로 삼아 마법을 가르쳐 줬어. 그 대가로 요구한 건 약간의 심부름이었고 말이야."

"아이를 납치해야 한다고는 하지 않았잖아!" 룸펠슈틸츠헨이 말했다. "그것도 공주를 말이야!"

"당신을 위해 상황을 아주 쉽게 만들어 줬잖아." 에즈미아가 날카로운 목소리로 말했다. 말투에 조금씩 분노가 실리기 시작했다. "내가 왕에게 마법을 걸어 물레로 건초를 자아 금으로 만드는 아내가 필요하다고 생각하게 했지! 마을 소녀 하나를 골라 왕의 명령을 받들도록 했고! 당신과 소녀 둘 사이의 이야기도 내가 미리 맞춰 두었고 말이야! 당신은 그 아이만 훔쳐 오면 됐다고!"

"당신은 나에게 궂은일을 맡겼어." 룸펠슈틸츠헨이 우는소리를 했다. "뭔가 일이 잘못돼도 욕을 듣는 건 내가 되도록 말이야."

"물론, 그랬던 건 사실이야." 에즈미아가 전혀 미안하지 않다는 듯이 말했다. "나는 그 당시만 해도 영원히 행복한 연합의 구성원이었으니까. 아기 공주를 훔치다가 붙잡힐 수는 없었어. 요정들은 그때까지만 해도 내가 자기들 편이라고 여겼으니까."

"나도 당신을 요정이라고 생각했었지!" 룸펠슈틸츠헨이 말했다.

"훌륭한 요정의 제자가 된다고 생각했지, 세상을 자기 손아귀에 넣으려고 몰래 음모를 꾸미는 마법사라고는 꿈에도 생각하지 못했어."

에즈미아는 자신의 말에 모두 속았던 당시를 떠올리며 즐거워했다. "맞아. 모두가 놀랐지." 에즈미아가 말했다. "물론, 다른 요정들이 당신이 내 밑에서 일한다는 사실을 알고는 상황은 완전히 바뀌었어. 나는 아기 공주의 세례식에 초대받지 못했지. 나는 너무나 화가 나서 왕국 사람들 모두를 죽이려고 저주를 걸었어. 요정 대모가 내 저주를 그 바보 같은 졸음 저주로 바꿔 놓지만 않았어도 다들 목숨을 잃었을 거야."

마법사는 눈을 질끈 감고 관자놀이를 문질렀다. "그리고 그 이후 잠자는 숲속의 공주는 나에게 악몽 같은 존재가 되었어." 에즈미아가 말했다. "하지만 당신도 내가 숲속에서 공주를 공격했을 때 공주의 얼굴을 봤어야만 해. 두려움에 부들부들 떠는 순교자의 얼굴을 말이야. 돈 주고도 못 볼 모습이었지."

에즈미아는 혼자서 미소를 짓고는 이내 쿡쿡 웃었다.

"당신은 나더러 아기 공주를 납치하라고 시켰고 100년에 걸쳐 저주를 걸었지. 그런데 지금도 그녀가 다스리는 왕국을 가시덤불로 잔뜩 덮어 놓았어." 룸펠슈틸츠헨이 말했다. "왜 그렇게 잠자는 숲속의 여왕을 미워하는 거지?"

에즈미아는 룸펠슈틸츠헨을 곁눈질하면서 그 질문에 솔직하게 대답할 답과 실제로 이야기할 답을 생각했다. 무엇을 이야기하든 에즈미아에게는 말하지 않고 숨겨야 할 이야기가 많았다.

"그게 바로 모든 사람이 착각하는 지점이야." 에즈미아가 말했다. "내가 동쪽 왕국이 대혼란에 빠지는 모습을 보고 큰 만족을 느낀 건 사실이야. 왕국 사람들을 전부 죽이려 했던 저주가 겨우 늘어진 낮잠 저주 따위로 약해진 이후 나의 명성에 금이 갔어. 그러니 지금 건 저주는 나에게 큰 즐거움을 주는 복수의 일종인 거지. 하지만 동쪽 왕국에 두 번째로 건 이 저주는 잠자는 숲속의 여왕과는 전혀 상관 없어."

"그러면 이런 난리를 만든 건 대체 무엇 때문인데?" 긴장된 표정으로 감방 밖의 가시덤불을 쳐다보며 룸펠슈틸츠헨이 물었다.

"모든 건 다 이유가 있어." 에즈미아가 눈에 자랑스러움과 사악한 기운을 담고 말했다. "내가 세상에 모습을 드러낸 지 너무 오래되다 보니 모두 내가 죽은 줄 알더군. 나는 내가 돌아왔을 뿐 아니라 예전보다 훨씬 강력해졌다는 사실을 모두에게 보여 주려 한 거야. 사람들이 내 마지막 저주의 목표가 뭔지 알면 기념하고 축하하려 할 테지. 그보다 더 좋은 게 어디 있겠어? 난 정말 유쾌하고 사악해."

에즈미아는 눈을 감았고 얼굴 가득 활짝 미소를 지었다.

"그러면 내게 시킬 일은 뭐야?" 룸펠슈틸츠헨이 물었다. "이제 와서 잠자는 숲속의 여왕을 납치하라는 건 아닐 테고."

"내가 괴롭히려는 대상은 잠자는 숲속의 여왕이 아냐. 한 번도 그랬던 적도 없고." 에즈미아가 이렇게 말하고는 화가 난다는 듯 감방 안을 서성거렸다. "잠자는 숲속의 여왕이 어쩌고저쩌고⋯⋯.' 내가 아니었다면 여왕은 그런 멍청한 이름으로 불리지도 않았겠지!"

그러자 룸펠슈틸츠헨은 궁금증이 더해 갔다. "그러면 당신이 쫓는 목표는 대체 뭐야?" 룸펠슈틸츠헨이 물었다.

"한 아이를 뒤쫓고 있어." 에즈미아가 털어놓았다. "왕가의 피를 이어받은 아이지. 내가 그동안 해 왔던 특별한 계획을 달성하는 데 꼭 필요한 준비물 가운데 하나야."

"특별한 계획이라고?" 룸펠슈틸츠헨이 물었다. "세상을 손아귀에 넣으려는 것 아니야? 그게 당신이 항상 바라 왔던 바였으니까."

에즈미아는 룸펠슈틸츠헨의 눈을 똑바로 바라보며 말했다. "그것과 비슷한 일이야. 그건 보기보다 훨씬 어렵지. 당신을 만나기 바로 전까지 나는 그 일을 어떻게 해내야 하는지 궁리 중이었어. 일종의 마법이라 몹시 복잡해서 특정 장소에서 특별한 물건들을 가지고 시작해야 해. 일단 필요한 조건을 모두 갖추고 나면 제아무리 요정 대모라 해도 결코 나를 막지 못할 거야."

"우리가 마지막으로 만난 지 100년도 넘었잖아." 룸펠슈틸츠헨이 말했다. "그 계획에 내가 필요했다면 왜 그렇게 오랜 세월 동안 잠자코 있다 이제 와서야 나를 찾은 거지?"

에즈미아가 한 손을 휙 흔들자 돌 바닥에서 커다란 의자가 하나 솟아올랐다.

"당신이 그동안 나를 찾아오지 않았잖아." 에즈미아가 이렇게 말하고는 의자에 앉았다. "당신이 갇혀 있는 동안 나 역시 대단한 100년을 보냈어. 그냥 빈둥빈둥 지냈던 게 아니라고. 배신을 당하고 독약에 중독되어서 죽을 고비를 넘겨야 했거든."

"독약에 중독되었다고?" 룸펠슈틸츠헨이 되물었다. "누가 그랬는데?"

"이블리야." 에즈미아가 마치 나쁜 전염병 이름을 대듯 말했다.

"이블리?" 룸펠슈틸츠헨이 말했다. "그게 누구야?"

"내가 도움을 받으려고 했던 존재지." 에즈미아가 말했다. "하지만 결국은 나에게 엄청난 실망만 안겨 주었어."

에즈미아가 다시 손을 휙 흔들자 돌 바닥에서 룸펠슈틸츠헨이 앉을 작은 의자도 하나 생겨났다.

"그건 꽤 긴 이야기야. 그러니 앉아서 듣도록 해." 에즈미아가 지시했다.

룸펠슈틸츠헨은 군말 없이 앉았다.

"동쪽 왕국에 저주를 내린 이후로 나는 계속 숨어 지내야 했지." 에즈미아가 설명했다. "나는 세상에서 가장 힘센 요정이었지만, 요정들이 모두 힘을 합치면 당해 낼 수 없었으니까. 나는 내 계획을 더 진행시키지 않고서는 다시 공격할 수 없다는 사실을 알았어. 어쩔 수 없는 상황까지 치닫지 않는다면 말이야. 그래서 나는 내 계획을 비밀에 부치고 계획을 진행하는 데 필요한 준비물을 모두 갖출 때까지 왕국들을 하나하나 지켜보았어.

아무도 나를 찾을 수 없는 북동쪽 변두리에 예스러운 작은 성을 지어 그곳에서 지내며 다음번에 어떤 행동을 할지 고민했어. 하지만 내 손에 닿지 않는 여러 준비물이 필요했기 때문에 인내심을 가져야 했지. 나는 어려운 상황에 빠진 영혼들을 성으로 불러 모아 제대로 된 제자를 기르려 했어. 하지만 이 작전은 하나도 성공하지 못했어. 제자가 한 명 한 명 모일 때마다 실망감만 더 커졌지.

여러 해가 지난 어느 날 밤, 차밍 왕국의 궁전에 초대받지 않은 손님이 모습을 드러냈어. 지금은 세상을 떠난 체스터 왕이 왕자였을 때 일이지. 한 젊은 아가씨가 거친 비바람 속에서 쉴 곳을 찾으러 궁전 문을 두드렸어. 체스터는 그 아가씨에게 첫눈에 반했고 부모님에게 결혼 허락을 받으려 했지.

하지만 체스터의 부모님이었던 왕과 왕비는 사고방식이 구식이라 아가씨가 왕족 출신이어야만 아들과 결혼할 수 있다고 했어. 그래서 왕자는 아가씨가 왕족이라는 점을 증명할 방법을 고안했지. 아가씨가 머무는 손님 방 침대에 열 개는 족히 넘는 매트리스를 쌓은 다음 맨 아래에 콩 한 알을 넣어 둔 거야. 만약 아가씨가 콩 때문에 불편해한다면 왕족이라는 사실을 증명할 수 있을 거라고 생각했지.

아니나 다를까 다음 날 아가씨는 밤새 불편해서 잠을 못 이뤘다고 얘기했고, 체스터는 이제 아가씨와 결혼할 수 있을 거라고 확신했어. 그래서 아가씨에게 청혼했지만 아가씨는 거절했어. 아가씨에게는 비밀이 있었던 거야. 밤새 뒤척거렸던 것은 공주여서가 아니라 사실은 임신한 몸이었기 때문이었어.

아가씨는 남편이 아닌 남자와의 사이에서 아이를 갖게 되어 창피한 나머지 도망친 거였어. 이 여성은 바람같이 나타났다 바람같이 사라졌고 체스터 왕자는 다시는 그녀를 만나지 못했지. 그리고 내 귀에도 임신한 공주가 도망치고 있다는 소문이 들렸어. 나는 왕가의 아이가 필요했기 때문에 흥미가 생겼지. 그래서 숲속으로 여자를 추적해 들어갔어. 그녀는 숲속 동굴에서 혼자 지내고 있었어.

그리고 기쁘게도 내가 그녀를 찾아냈을 때 아직 임신한 상태더군. 나는 그 여자가 거부하기 힘든 제안을 했지. 아이를 내게 주면 꿈도 꾸지 못할 금은보화와 화려한 생활을 제공하기로 약속했던 거야. 흔한 제안이었지. 여자는 동의했고 거래가 성사되었어. 하지만 불행히도 여자는 아기를 낳기 직전에 약속을 저버렸어. 그러고는 이웃 마을로 도망쳐 아기를 낳다가 숨을 거뒀지. 마을 사람들은 아기에게 이블리라는 이름을 붙여 주었어.

나는 곧 그 여자가 왕족이 아니라는 사실을 알게 됐어. 그러니 이블리도 내가 찾던 아이가 아니었지. 난 일단 이블리가 마을 사람들 손에서 자라게 했지. 그리고 마침내 이블리를 이용할 또 다른 계획을 짰어. 이블리를 잘 훈련시켜 북쪽 왕국의 화이트 왕자를 유혹해 결혼하게 만들 계획이었지. 그러면 둘 사이에 아이가 태어날 테고 결국 내가 바라던 왕가의 아이를 얻을 수 있을 테니까.

그렇지만 또 일이 꼬여서 이블리를 다시 찾았을 땐 그 아이는 마을의 소년과 열렬한 사랑에 빠진 뒤였어. 시인이 되겠다고 설치는 미라라는 이름의 남자애였지. 나는 이블리를 왕국 북동쪽에 있는 내 성으로 데리고 와 훈련을 시켰어. 하지만 그 아이는 미라를 그리워하며 매일 밤낮으로 징징거릴 뿐이었어. 그래서 나는 그 남자애를 이블리에게 데려왔지. 마법 거울 속에 가둬서 말이야.

나는 내가 할 수 있는 모든 친절을 다 베풀었지만 이블리는 내게 점점 더 복수심만 키워 갔어. 나를 죽이려고 계획을 세우기까지 했거든. 이블리는 약병을 보관하고 있는 방에 몰래 들어와 엄청나게 강력한 독약을 만들었어. 얼마나 독하냐면 창밖으로 몇 방울만 떨어뜨려도 몇 킬로미터 안의 나무와 풀들이 모조리 죽어 버리는 그런 약이었어.

이블리는 작은 칼에 이 독약을 묻혀서 나를 찔렀지. 나는 독 때문에 거의 죽을 뻔했어. 죽어 가는 사람처럼 온몸이 쭈그러들었지. 내가 가졌던 온갖 힘과 아름다움, 이루고 싶었던 희망까지 모두 잃어버렸어. 나는 이블리가 마지막으로 내 숨통을 끊기 전에 있는 힘껏 달아났지. 하지만 그 바보 같은 여자애는 미라를 마법 거울에서 빼내는 데만 정신이 팔려 나를 잊어버리고 말았어.

난 성 밖으로 달아나 수풀 위에 쓰러졌지. 그때 애거서라는 이름의 늙은 마녀가 겨우 숨만 붙어 있는 나를 발견했어. 애거서는 나를 알아봤고 어떤 독약에 중독되었는지도 금방 알아냈어. 애거서는 나를 난쟁이의 숲에 있는 작은 헛간으로 데려갔고 내가 건강을 되찾을 때까지 보살펴 주었지. 나는 애거서의 제자가 되었고 애거서는 나를 끔찍하게 부려 먹었어. 내가 정체를 함부로 드러낼 수 없다는 사실을 이용했던 거야. 무시무시한 심부름을 시키고는 가축처럼 바깥에서 자게 했지.

하지만 나는 나를 죽일 뻔했던 독약 때문에 목숨을 구하기도 했어. 영원히 행복한 연합은 동쪽 왕국에 저주를 걸었다는 이유로 나를 찾아내 벌을 주려 했지. 하지만 내가 몸이 너무 허약해진 상태라 연합의 요정들은 나를 알아보지 못했고 결국 내가 죽었다고 결론 내렸어.

 그렇게 수십 년이나 지난 어느 날, 애거서와 나는 헛간 근처의 가시덤불 구덩이에서 풀을 뽑고 있었어. 애거서가 온종일 나에게 일을 시켰던 터라 내 손은 온통 가시에 찔리고 긁혀 있었지. 나는 살면서 그 어느 때보다도 화가 나 있었어. 한때는 그 누구보다도 위세를 떨쳤던 내가 마녀의 노예가 되어 있었으니까.

 그런데 이 분노는 뭔가 느낌이 달랐어. 갑자기 내 안에서 다시 생생하게 움직이는 무언가를 느낀 거야. 마음속에 있는 촛불에 다시 불이 붙은 것 같았어. 그렇게 오랜 세월이 지나고 나서야 나는 마침내 독 중독에서 완전히 회복되었고, 예전의 힘이 다시 되돌아왔지.

 '나를 죽이지 않는 것은 나를 강하게 만들 뿐이다'라는 말은 정말이야. 내가 그 살아 있는 증거라고. 나는 예전보다 더 강력해졌어. 그리고 내 힘의 종류도 달라졌지. 예전에는 내 마법의 힘이 영원히 행복한 연합으로부터 왔거든. 그 바탕은 요정들의 생명력이었지. 내가 걸었던 저주에 입맞춤 같은 애정의 증표가 나타나면 하나같이 깨져 버렸던 것도 그런 이유 때문이었어. 하지만 이제는 모든 게 달라졌지. 내 마법의 힘에는 한계가 없어졌어. 나는 애거서를 구덩이에 밀어 넣고는 가까이 다가오는 것은 무엇이든 구덩이 안에 가둬 버리도록 마법을 걸었어." 에즈미아가 털어놓았다.

 "당신이 애거서를 가시덩굴 구덩이에 밀어 넣었다고?" 룸펠슈틸츠헨이 물었다. "그 무시무시한 구덩이에 걸린 곪은 상처 같은 마법이 당신 짓이란 말이지?"

 "맞아." 마법사가 자랑스러운 듯 어깨를 으쓱하며 말했다. "가시덤불 구덩이를 만들어 냈다는 업적을 뽐내고 싶었지. 하지만 나는 사람들 앞에 나서기 전에 해야 할 일이 있었어. 그래서 나는 성에 돌아가서 내 물건을 모두 챙겼어. 오래전에 시작했던 일을 끝낼 준비를 하기 위해서.

하지만 나는 아직 몸조심하고 기다려야 한다는 사실을 알았어. 여러 왕국은 황금시대를 맞아 번성했지. 신데렐라는 차밍 왕자와 결혼했고 잠자는 숲속의 공주도 막 잠에서 깬 데다 백설 공주는 왕위를 이어받아 여왕이 되었더군. 나는 적당한 때를 기다렸다 세상에 나타난다면 훨씬 더 큰 영향력을 줄 수 있을 거라 판단했지. 지금이 바로 그 적당한 때고 말이야."

룸펠슈틸츠헨은 에즈미아가 새로 얻은 힘으로 여러 왕국의 미래에 어떤 영향을 끼칠지 두려웠다. "나는 이해가 안 가." 룸펠슈틸츠헨이 말했다. "당신은 세상 사람들에게 존경과 사랑을 받던 존재였잖아. 그것만으로도 충분하지 않아? 언제부터 이렇게 비뚤어진 거야?"

마법사는 차가운 표정으로 바닥을 내려다보며 말했다. "사람들은 내게서 뭔가 얻을 게 있을 때만 나를 좋아해 줬어. 그러다가 자기가 보고 싶지 않은 것, 듣고 싶지 않은 것을 말하는 순간 그 존경과 사랑을 거두어 버리지."

"하지만 왜 그런 것에 그렇게 집착하게 된 거야?" 룸펠슈틸츠헨이 가능한 한 조심스럽게 물었다. "당신은 왜 그렇게 세상을 손아귀에 쥐려고 애쓰는데, 에즈미아?"

에즈미아는 길게 한숨을 쉬었다. "물론 이유가 있어." 에즈미아가 날카롭게 말했다. "하지만 솔직히 말해서 당신이든 누구든 그런 건 상관할 바 아니잖아!"

날 선 긴장감이 감방 안을 가득 채웠다. 하지만 그것은 룸펠슈틸츠헨과 에즈미아 사이가 아닌 에즈미아와 세상 사이의 긴장감이었다.

"내가 도와줘야 하는 게 뭐지?" 룸펠슈틸츠헨이 물었다. "그리고 당신은 이렇게나 강력해졌는데 왜 굳이 나를 찾는 거지?"

"그건 단순한 이유 때문이야." 에즈미아가 말했다. "여러 해 동안 제자를 키워 본 결과 당신이 가장 충성심이 높았지, 럼피. 당신은 내가 당신에게 요구했던 일을 실제로 옮겼고, 이제 그 일을 마쳐 달라고 얘기하는 거야. 게다가 나를 대신해 줄 친구가 한 명 있으면 좋을 것 같아서 말이지."

둘은 묵직한 시선을 주고받았다. 이것은 순수한 친구 관계가 아니라는 사실을 둘 다 잘 알고 있었다.

"또 아이를 납치해 오라는 거지? 그렇지?" 룸펠슈틸츠헨이 슬픈 목소리로 물었다. 그는 이미 대답을 알고 있었다. "나한테 그 일을 또 시키려는 것이구나."

"잘 알고 있군." 마법사가 말했다.

룸펠슈틸츠헨은 눈을 감은 채 고개를 떨궜다. 이번에도 선택의 여지가 없었다. 거부한다면 죽음만이 그를 기다리고 있을 뿐이었다.

"너무 많은 얘기를 나눈 것 같군." 에즈미아가 이렇게 말하고는 감방문을 향해 발길을 돌렸다. 새로 얻은 힘 덕분에 발걸음에 탄력이 느껴졌다. "따라와, 럼피. 당신이 해야 할 일이 아주 많아. 이 일을 끝내기 위해 거의 200년이나 기다렸다고. 내 인내심이 얼마나 바닥났을지는 말 안 해도 알겠지?"

솟아올랐던 돌 의자가 사라졌고 룸펠슈틸츠헨은 바닥에 나뒹굴었다.

"어디로 가는 거야?" 룸펠슈틸츠헨이 물었다.

"애거서의 헛간이야." 마법사가 말했다. "1년 전 성이 부서진 이후 나는 대부분의 시간을 거기서 보냈어. 내가 그곳에 어떤 마법을 걸어 놓았는지 보면 깜짝 놀랄걸! 그 헛간에는 곧장 난쟁이의 숲으로 통하는 통로가 있어."

룸펠슈틸츠헨은 그리움을 담아 비좁은 공간을 마지막으로 둘러보

앉다. 이렇게 밖에 나가게 되니 감방이 마치 오랜 집처럼 느껴졌다.

"잘 있어." 룸펠슈틸츠헨이 슬픈 목소리로 중얼댔다.

에즈미아는 도대체 무슨 소린지 모르겠다는 듯 눈썹을 추켜올렸다. 생각했던 것보다 감방 생활이 힘들어서 머리가 살짝 돌아 버린 건가?

룸펠슈틸츠헨은 바닥에 주저앉더니 데이지 위에 덮어 두었던 밥그릇을 열었다. "난 이제 떠나야 해." 룸펠슈틸츠헨은 눈물을 보이지 않으려 애썼다. "그런 모습으로 보지 마. 넌 잘 지낼 거야." 그러고는 하얀색 꽃잎 하나를 가볍게 쓰다듬었다. "안녕, 작은 꽃아. 잘 지내렴."

그리고 룸펠슈틸츠헨은 일어서서 감방문을 지나 복도로 걸음을 옮겼다. 127년 만에 처음으로 나서는 바깥 세상이었다. 하지만 세상 밖은 더욱 냉정한 감옥일지도 몰랐다.

에즈미아도 감방문 옆에서 데이지 꽃을 내려다보았다. 에즈미아는 이렇게 작고 보잘것없는 무언가가 누군가에게는 중요하고 지켜 줘야 하는 사랑스러운 존재라는 사실이 도저히 믿기지 않았다. 에즈미아의 마음속에 분노의 불꽃이 켜졌다.

에즈미아가 꽃을 향해 손을 흔들자 꽃은 시들어 조각조각 흔적도 없이 바스러졌다. 그러자 에즈미아의 얼굴에 미소가 떠올랐다. 그녀는 이렇게 작은 것을 죽이고도 만족스러워 할 만큼 잔인했다.

11장

여왕과 개구리

동이 트기 바로 직전, 하늘이 밝아지면서 별들은 천천히 희미해지고 있었다. 프로기와 쌍둥이는 밤새 난쟁이의 숲을 가로질렀다. 이들은 가능한 한 잽싸고 조용히 걸음을 옮겼다.

두 아이는 프로기가 이처럼 긴장한 모습은 처음 보았다. 프로기는 앞으로 몇 걸음 지날 때마다 계속해서 누가 뒤를 쫓아오지 않는지 돌아보았다.

"스트레스를 너무 많이 받은 것 같네요, 형씨." 코너가 초록색 개구리 친구를 올려다보며 말했다.

"지금은 정말 신경 바짝 써야 할 때라고." 프로기가 말했다. "그나저나 형씨는 무슨 뜻이야?"

코너는 어깨를 으쓱거렸다. "우리 세계의 유행어 같은 건데 별다른 뜻은 없어요." 코너가 말했다. "죄송해요, 여기가 동화 속 세상이라는 걸 잠깐 잊었네요."

알렉스는 좀 더 진지한 대화를 나누고 싶어서 프로기 옆으로 다가갔다. "상황이 얼마나 안 좋은 건가요?" 알렉스가 물었다. "우리는 숲속의 동물들이나 마더구스로부터 들은 게 전부라서 말이에요. 그리고 당신은 어떤 임무를 맡았나요?"

프로기는 한숨을 내쉬더니 말했다. "그동안 고생이 이만저만이 아니었단다. 사악한 여왕이 붙잡히지 않았을 때만 해도 사람들은 일상생활을 계속했지. 하지만 마법사가 돌아오고 나니 세상은 완전히 멈춰 버리고 말았단다. 모두 무서워서 집 밖으로 나오지 못하고 있어. 영원히 행복한 연합에서 뭔가 해 주겠다고 약속하기 전까지는 말이야."

"연합에서 뭔가 수를 쓰고 있나요?" 코너가 물었다. "마법사를 물리칠 방법을 찾았나요?"

"불행히도 찾지 못했어." 프로기가 말했다. "연합의 요정들은 동쪽 왕국에 걸린 마법을 풀려고 애썼지만 아무 소용없었어. 마법이 너무나 강력했거든. 에즈미아의 힘이 상상도 수 없을 만큼 강력해졌어."

"동쪽 왕국을 덤불로 덮은 것 말고 마법사가 다른 누군가를 공격한 적이 있나요?" 알렉스가 물었다.

"지금까지는 그게 전부야." 프로기가 말했다. "언제든 다시 공격을 시작할 테지."

"그런데 왜 다들 '동쪽 왕국'이라 하죠?" 코너가 말했다. "제가 모르는 속사정이 있나요? 전에는 잠자는 숲속의 왕국이라고 했잖아요."

"왕국이 수면 저주에서 벗어나 예전의 영광스러운 모습을 되찾았기 때문이야." 프로기가 설명했다. "잠자는 숲속의 여왕은 이를 기념하기 위해 왕국의 이름을 다시 예전 이름으로 되돌리기로 했지. 동쪽 왕국에서 대규모 축하 행사를 열었는데 바로 그날 밤 마법사가 왕국을 공격해 왔던 거야. 왕국 사람들은 전혀 생각도 못 한 일이었지."

"그 사람들이 잠에서 깨라고 내가 고무줄 튕기기 비법을 알려줬는데 도움이 됐는지 모르겠네." 코너가 혼잣말을 했다.

"에즈미아가 동쪽 왕국 전체에 가시덤불을 뒤덮은 이유는 뭐죠?" 알렉스가 물었다. "영원히 행복한 연합이 에즈미아의 마법을 더 이상 막지 못하는데 왜 에즈미아는 이번에야말로 잠자는 숲속의 여왕의 목숨을 빼앗으려 들지 않은 거죠?"

동화 속 세상의 누구라도 마찬가지겠지만 프로기는 그 질문에 대해 자기만의 추측을 할 수밖에 없었다. "내 생각에는 상징적으로 겁을 주려는 것 같아." 프로기가 피곤함에 지친 눈을 비비며 말했다. "수면 저주에 걸렸을 때 왕국 전체가 가시덤불에 덮였던 이유는 사람들이 모두 잠에 빠지는 바람에 덤불을 치우지 못해서였어. 에즈미아는 왕국에 다시 가시덤불을 덮어 사람들이 고생하는 모습을 보면서 즐거워하고 있는 게 분명해. 단순히 사람들을 죽이는 것보다는 인질로 잡아 두는 게 더 좋다고 생각하는 거겠지. 사람들에게 고통을 안기는 것이 죽이는 것보다 더 잔인하니까 말이다."

알렉스와 코너는 이 말을 듣고 조금은 안심이 되었다. 에즈미아가 인질들을 모으고 있는 중이라면 엄마도 아직 목숨이 위험하지 않을 수도 있었기 때문이다. 두 아이는 엄마가 고생하지 않기만을 바랄 뿐이었다.

"지금은 덤불 때문에 왕국 사람들이 감방에 갇힌 죄수 신세가 되어 버렸어. 예전에 가시덤불 구덩이처럼 말이야." 알렉스가 상황을 전체적으로 이해하려 애쓰며 혼자 중얼댔다.

"그렇구나." 프로기가 말했다. "그동안 아무도 그 두 가지 사이의 공통점을 발견하지 못했거든."

"그렇다면 잠자는 숲속의 여왕과 체이스 왕은 어떻게 되었죠? 무사한가요?" 알렉스가 물었다.

"체이스 왕은 아직 동쪽 왕국에 갇혀 있다고 하더구나." 프로기가 말했다. "잠자는 숲속의 여왕은 죽다 살아났지. 국경을 넘어 도망치려다 공격을 당했거든. 여왕의 호위병은 전부 목숨을 잃었지만 다행히 여왕은 목숨을 건졌어. 차밍 왕국의 군인들이 숲속에서 여왕을 발견해 차밍 궁전으로 모셔 갔지."

"끔찍한 일이네요." 알렉스가 한숨을 쉬며 말했다. "사악한 여왕도 자기만의 사정이 있었던 걸 생각하면 마법사도 어쩌면 오해받고 있을지도 모른다고 생각했거든요. 비록 우리 엄마를 납치하기는 했지만요. 하지만 지금 상황을 보니 잘 모르겠네요."

코너가 끙 소리를 냈다. "난 그렇게 생각하지 않아. 마법사에게 무슨 사정이 있는지 쥐뿔도 신경 쓰고 싶지 않아. 우리 엄마를 조금이라도 건드렸다가는 이 세상에서 없애 버리고 말 거야."

어느덧 해가 떠오르기 시작했고 주변 풍경이 환하게 밝아 왔다. 저 멀리 예전에 봤던 익숙한 회색 벽돌담이 지평선을 가로지르고 있었다.

"저건 빨간 망토 왕국을 둘러싼 벽 아냐?" 알렉스가 물었다.

"맞아." 코너가 기억을 더듬으며 말했다. "잠깐, 그런데 우리가 왜 저기로 가는 거죠, 프로기? 당신 집으로 데리고 갈 줄 알았는데요?"

"내 집으로 가는 거야." 프로기가 대답했다.

"땅굴 집은 어떻게 되었어요?" 코너가 물었다.

"이사했단다." 프로기가 말했다. "지금은 성에서 살아. 빨간 망토 여왕과 같이 말이야."

프로기는 진한 초록색 뺨을 발그레하게 물들이더니 이야기를 멈췄다. 알렉스와 코너는 '방금 그 말 들었어?'라는 표정으로 서로를 바라보았다. 프로기는 두 아이 앞으로 걸어가더니 빨간 망토 왕국으로 통하는 장벽의 서쪽 문 안으로 들어갔다.

"좋은 아침이네, 친구들!" 프로기가 문을 지키는 경비병들에게 고개를 끄덕이며 말했다.

"좋은 아침입니다." 경비병들이 지나가는 프로기에게 고개를 숙여 인사했다.

쌍둥이도 얼른 문 안쪽으로 뛰어들어가 프로기 뒤를 따랐다.

"잠깐만요." 코너가 웃음을 터뜨리며 말했다. "빨간 망토 여왕이랑 같이 산다고요? 두 분이 사귀거나 결혼이라도 한 거예요?"

프로기는 한층 더 어두워진 얼굴로 두 아이를 바라보며 말했다. "으응, 그렇게 되었단다." 프로기는 수줍음 때문에 쌍둥이와 눈도 마주치지 못했다.

"전혀 생각지도 못했어요." 알렉스가 놀라워하며 눈썹을 찡긋 올렸다.

"도대체 어떻게 된 일이에요?" 코너가 묘한 미소를 지으며 물었다. "제 말은 당신은 그야말로 개구리고 빨간 망토 여왕은 그렇지 않잖아요."

"코너, 무례하게 말하지 마!" 알렉스가 코너의 옆구리를 쿡 찌르며 말했다.

"아니야, 괜찮단다." 프로기가 말했다. "어떻게 된 사정인지는 아주 간단해. 너희 할머니가 나를 사람으로 돌려놓고 얼마 안 되었을 때란다. 빨간 망토 여왕은 불에 탔던 성을 다 지은 다음 어느 날 오후 차나 한잔 하자고 나를 초대했지. 여왕은 자기를 사악한 여왕과 늑대 악당 패거리로부터 구해 준 일로 내게 다시 한번 감사 인사를 하고자 했어. 원래는 한 시간 정도만 만날 예정이었는데 점점 길어져서 우리는 온종일 수다를 떨었지. 사실 주로 여왕이 얘기하고 나는 듣기만 했지만 말이다. 그래도 우리는 서로 연결되어 있다는 느낌을 받았어. 그래서 그날 이후로 우리들의 우정은 연애 감정으로 발전했단다."

두 아이는 그 말을 듣고도 믿기지 않아 입을 쩍 벌리고 있었다.

"그러면 당신이 다시 개구리로 돌아가니까 여왕이 뭐라고 했나요?" 알렉스가 물었다.

"처음에는 힘들어했지. 나를 만지는 것도 무서워했고 의자에 앉지도 못하게 했으니까. 하지만 오랜 시간 생각한 끝에 모두를 위해 내가 이런 모습이 되었다는 사실을 이해해 줬어. 지금은 우리 사이가 잠시 멈춰 있지만 말이야." 프로기가 말했다. "빨간 망토는 정말 놀라운 여자야. 너희도 곧 알게 되겠지만."

"지금은 잭이랑 만나지 않나요?" 코너가 물었다. 알렉스는 그만두라는 듯이 코너에게 얼굴을 찡그렸다.

그러자 프로기의 짙은 초록색 낯빛이 하얗게 질렸다. "우리는 지금 그 문제를 해결하려 하고 있어." 프로기가 말했다. "나는 어떤 사람이든 전에 만났던 누군가를 잊는다는 건 힘들다고 생각해. 가끔은 사랑이 미움으로 변하지만 그 감정을 완전히 추스르기는 어렵지. 비록 빨간 망토가 잭에게 감정이 남아 있을지도 모르지만 나를 향한 애정 또한 의심하지 않아."

프로기는 미소를 지으며 고개를 끄덕였고 알렉스와 코너는 서로를 향해 어깨를 으쓱해 보였다. 두 아이는 어른들의 복잡한 연애 감정을 이해할 수 없었고, 지금 같은 상황에서는 더더군다나 이해하기 힘들었다.

"속상하진 않아요?" 알렉스가 물었다. "빨간 망토 여왕이 과거에 만났던 사람을 마음에 담아 두면 말이에요."

프로기는 자신 있게 고개를 저었다. "빨간 망토가 이런 모습의 나를 받아들이기로 했으니, 나도 그 사람의 마음을 받아들여야지." 프로기가 말했다. "그리고 잭과 골디락스가 옆에 보이지 않는 시간이 길어지면 길어질수록 빨간 망토도 빨리 마음을 정리할 수 있을 거야. 눈에서 멀어지면 마음에서도 멀어지는 법이니까."

"으흠, 그렇군요." 코너가 프로기를 곁눈질로 힐끗 쳐다보면서 코웃음을 쳤다. "그나저나 잭과 골디락스는 어떻게 되었죠? 그 사람들 소식은 들었어요?"

"사실 거의 모른단다." 프로기가 말했다. "가끔 왕국 변두리에서 눈에 띄어 마을 사람들이 경비병에게 신고하는 모양이지만 그동안 꽤 조용하게 지냈거든. 나와 빨간 망토 입장에서는 그들에게 불만이 없어."

쌍둥이는 잭과 골디락스가 여전히 도망 중이라는 소식을 듣고 기분이 좋았다. 동화 속 세상이 혼란에 빠져 버렸지만 그 속에서도 아직 그대로 남아 있는 무언가가 있다니 마음이 놓였다.

프로기와 쌍둥이는 보핍 가족 농장이 있는 구불구불한 언덕길을 통과해 왕국 한가운데 있는 아름다운 마을에 도착했다. 쌍둥이는 뾰족한 건초 지붕을 인 앙증맞은 오두막집과 벽돌 건물을 다시 마주하니 기뻤다. 두 아이는 암탉 헤니 페니의 은행과 신발 여인숙을 지나며 미소 지었다. 파이 좋아하는 아이 잭 호너의 파이 가게, 케이크를 토닥토닥 빵집도 저번에 왔을 때와 똑같았다.

하지만 단 하나 눈에 띄게 달라진 것이 있었는데 마을 이곳저곳에서 가축을 끌고 다니던 농부와 양치기들이 사라졌다는 점이었다.

"마을이 텅 비었네." 알렉스가 말했다.

"저번에 이 마을이 얼마나 북적였는지 기억나?" 코너가 말했다. "그때는 마치 '직장에 애완 염소 데리고 출근하는 날'이라도 된 듯 왁자지껄했는데."

프로기는 슬픈 듯 한숨을 쉬었다. "위험한 상황이라서 그렇단다. 다른 왕국의 마을들도 모두 마찬가지일 거야. 누구도 꼭 필요할 때가 아니면 집에서 나오지 않아."

두 아이와 프로기는 마을 한가운데에 있는 공원을 가로질렀다. 험프티 덤프티 경의 벽과 양치기 소년 동상, 잭과 질의 언덕을 다시 보니 반가웠지만 마더구스한테 들었던 이야기가 떠올라 조금은 달라 보이기도 했다.

"와." 코너가 공원을 둘러보며 감탄사를 내뱉었다. "새로 지은 성 좀 봐."

공원 가장자리에 다다르자 빨간 망토 여왕이 새로 지은 성이 보였다. 예전 성보다 두 배쯤 높고 두 배쯤 넓어 보였다. 여러 개의 탑이 옆으로 갈수록 점점 높아졌고, 한가운데에는 커다란 돔이 있었다. 그리고 새로 만든 정문 계단 바로 위에는 거대한 시계도 보였다.

알렉스와 코너는 고개를 갸웃거리며 눈을 찡그렸다. 어딘가 익숙해 보였다.

"어디선가 본 것 같아." 알렉스가 입을 뗐다.

"나도 마찬가지야." 코너가 말했다. "다른 성이나 궁전들을 섞어 놓은 것처럼 보여."

"일단 안으로 들어가자." 프로기가 말했다. "빨간 망토가 나만의 도서관을 지어 줬단다! 정말 멋져! 책이 수만 권인데, 다 내 거야!"

"정말 대단하네요!" 알렉스도 함께 흥분하며 외쳤다.

"걱정하지 마." 프로기가 말했다. "네가 준 책은 특별 선반에 전부 모아 뒀으니까."

프로기가 알렉스에게 윙크했고 알렉스는 씨익 웃었다. 프로기와 처음 만났을 때 책을 통해 서로 친해졌던 게 새록새록 기억났다.

두 아이와 프로기가 계단으로 올라서자 경비병들이 안으로 들어갈 수 있도록 엄청나게 큰 붉은 문을 열어 주었다.

"좋은 아침입니다." 경비병들이 앞서 장벽을 지키고 섰던 경비병과 마찬가지로 깍듯이 인사했다.

"좋은 아침이에요." 프로기가 답했다.

"경비병들 모두와 잘 알고 지내나 봐요?" 코너가 물었다.

"뭐랄까, 잊기 힘든 외모잖아." 프로기가 말했다. "개구리 모습이다 보니 이곳과 잘 어울리지는 않지. 하지만 마을 사람들이 날 보고 기절하는 걸 보면 아직도 재미있어. 전부는 아니지만 아직도 많은 사람이 그러지."

성 안에 첫발을 들인 쌍둥이는 숨을 헉 하고 들이마셨다. 발밑으로는 대리석이 깔렸고, 양옆으로는 황금 기둥들이 늘어서 있었으며, 눈앞에는 무척 긴 계단이 펼쳐져 있었다. 그리고 당연하지만 여러 자세를 한 빨간 망토 여왕의 초상화가 벽면 가득 붙어 있었다.

"돈을 아끼지 않은 게 확실하네요." 여기저기 주변을 살피며 코너가 말했다. 코너는 바닥을 내려다보다가 대리석 타일 모퉁이와 연결된 조그만 바구니 모양의 타일을 발견했다.

"이건 신데렐라 여왕의 무도회장과 비슷한데." 알렉스가 말했다. "빨간 망토식으로 바뀌긴 했지만 말이야."

그때 키가 작고 통통한 하녀 한 명이 빈 찻쟁반을 들고 계단을 내려왔다. 볼이 분홍빛이었는데 계단을 내려오는 게 힘든지 씩씩댔다. 알렉스와 코너는 프로기 뒤에 숨었다. 저번에 이 하녀를 만났을 때 별로 좋은 인상을 남기지 못했기 때문이었다.

"오셨어요? 찰리 왕자님." 하녀가 프로기에게 인사했다. 두 아이는 프로기가 진짜 이름으로 불리는 것을 들으니 어색했다. "여왕님은 도서관에 계십니다. 아침 식사를 가져다 드리고 오는 길입니다."

"고맙습니다. 나도 지금 거기로 가는 중이에요." 프로기가 대답했다.

"수련 잎 차를 좀 내드릴까요?"

"그래주면 고맙겠네요. 내 차에는 파리 세 마리를 넣어 주세요. 너희도 차 마시겠니?"

"좋아요. 왜 마다하겠어요?" 코너가 말했다. "여기까지 왔는데 수련 잎 차 한 잔은 마셔 줘야죠."

쌍둥이는 프로기를 따라 계단을 올라가면서 하녀를 지나쳤다. 하녀는 지나가다 두 아이를 유심히 쳐다보는 듯했지만 정확히 어디서 봤는지는 기억하지 못했다. 하지만 확실히 유쾌한 기억은 아니었다는 사실은 떠올린 듯했다.

두 아이와 프로기는 계단 꼭대기까지 올라가 오른쪽으로 방향을 튼 다음 다시 아래로 내려갔다. 이들은 나무랄 데 없이 장식된 복도를 지났는데 붉은 망토 여왕의 초상이 줄지어 걸려 있는 건 여기도 마찬가지였다. 그리고 두 쪽으로 이뤄진 황금색 문이 나왔는데 벽에는 '책들이 머무는 장소, 도서관'이라고 조각되어 있었다.

"이렇게 써 놓은 건 여왕이 이 안에 무엇이 있는지 잊어버릴 것 같아서일 거야." 코너는 조각된 글씨를 가리키며 알렉스에게 속삭였다.

"바로 여기란다!" 프로기가 이렇게 말하고는 문을 열었다.

문 안쪽으로 한 걸음 들어간 쌍둥이는 다시 한번 깜짝 놀랐다. 이제껏 봤던 도서관 가운데 가장 우아한 도서관이었다. 심지어 백설 여왕의 궁전 도서관보다도 멋졌다. 알렉스는 눈물을 글썽였고 코너도 눈썹을 추켜올리며 고개를 끄덕였다.

"정말 아름다워요!" 알렉스가 손을 가슴에 올려놓으며 말했다.

"나쁘지 않네요." 코너가 말했다.

높은 천장까지 책 선반이 빼곡하게 들어찼고 높이가 제각각인 사다리와 발코니가 설치되어 있었다. 방 한가운데에는 안락의자와 소파가 여러 개 있었고 그곳에는 커다란 난로도 있었다. 큼지막한 늑대 가죽 양탄자도(한때 늑대 악당 패거리의 가죽이었던) 바닥을 가로질러 앞쪽으로 펼쳐져 있었다. 중앙에는 아름다운 샹들리에가 환한 빛을 비추고 있어 책을 읽기에 완벽했다.

도서관에도 여기저기 빨간 망토의 초상화가 많이 걸려 있었지만 난로 위에 걸린 그림은 특별히 더 컸다. 빨간 망토 여왕이 안락의자에 앉아 책을 읽는 모습이었다. 쌍둥이는 그림을 보다가 그 아래로 시선을 옮기고는 눈을 비비고 다시 살펴봐야 했다. 초상화 바로 밑에서 빨간 망토 여왕이 정확히 똑같은 모습으로 책을 읽고 있었기 때문이었다.

여왕은 문이 열리는 소리가 나자마자 눈을 들어 쳐다보았다. "돌아왔군요!" 여왕이 프로기를 보며 말했다. 그러고는 얇고 그림이 가득한 책을 옆으로 집어 던지더니 남자 친구를 향해 달려갔다. 둘은 충돌하듯 꽉 껴안았다.

빨간 망토 여왕은 금발에 밝은 파란색 눈을 가진 아름다운 젊은 여성이었다. 여왕은 언제나 그랬듯 빨간색 드레스와 두건 달린 망토로 멋지게 차려입고 있었지만 쌍둥이는 어딘지 모르게 달라졌다는 점을 눈치챘다. 예전처럼 화장과 보석으로 몸을 화려하게 치장하고 있지 않았던 것이다. 아마도 프로기와 사귀면서 누군가에게 잘 보이려는 마음이 줄어든 듯했다.

프로기는 여왕에게 입을 맞추려 했지만 여왕은 피했다. "입맞춤은 안 된다고 했잖아요. 기억 안 나요?" 빨간 망토가 말했다. "나는 당신을 죽을 만큼 사랑하지만 지금은 조금 꺼려져요. 차갑고 축축한 입맞춤은 기분 나쁘니까요. 아니, 너희 둘은 여기 어떻게 왔니?"

쌍둥이를 발견한 빨간 망토는 시선이 온통 두 아이에게로 쏠렸다. 그리고 마치 프로기가 성에 독사를 데려오기라도 한 듯 두 아이를 쳐다보았다.

"빨간 망토, 알렉스와 코너를 기억해요?" 프로기가 물었다.

"기억하냐고요? 어떻게 잊을 수 있겠어요?" 빨간 망토가 두 아이에게서 시선을 떼지 못한 채 대답했다.

"안녕하세요, 빨간 망토." 알렉스가 예의 바르게 인사했다.

"잘 지내셨어요?" 코너도 유쾌하게 인사했다.

"용서하렴, 무례하게 굴려고 했던 건 아니었단다." 빨간 망토가 쌍둥이에게 말했다. "단지 너희들과 함께 있었을 때 내가 너무 속상해하거나 납치당하거나 집을 잃고 떠돌았기 때문에 그때가 생각나서……."

쌍둥이는 이 말에 아니라고 할 수 없었다. 빨간 망토의 말은 모두 사실이었기 때문이다.

"걱정 마세요." 코너가 말했다.

빨간 망토는 잠깐 긴장한 듯 뜸을 들이면서 두 아이를 보더니 말했다. "이 세계에는 왜 온 거니? 놀러 온 거야? 할머니 만나러?"

"정확하게 말하자면 그렇지 않아요." 알렉스가 대답했다.

"숲속에서 길을 잃었죠." 코너가 말했다. "그래서 어쩌다 보니 여기로 오게 되었네요."

"다행히 숲속에서 프로기를 만났어요. 프로기가 없었다면 저희는 어떻게 되었을지 몰라요." 알렉스가 덧붙였다.

빨간 망토는 두 아이를 번갈아 쳐다보더니 프로기에게 시선을 돌렸다. "그래서 애들을 여기로 데려온 거예요?" 여왕이 억지 미소를 지었다. "사랑스럽기도 해라."

"이 애들은 갈 데가 없었어요." 프로기가 말했다. "지금같이 위험한 때에 숲을 헤매고 다니게 내버려 둘 순 없잖아요."

빨간 망토는 여전히 불안해 보이는 표정으로 쌍둥이를 보며 말했다. "아뇨, 꼭 그렇지만은 않을 텐데."

"정말 편안한 느낌으로 성을 지었네요. 사실은 여러 장소가 섞여 있는 것 같지만요." 코너가 말했다. "무엇을 주제로 이 성을 건축했나요?"

"내 영감에 따라 지었지. 대부분은 말이야." 빨간 망토가 멍한 표정으로 말했다.

"아, 그렇구나." 코너가 말했다. "정말 영감을 받은 듯한 느낌이 드네요."

그때 하녀가 문을 두드리더니 프로기와 쌍둥이가 마실 차를 가져왔다.

"오, 딱 좋네요. 우리 차나 마실까요." 빨간 망토가 말했다. 하지만 그렇게 친절한 말투는 아니었다.

하녀는 안락의자 옆의 탁자 위에 찻쟁반을 올려놓고는 나갔다. 쌍둥이는 프로기와 빨간 망토 맞은편에 앉았고 즉석에서 티파티가 시작되었다. 프로기는 애정을 담아 빨간 망토의 손을 잡았다.

"이렇게 해도 괜찮죠?" 프로기가 빨간 망토에게 물었다.

"물론이죠. 지금은 장갑을 끼고 있으니까요." 빨간 망토가 대답했다.

잠깐 침묵이 흘렀고 찻숟가락이 잔에 부딪히는 소리만이 어색한 침묵을 채웠다.

"그럼 너희들은 이제 몇 살이지?" 빨간 망토가 물었다. "예전보다 키가 꽤 많이 컸구나."

"열세 살이 되었어요." 코너가 대답했다.

"오, 좋은 나이구나." 빨간 망토가 말했다. "나는 그 나이에 여왕으로 뽑혔지. 물론 할머니가 도와주셨지만."

"할머니는 잘 지내세요?" 알렉스가 물었다.

"은퇴하셨단다." 빨간 망토가 대답했다. "지금은 신발 여인숙에서 지내셔. 그래서 지금은 내가 여왕 업무를 전부 도맡아서 보고 있지."

"여왕 일은 할 만해요?" 코너가 물었다. 코너는 수련 잎 차를 홀짝 들이켰지만 입에 넣자마자 바로 뱉고 말았다.

"꽤 힘들어." 빨간 망토가 대답했다. "사람들이 상상하는 것보다 여왕이 하는 일은 굉장히 고되단다. 보석이나 화려한 드레스, 사람들이 보내는 애정과 관심만이 전부가 아냐. 매일 농부와 시민들, 그들이 요구하는 것에 대해 결정을 내려야 할 사항이 너무 많아. 찰리가 나를 도와줘서 다행이지만."

"잘됐네요." 알렉스가 말했다. "최근에 법을 새로 만들었다든가 한 건 없나요?"

빨간 망토는 천장을 올려다보면서 최근에 했던 여왕 직무를 떠올리려 애썼다. "세금을 올렸지." 여왕은 행복한 목소리로 말했지만 미소는 곧 찡그림으로 바뀌었다. "하지만 사람들이 내가 내린 결정을 전혀 반기지 않아서 얼른 다시 내려야 했어. 사람들이 세금 문제를 그렇게 개인적인 일로 받아들일 줄은 몰랐단다. 내 실수였지. 우리 왕국은 '경재력'이 튼튼하기 때문에 세금을 그렇게 많이 걷지 않아도 돼."

"'경제력'이겠지요, 자기." 프로기가 단어를 고쳐 주었다.

"오, 맞아요. 경제력." 빨간 망토가 고쳐 말했다. "우리 왕국은 작물과 양털을 많이 생산하고 다른 왕국과 무역도 많이 하고 있거든. 빨간 망토 왕국은 여러 왕국들에 나누어 줄 빵을 만드는 셈이지."

쌍둥이는 공손하게 고개를 끄덕였지만 이렇게 서툰 빨간 망토가 왕국을 이끈다는 사실에 깜짝 놀랐다. 두 아이가 여왕과 충분히 대화했다고 생각한 프로기는 아이들을 도서관 한구석으로 안내했다.

"내가 특별한 걸 보여 주마." 프로기가 알렉스의 책이 진열된 선반을 가리키며 말했다. "여기 네 책들이 꽂혀 있어, 알렉스."

"정말 기분 좋네요." 알렉스가 미소를 띠우며 말했다. 하지만 눈은 자기 책들 바로 밑에 꽂힌 책들 제목에 머물러 있었다.

"《80일간의 세계 일주》,《해저 2만 리》,《프랑켄슈타인》……." 알렉스는 무척 반가워하며 책 제목을 읽었다. "프로기, 이 책들은 전부 우리 세계에서 많이 읽히는 책들이에요! 어디서 얻었나요?"

"너희 할머니가 주셨단다." 프로기가 말했다. "요정 대모님은 저번에 너희가 이곳에 왔을 때 내가 도와준 것을 굉장히 고맙게 여기셨어. 이 책을 보니 너희 세계 사람들도 이야기를 꽤 잘 만들더구나!"

알렉스는 빙긋 웃었다. 그 작가들도 대부분 이 동화 속 세상에서 영감을 얻었다는 사실이 생각났기 때문이었다.

"몇 권은 나도 읽었어요." 빨간 망토가 불쑥 말했다. 이야기에 끼고 싶어 하는 눈치였다. "내가 재미있어했던 그 두꺼운 책 제목이 뭐였죠, 찰리? 굉장히 별난 제목이었는데.《셰이크프루트 작품집》이었나?"

"《셰익스피어 작품집》이겠죠, 자기." 프로기가 정정해 주었다.

"오 맞아요, 그 책!" 여왕이 말했다. "정말 흥미로웠어요. 어떤 얘기는 우습고 어떤 얘기는 슬펐죠. 전부 읽는 데 1년은 걸렸을 거예요. 그 작가가 계속 소설을 썼다면 좋았을 텐데. 굉장히 가능성 있는 작가라고 생각해요."

코너는 풋 하고 웃음을 터뜨렸지만 마치 재채기처럼 들렸다. "걱정하지 말아요. 아직 활동 중이니까." 코너가 말했다. 코너는 빨간 망토에게 칭찬을 들었다는 사실을 알게 되면 셰익스피어가 뭐라고 생각할지 궁금했다.

알렉스는 도서관에 꽂힌 다른 책들도 전부 살폈다. 눈길을 끄는 제목 중에는 이런 것들이 있었다. 《왕궁 연애담의 역사》, 《마법 시대의 역사》, 《북쪽 왕국의 포유류》, 《용들의 멸종》. 프로기의 도서관에서 이 책들을 읽다 보면 한 달은 휘리릭 지나갈 것 같았다.

"이 책을 한 번 보렴." 프로기가 높은 선반에서 책을 한 권 꺼냈다. "너희 둘 다 재미있어 할 것 같구나."

프로기는 두 아이에게 책을 건넸고 알렉스와 코너는 함께 제목을 읽었다. 표지는 진한 빨간색이었고 안쪽 책장에는 그림들이 실려 있었다.

"《신화와 전설 그리고 마법 모음집》." 알렉스가 제목을 읽고는 깜짝 놀란 듯한 표정이 되었다. "이 책에 소원을 들어주는 마법에 대해서도 나와 있나요?"

"그 마법을 비롯해 여러 마법에 대해 써 있지." 프로기가 말했다. "옛날부터 내려오는 온갖 전설이 다 담겨 있단다. 이렇게 많을 줄 몰랐어. 하지만 이 중에 뭐가 진짜고 뭐가 가짜인지는 알 수 없어."

두 아이는 책장을 넘겼다. 장마다 동화 속 세상의 다양한 전설이 실려 있었다. 그중 유독 눈길을 잡아끄는 이야기들도 있었다. 예컨대 용의 시대를 지나는 동안 사라졌다고 알려진 '마법사의 칼'은 무엇이든 벨 수 있었다. '경이로운 마법 지팡이'는 그것을 소유한 주인을 무적으로 만들어 줘 따돌림받는 사람들이 가장 갖고 싶어 했다. 또 '허영의 왕관'은 왕국에서 가장 귀한 보석들로 만들어져 있어 누구든 그것을 쓰면 세상에서 가장 매력적인 사람으로 변신시켜 준다고 했다.

쌍둥이는 책장을 넘겨보다가 소원을 들어주는 마법에 대해 적힌 장을 발견했다. 알렉스는 그 부분을 소리 내어 읽었다.

소원을 들어주는 마법은 전설로 내려오는 마법이다. 이 마법은 어린이들에게 부지런해져야 한다는 교훈을 주는데, 누구든 특별한 준비물을 하나하나 차례로 모으면 소원 한 가지를 이룰 수 있기 때문이다. 그동안 이 마법이 정말인지 시험해 보려고 여러 사람이 애쓰다가 목숨을 잃기도 했다. 그럼에도 이 마법에 대해 알려진 바가 전혀 없기 때문에 이 마법은 진짜가 아닐 확률이 매우 높다. 지금은 그저 어린애들이나 믿는 이야기로 알려져 있다.

"나도 저번에 그렇게 생각했지. 어린애들이나 믿는 이야기가 사실로 드러났을 때마다 동전을 하나씩 받았다면 난 부자가 되었을 텐데……." 코너가 낮은 목소리로 중얼댔다.

그때 도서관 문을 똑똑 두드리는 소리가 들렸고 하녀가 머리를 빼꼼히 내밀었다.

"차밍 왕국에서 전갈이 도착했습니다, 여왕 폐하." 하녀가 말했다.

"아, 그래?" 여왕이 말했다. "어디 보자."

하녀가 들어와 여왕에게 편지 한 통을 전했다. 하얀 봉투 뒤에는 유리 구두 모양의 금색 밀랍이 찍혀 있었다.

"무슨 내용일지 궁금하군." 여왕이 중얼거리며 편지를 뜯었다. "찬스와 신데렐라가 지금 같은 시기에 파티를 열지는 않을 테고 말이야." 여왕은 편지를 읽더니 눈을 휘둥그레 떴다. 그리고 손으로 입을 틀어막았다. "오, 세상에……."

"왜 그래요? 무슨 내용이기에……." 프로기가 물었다.

"마법사가 피노키오 감옥을 공격했다는군요." 빨간 망토가 편지에서 눈을 떼며 말했다. "차밍 왕가에서 영원히 행복한 연합과 의논할 자리를 만들었대요."

빨간 망토는 프로기에게 봉투를 건넸고 프로기가 편지를 읽는 동안 쌍둥이도 어깨너머로 들여다보았다.

빨간 망토 여왕 폐하
어제저녁 늦게 마법사가 피노키오 감옥을 공격했다는 소식을 전해 드리게 되어 유감입니다. 마법에 걸린 가시덤불로 쳐들어왔다고 합니다. 아직 생존자는 없습니다.
여기에 대해 의논드리고자 내일 저녁 차밍 왕궁에서 회의가 열릴 예정입니다. 회의에 참석해 주시면 고맙겠습니다. 모든 왕국의 수장들과 영원히 행복한 연합의 요정들이 현재 상황에 대해 의논하려 합니다. 따로 말씀이 없으시다면 참석하시는 것으로 알겠습니다.

진심을 담아,
찬스 왕과 신데렐라 여왕 드림

　빨간 망토는 한숨을 푹 쉬더니 하녀에게 말했다. "여기 참석하려면 당장 떠나야겠군. 여행할 마차와 하룻밤 묵을 짐을 준비해 줘."
　하녀는 고개를 끄덕이고는 여왕의 명령을 수행하기 위해 서둘러 도서관을 떠났다. 알렉스와 코너는 서로의 얼굴을 바라보았다. 두 아이는 같은 생각을 하고 있었다.
　"우리도 이 회의에 참석해야 해요, 프로기." 알렉스가 말했다. "무슨 일이 벌어지고 있는지 알아야만 한다고요."
　"무엇 때문이지?" 빨간 망토가 물었다.
　"저희 엄마가 마법사에게 붙잡혀 계시거든요." 코너가 말했다. "어떻게 해야 엄마를 구할 수 있는지 알 필요가 있어요."
　"음…… 너희 할머니는 뭐라고 하시는데?" 빨간 망토가 물었다.

알렉스와 코너는 조심스레 서로를 바라보았다. 여왕이 놀라지 않게 얘기해야만 했다.

"할머니는 아직 저희가 여기 온 거 모르세요." 코너가 말했다.

"할머니는 저희가 아무것도 몰랐으면 하시거든요." 알렉스가 말했다.

빨간 망토는 고개를 갸우뚱하더니 프로기를 쳐다보았다. "잠깐만." 여왕이 말했다. "그럼 내가 요정 대모의 말을 어기고 도망친 손주들을 내 성에 숨겨 주고 있다는 거야?"

프로기의 초록색 얼굴이 조금 하얗게 질렸다. "내가 아까 말했지만…… 이 아이들이 난쟁이의 숲에서 헤매는 걸 그대로 두고 올 수 없었어요." 프로기는 이렇게 변명하고는 미안하다는 듯이 웃었다.

빨간 망토의 얼굴은 옷 색깔처럼 빨갛게 변했다. "요정 협의회에서 이 사실을 알면 우리가 얼마나 곤란해질지 모르는 거예요?" 여왕이 소리 질렀다.

"우리가 어디 있는지 할머니의 귀에 들어가지만 않으면 상관없죠." 코너가 무뚝뚝하게 말했다.

"그게 무슨 소리야? 네가 왕이라도 된 듯이 말하는구나!" 여왕이 화가 나서 말했다. "너희 둘 다 당장 내쫓아야겠어!"

코너는 팔짱을 낀 채 눈썹을 찡긋 올리면서 엄한 얼굴로 말했다. "하지만 그럴 수 없을 거예요. 요정 대모의 집 나간 손자, 손녀를 실수로 재워 주는 것보다 더 못된 짓이 뭔지 알아요? 바로 그 손자 손녀들을 쫓아내는 거라고요!"

빨간 망토는 높게 신음하고는 쌍둥이와 프로기를 번갈아 쳐다보았다. 자기가 초대하지 않은 손님 때문에 골치를 앓아야 하는 것에 어이없어 하는 표정이었다.

"회의에 몰래 들어가는 건 어때?" 프로기가 쌍둥이에게 말했다. "왕국을 다스리는 왕과 왕비들만 참석하는 자리이기 때문에 자격 조건이 까다로운 회의야. 게다가 너희 할머니도 그 자리에 계실 거고. 그러니 몰래 숨어서 지켜봐야 해."

알렉스는 한숨을 내쉬었다. 들키지 않으려면 얼마나 힘들지 상상이 갔다.

"어딘가 안에 들어가 숨어 있어야겠죠." 알렉스가 말했다. "저희 둘이 들어갈 만큼 크지만 사람들이 수상쩍게 여기지 않을 만한 물건이 필요해요."

코너는 눈을 반짝이면서 도서관을 둘러보았다. 들어오면서 적당한 물건을 봤던 게 생각나서였다. 코너는 실내를 가로지르더니 벽에서 빨간 망토의 초상화를 하나 떼어 여왕에게 가져갔다.

"여왕님, 이 드레스 아직도 갖고 있나요?" 코너가 빨강 망토에게 물었다.

알렉스와 프로기는 코너가 무엇을 말하는 건지 보려고 빨간 망토 의자 가까이 다가갔다. 초상화 속 여왕은 엄청나게 큰 무도회용 드레스를 입고 있었는데 허리춤부터 옷감이 불룩 튀어나와 바닥까지 끌렸다.

"가지고 있는 것 같아." 여왕이 말했다. "예전에 성에 불이 났을 때 무사히 건져 온 마지막 남은 드레스지. 그런데 잠깐만, 그 드레스로 뭘 하려는 거지? 설마 내가 짐작하는 바대로인가?"

코너는 얼굴에 함박웃음을 지은 채 프로기와 알렉스를 올려다보았다. 코너가 무슨 꿍꿍이인지 알아내기란 어렵지 않았다. 그 모습을 생각하니 두 사람도 코너처럼 얼굴에 미소가 번졌다.

"완벽한 계획이야!" 알렉스가 말했다.

"인정할 수밖에 없구나. 무척 영리한 방법이야." 프로기가 말했다.

그러자 빨간 망토는 질색했다.

"당신들 모두 미쳤어?" 여왕이 말했다. "나더러 연회용 드레스에 두 꼬맹이를 매달고 요정 협의회가 참석하는 회의 자리에 나가라는 거야? 왈츠라도 추게? 무슨 일이 있어도 안 돼! 절대 너희들이 원하는 대로 하지 않겠어."

알렉스와 코너의 얼굴에 떠올랐던 미소가 사라졌다. 여왕을 설득하려면 무슨 말이든 해야만 했다.

"빨간 망토 여왕님." 알렉스가 여왕 쪽으로 몸을 가까이 수그리며 말했다. "저희 엄마가 위험에 빠졌어요. 저희는 엄마를 구해 낼 방법을 찾아야만 해요."

코너도 알렉스와 똑같은 자세를 취하며 거들었다. "저희에겐 엄마가 전부예요. 만약 엄마가 돌아가시기라도 하면 우리는 고아가 될 거예요."

두 아이는 간절한 표정으로 빨간 망토에게 애원했다. 빨간 망토는 이런 아이들을 차마 내칠 수 없었다. 빨간 망토는 그렇게 이기적인 성격이 아니었다.

"알았어, 알았다고!" 빨간 망토가 말했다. "이번 한 번만 도와줄게. 하지만 이번이 마지막이야!"

쌍둥이의 얼굴에 다시 환한 미소가 떠올랐다. 빨간 망토는 관자놀이를 문지르며 어쩌다가 일이 이렇게 됐는지 혼란스러웠다. 두 아이가 나타나기 전까지만 해도 평온한 일상이었는데.

"고마워요, 빨간 망토." 알렉스가 말했다.

"후회하지 않을 거예요." 코너가 덧붙였다.

빨간 망토는 어쩔 수 없다는 듯 의자에 푹 파묻혀 앉았다. "더 이상 이런 일이 없을 거라고 각서라도 받아야겠어." 여왕이 말했다.

12장

차밍 왕국의 불안한 저녁

쌍둥이와 프로기, 빨간 망토는 영원히 행복한 연합의 편지를 받자마자 바로 길을 떠났다. 마차 한 대에 네 사람이 탔고 빨간 망토가 꼭 필요하다고 주장하는 온갖 짐을 실은 마차가 그 뒤를 따랐다. 쌍둥이는 뒤따르는 마차를 끄는 말들이 불쌍했다. 짐이 너무 많아 무거워 보였기 때문이었다.

대여섯 명의 군인들이 이들의 마차를 둘러싸고 호위했다. 프로기는 군인들에게 완벽하게 위장해야 한다고 말했지만 주변의 시선을 끌 수밖에 없는 모습이었다.

목적지에 반쯤 도착했을 무렵 빨간 망토는 쌍둥이의 계획대로 커다란 드레스로 갈아입기 위해 잠깐 마차를 멈췄다. 이들은 커다란 떡갈

나무 두 그루 사이에 난 작은 공터에 마차를 세웠다. 여왕은 네 사람이 탔던 마차를 탈의실로 써야겠다며 코너와 프로기를 쫓아내고 알렉스에게 옷을 갈아입을 수 있도록 도와 달라고 했다. 하지만 마차에 비해 드레스가 엄청나게 컸기 때문에 굉장히 힘든 작업이었다.

"아무리 온갖 고생을 한 백설 여왕이라도 이렇게 길에서 옷을 갈아입어 본 적은 없을 거야." 빨간 망토가 무거운 드레스를 뒤집어쓰며 투덜댔다. "선거로 뽑힌 여왕이라고 무시하는 건지 원."

"사람들이 당신을 원했다고 생각하면 위로가 될 거예요." 알렉스가 여왕에게 드레스를 입히려 애쓰며 말했다. "사람들이 왕국을 이끌어 달라고 당신을 선택한 거잖아요. 그냥 하늘에서 뚝 떨어진 게 아니라요."

"그렇지도 않아." 여왕이 말했다. "'늑자반 혁명' 이후 아기 돼지 삼 형제 중 막내와 내가 왕 자리를 두고 치열하게 경쟁했어. 그 돼지는 왕 자리를 원하지도 않았고 은둔자처럼 살고 있었는데 말이야. 자기가 그토록 자랑스럽게 여기는 벽돌집에서 나올 생각도 하지 않았지."

그리고 마지막으로 끙 소리를 내며 빨간 망토는 드레스에 몸을 밀어 넣는 데 성공했다.

"이제 됐다!" 여왕이 숨을 몰아쉬며 말했다.

이윽고 쫓겨났던 프로기와 코너가 마차에 다시 올라탔고 차밍 왕국으로 향하는 여정은 계속됐다. 빨간색 천이 끝도 없이 말려들어 간 커다란 드레스가 더해지자 마차 안은 숨 쉴 공간도 없이 꽉 찼다.

"이런, 안 돼." 마차가 다시 움직인 지 5분도 되지 않았는데 빨간 망토가 입을 뗐다.

"왜 그래요?" 얼굴이 마차 창문에 눌린 채 코너가 물었다.

"화장실에 가고 싶어." 빨간 망토가 째지는 소리로 칭얼댔다. 여왕을 뺀 마차 안에 있던 모두가 신음했다.

저녁 무렵이 돼서야 빨간 망토 일행은 차밍 왕궁에 도착했다. 쌍둥이는 차밍 왕궁 계단까지 가는 동안 동화 같은 마을 풍경을 빠짐없이 구경하려 애썼다.

그러다 보니 두 아이는 콕 집어 얘기하기는 힘들었지만 차밍 왕국이 뭔가 달라졌다는 사실을 깨달았다. 거리를 지나다니거나 상점에서 물건을 사는 사람이 보이지 않을 뿐만 아니라 왕국 전체에 아주 우울한 분위기가 맴돌고 있었다.

마차는 곧 왕궁 입구로 통하는 높은 계단참 꼭대기에 닿았다. 이제 비좁은 마차를 벗어날 수 있다고 생각하니 쌍둥이는 다행이라고 생각했다. 그러느라 빨간 망토의 드레스에 어떻게 비집고 들어갈지는 생각도 하지 않았다.

이들의 마차를 본 왕궁 하인들이 인사를 건넸다. 프로기는 마차에서 곧장 뛰어내려 뒤따르는 마차에서 짐을 내리느라 바빴다.

쌍둥이도 마차 밖으로 뛰어내렸지만 눈에 띄지 않으려고 몸을 구부렸다. 그다음으로 빨간 망토도 마차에서 내려 두 아이 사이에 발을 내디뎠다. 여왕의 드레스가 마차에서 폭발하듯 빠져나왔고 아래에 서 있던 쌍둥이를 완전히 감쌌다. 이보다 더 완벽할 수는 없었다!

"지금까진 일이 잘 진행되어 가네." 알렉스가 여왕의 드레스 밑에서 속삭였다.

"속바지가 예쁘네요, 여왕님." 빨간 망토가 일부러 갖춰 입은 무릎까지 내려오는 속옷을 보며 코너가 킥킥 웃었다.

빨간 망토는 끙 소리를 내며 무릎으로 알렉스의 머리를 찍어 눌렀다.

"으악! 그건 제 머리라고요, 빨간 망토!" 알렉스가 비명을 질렀다.

"미안." 여왕이 사과하고는 반대편 무릎으로 코너의 머리를 눌렀다.

"으아악!" 코너가 비명을 질렀다.

프로기가 빨간 망토와 아이들이 준비되었는지 확인하러 다가왔다. "이제 들어가도 되겠니?" 프로기가 물었다.

"네, 괜찮아요." 알렉스가 대답했다.

"준비 끝났어요, 오버!" 코너가 말했다.

"안심되는구나." 프로기는 이렇게 말하고는 이마에 흐르는 굵은 땀방울을 손수건으로 닦아 냈다. "제일 준비가 안 된 사람은 나인 것 같네."

"안정제라도 먹어요, 프로기." 코너가 말했다. "우리가 여기 있는지 아무도 모를 거예요."

왕궁의 하인은 그들을 이상하다는 듯이 살폈다. 사람은 보이지 않는데 분명 목소리가 들렸기 때문이었다.

"거기서는 최대한 조용히 해야 한다." 프로기가 이렇게 말하고는 침을 꿀꺽 삼켰다. 너무 힘이 들어간 나머지 개굴개굴 소리가 날 정도였다. "자, 그러면 이제 왕궁으로 들어가자."

그 말을 들은 빨간 망토는 앞으로 한 발자국 내디뎠다. 하지만 쌍둥이는 아직 준비가 되지 않은 상태였다.

"빨간 망토, 우리는 앞이 전혀 보이지 않아요. 그러니 조금은 안내를 해 주어야 해요." 코너가 여왕에게 소곤소곤 말했다.

"도대체 어떻게 하란 말이야?" 여왕이 아래를 향해 속삭였다.

"가려고 하는 방향을 미리 말씀해 주세요." 알렉스가 말했다.

빨간 망토는 눈을 질끈 감고 숨을 깊이 들이마셨다. 저녁 내내 단단히 마음의 준비를 해야 할 것 같았다.

"좋아. 이제 계단 위로 올라갈 거야." 빨간 망토가 아이들에게 말했고 아이들은 그 말에 따라 움직였다. 하지만 여왕이 너무 빨리 걷는 바람에 아이들은 속도를 맞추기가 힘들었다.

"천천히 걸어 주세요." 코너가 소곤댔다. "저희는 여기서 침팬지처럼 웅크린 채 따라가고 있다고요."

빨간 망토는 순간 화가 나서 콧김을 내뿜었다. "물론이지." 여왕이 날카로운 목소리로 말했다. "자, 이제 천천히 계단 위로 올라간다."

처음 몇 걸음은 엉망진창이었다. 프로기는 아이들 모습이 밖에서 보일까 봐 조마조마했다. 하지만 세 사람은 점차 익숙해졌고 엄청나게 많은 계단을 매끄러운 동작으로 오르기 시작했다.

마차 쪽에서 이들을 바라보던 하인은 빨간 망토의 드레스 밑에서 순간적으로 세 쌍의 다리를 보았다. 잘못 본 게 아닌가 싶어 눈을 비비고 다시 보니 어느새 다 지나간 다음이었다. 하인은 마차에서 짐을 내리며 이제 안경이 필요한 나이인가, 은퇴할 때가 되었나 하며 머리를 긁적였다.

오랫동안 원숭이처럼 계단을 오르자 알렉스와 코너는 등이 아파오기 시작했다. 하지만 계단이 끝나고 편평한 지면을 걷게 되자 두 아이는 몸을 더욱 구부려야 했고 고통은 점점 더 심해졌다.

"자, 이제 계단은 다 올라왔고 왕궁 입구로 걸어갈 거야." 빨간 망토가 큰 소리로 말했다.

입구를 지키는 차밍 왕국의 경비병들은 이 우스꽝스러운 광경을 지켜 보며 어리둥절했다. 빨간 망토 여왕이 달팽이처럼 느린 속도로 걸어가면서 혼잣말을 중얼댔기 때문이었다.

"정말 그렇군요!" 프로기가 어색함을 누그러뜨리려 빨간 망토의 등을 두드리며 말했다.

그때 익숙한 목소리가 들렸다. "찰리 왕자님, 오신 걸 환영합니다."

"램프턴 경이군요." 프로기의 말소리 덕분에 두 아이는 그가 누군지 알아차렸다. "반가워요. 다른 좋은 일로 왔다면 더 좋았을 텐데."

알렉스와 코너는 고작 1~2미터 앞에 램프턴이 있다는 걸 알자 긴장했다. 혹시 들릴까 싶어 숨소리조차 죽였다.

"이제 차밍 왕궁 안으로 걸어 들어가고 있어." 빨간 망토가 쌍둥이에게 말했다. 하지만 이 모습을 램프턴에게 들키고 말았다. "음…… 정말 믿을 수가 없네! 아까까지만 해도 집에 있었는데 너무 빨리 와 버렸지 뭐야!"

꽤 훌륭한 둘러대기였지만 두 아이는 드레스 안에서도 램프턴이 빨간 망토에게 수상쩍은 시선을 보내고 있다는 사실을 느꼈다.

"괜찮으신가요, 여왕 폐하?" 램프턴이 물었다. "아주 느리게 걷고 계신데, 어디 편찮으신가요?"

알렉스와 코너는 서로 시선을 주고받았다. 빨간 망토가 이 질문에 어떻게 답할지 긴장되었다.

"아무 문제 없답니다. 램프턴 경." 빨간 망토가 대답했다. "그저 신발을 잘못 골라 신어서 그래요. 발이 무척 아프군요."

알렉스와 코너는 안도의 한숨을 내쉬었다. 코너는 잘 넘어가 주어서 고맙다는 의미로 빨간 망토의 무릎을 가볍게 톡톡 두드렸다. 그러자 여왕은 드레스 안에서 무릎으로 코너의 머리를 잽싸게 때렸고 코너는 비명을 지르지 않으려고 입을 주먹으로 틀어막아야 했다.

"아무것도 아니에요. 정말 괜찮아요." 빨간 망토가 어색하게 미소 지으며 말했다.

"요새 이곳 차밍 왕국 사정은 어떤가요?" 프로기가 램프턴의 주의를 돌리려고 질문을 했다.

"끔찍하죠." 램프턴이 대답했다. "혹시 소문 못 들으셨나요?"

"소문이 사실이 아니길 바랐죠." 프로기가 말했다. "정확하게 무슨 일인가요?"

램프턴은 두 아이가 이제껏 들은 것 가운데 가장 땅이 꺼질 듯한 한숨을 쉬며 말했다. "어젯밤 호프 공주님이 납치당했답니다."

쌍둥이는 놀라서 헉 하고 소리를 냈다. 하지만 다행히 두 아이가 낸 소리는 빨간 망토와 프로기의 목소리에 가려 들리지 않았다.

"뭐라고요?" 프로기는 자신의 유일한 조카가 납치되었다는 소식에 충격을 받았다. "그게 대체 무슨 말이에요? 누구 짓인가요?"

"룸펠슈틸츠헨 짓입니다." 램프턴이 대답했다. "그가 마법사 밑에서 다시 심부름을 하기 시작한 것 같아요. 이번에는 중간에 그만두지 않고 납치에 성공했죠."

침묵이 흘렀다. 모두가 그 자리에서 땅이 꺼질 것 같은 기분이 들었다.

몇 분 뒤 쌍둥이는 차밍 왕궁의 입구 홀 안쪽에 깔린 빨간 카펫을 지나 계속 나아갔다. 발아래에 황금색 댄스 플로어가 깔린 것을 보니 연회장이었다. 인내심을 잃고 서성거리는 발소리와 걱정스러운 목소리가 여기저기 들렸다.

"여기입니다, 여왕 폐하. 앉으시죠." 쌍둥이는 램프턴의 목소리를 들었다.

"감사합니다." 빨간 망토가 말했다. "나는 이제 램프턴 경이 권해 준 의자에 천천히 앉으려고 해."

쌍둥이는 빨간 망토의 무뚝뚝한 말소리에 적잖이 당황했다. 하지만 다행히 연회장 안은 굉장히 북적여서 사람들은 빨간 망토와 프로기가 들어왔다는 사실조차 눈치채지 못한 듯했다. 빨간 망토는 두 아이가 자신이 앉은 자세에 맞춰 편한 자세를 잡을 수 있도록 천천히 의자에 앉았다. 쌍둥이는 빨간 망토 옆 계단에 앉았다. 마침내 팔다리 관절이 편안해지는 순간이었다.

두 아이는 연회장 이곳저곳에서 들리는 소리를 엿들을 수 있었다. 얼굴을 들이밀고 껴들고 싶은 마음이 가득했다.

코너는 알렉스를 쿡 찔러 빨간 망토의 드레스에서 발견한 느슨해진 솔기를 가리켰다. 코너는 솔기를 조심스레 벌려 밖을 엿볼 만한 작은 구멍을 만들었다. 알렉스도 자기 쪽에 똑같은 구멍을 내 마침내 밖을 내다볼 수 있었다.

연회장 안에 있는 사람들 모두 두 아이가 다 아는 사람들이었다. 다들 슬픔과 절망에 빠진 표정을 하고 있었는데 특히 차밍 왕과 신데렐라는 거의 알아보기 힘들 정도로 수척해진 모습이었다. 이런 모습을 보고 있자니 두 아이도 가슴이 아팠다. 이들은 그동안 동화 속에서 완벽한 행복을 상징하는 사람들이었는데 지금은 세상에서 가장 불행해 보였다.

왕좌에 앉은 신데렐라 왕비는 지금 이 상황을 믿을 수 없다는 듯 충격받은 듯한 모습이었다. 손으로 퉁퉁 부은 눈을 가리고 있었지만 눈물이 계속 흘러내렸다. 백설 여왕이 신데렐라를 위로했고 라푼첼은 자신의 유명한 긴 머릿단 끝으로 신데렐라의 눈물을 닦아 주었다.

남자들은 연회장 모퉁이에서 서성대고 있었다. 찬스 왕은 자기 딸을 데려간 자에 대해 머리끝까지 화가 치솟아 계속 이리저리 걸어 다녔다. 챈들러 왕과 라푼첼의 남편도 찬스 왕 곁에 있었지만 어찌할 바를 모른 채 지켜봐야만 했다. 프로기도 조금이라도 도움이 되고자 이들 틈에 끼어 있었다.

"어젯밤에 아이가 우는 소리를 들었어요." 신데렐라가 왕좌에 앉아서 여자들에게 하소연했다. "저는 잠에서 깨 아이 방으로 갔죠. 몇몇 하녀가 자기들이 들어가 보겠다고 했지만 저는 제가 직접 확인하겠다고 했죠. 하지만 문을 열자 맨 처음 눈에 들어온 건 바람에 날려 방 안쪽으로 나부끼는 커튼이었어요. 저는 이상하다고 생각했죠. 창문을 열어 놓은 기억이 없었거든요. 바로 그때 그 인간과 마주쳤어요. 끔찍하게 생긴 작달막한 남자가 제 딸을 안고 있었죠!"

신데렐라는 눈물을 펑펑 쏟기 시작했다. 라푼첼은 신데렐라의 등을 쓰다듬었고 백설 여왕은 손을 꼭 잡아 주었다.

"심호흡해요, 신데렐라. 숨을 깊이 쉬어요." 백설 여왕이 말했다.

신데렐라는 숨을 들이마시며 말을 이었다. "그러더니 그 남자는 나를 똑바로 바라보고는 창문 너머로 풀쩍 뛰어내렸어요. 나는 비명을 지르며 창문으로 뛰어가 아래를 살폈죠. 하지만 그는 이미 사라지고 없었어요." 신데렐라가 말했다. "그 역겨운 남자가 내 딸을 데리고 사라졌다고요!" 백설 여왕이 신데렐라를 꼭 껴안았고, 신데렐라는 백설 여왕의 어깨에 기대 훌쩍였다.

그때 부드러운 목소리가 방을 가로질렀다. "다 내 잘못이에요." 잠자는 숲속의 여왕이 연회장 뒤편 창가에 서서 무기력하게 바깥 풍경을 내다보며 말했다.

"마법사가 원하는 건 원래 나였으니까요." 잠자는 숲속의 여왕은 혼란에 빠진 상태였다. "왜 나를 데려가지 않았을까요? 왜 이렇게 많은 사람을 고통스럽게 만드는 걸까요?"

"당신 잘못이 아니에요." 라푼첼이 말했다.

"당신을 탓할 필요는 없어요." 백설 여왕이 동의했다.

연회장을 서성거리다가 지친 찬스 왕은 화가 나서 쿵 소리를 냈다. 그는 누군가 탓할 상대가 필요했다. "일도 제대로 못 하는 요정들은 다 어디 간 거야?" 왕이 외쳤다. "왜 아직 아무런 대응도 하지 않는 거지?"

그때 연회장에 부드러운 산들바람이 일더니 무지개 빛깔이 실내를 둥둥 떠다니며 반짝였다. 그러고는 요정들이 천천히 공중에서 모습을 드러냈다.

제일 먼저 나타난 것은 에메렐다였다. "우리는 우리가 할 수 있는 모든 일에 최선을 다하고 있습니다." 에메렐다가 말했다. 에메렐다는 키가 크고 피부가 까무잡잡한 아름다운 요정이었다. 기다란 에메랄드색 드레스를 입고 있었는데 눈이 보석 같은 드레스와 잘 어울렸다. 에메렐다는 행동거지가 부드러웠지만 그녀의 모습에서는 권위가 느껴졌다. 믿음직했고 결코 적으로 돌리고 싶지 않은 인상이었다.

그 다음 잰더스가 도착했고, 그 뒤를 이어 파란색 요정인 스카일렌이 나왔다. 스카일렌은 피부가 창백했고 머리카락은 하늘색이었으며 옷은 바다 빛깔이었다. 탠저리나도 곧 도착했다. 탠저리나는 주황색 요정으로 벌집과 벌을 이고 다녔다. 보라색 요정이자 요정 협의회에서 가장 나이가 많은 비올레타도 빨간 망토와 쌍둥이가 앉아 있는 곳 근처에서 모습을 드러냈다.

키가 작고 통통하며 뺨이 장밋빛인 빨간색 요정 로제트가 다음으로 도착했다. 나이가 가장 어린 분홍색 요정 코럴도 곧이어 도착했다. 조그만 날개를 퍼덕여 공중에 떠 있는 상태였다. 여러 색깔의 요정들이 등장한 덕분에 연회장에는 화려한 색깔이 펼쳐졌지만 가라앉은 분위기를 띄우기에는 충분하지 않았다.

"한 명 모자라잖소." 찬스 왕이 소리쳤다. "마법사도 당신들 중 한 명이었잖아. 당신들 수가 훨씬 많은데 왜 마법사를 처리하지 못하는 거요?"

"숫자는 더 많을지 모르지만 힘이 더 세진 않아요." 스카일렌이 마치 꿈속에서 들리는 것 같은 목소리로 말했다.

"그녀는 우리가 상상했던 것보다 훨씬 강해졌어요." 잰더스가 말했다. "어쩌면 요정 대모님도 적수가 되지 못할지 몰라요."

"요정 대모님 얘기가 나와서 말인데, 요정 대모님이나 마더구스는 아직 도착하지 않았나요?" 에메렐다가 연회장을 둘러보며 말했다. "회의를 시작해야 할 텐데 말이죠."

그때 연회장에 부드러운 바람이 불더니 하얀색 빛이 연회장 한가운데를 소용돌이치듯 휘감았다. 조금 시간이 지나자 쌍둥이의 할머니인 요정 대모가 수정 마법 지팡이를 든 채 모습을 드러냈다.

쌍둥이는 긴장한 채 서로의 얼굴을 바라보았다. 이제 할머니가 자기들과 같은 공간에 있으니 절대 아무에게도 들켜서는 안 되었다.

"늦어서 미안해요." 요정 대모가 정중하게 고개를 끄덕여 사람들에게 위로를 전하는 인사를 건넸다. "'또 다른 세계'에 문제가 생기는 바람에 늦었어요."

쌍둥이는 그동안 자기들의 세계를 집이라고 불렀지 이런 식으로 부르는 것은 처음 들었다. 조금 낯설게 들렸지만 그렇게 놀랍지만은 않았다. 달리 부를 말이 또 있겠는가?

"빨간 망토, 꽤 화려한 드레스를 입었네요." 요정 대모가 지나치게 큰 드레스를 입은 빨간 망토에게 말을 걸었다.

알렉스와 코너는 심장이 쿵쾅댔고 발각될까 봐 무서워 덜덜 떨었다.

빨간 망토는 긴장한 채 머리를 재빨리 굴려 변명거리를 생각했다. "세상이 최악의 위기에 빠져 있을 때는 최고로 좋은 옷을 입어야 한다고 생각했거든요. 사기를 높이기 위해서죠."

"그렇죠. 나도 그래야 한다고 생각해요." 요정 대모가 대답했다. 완전히 설득되지는 않은 눈치였다.

"죄송하지만 지금은 드레스라든지 또 다른 세계에 대해 수다 떨 시간이 아니라고 생각합니다." 찬스 왕이 말했다. 딸을 잃어버리고 시간이 흐를수록 왕의 절망감은 계속 쌓여만 갔다.

"마더구스도 오시나요?" 에메렐다가 회의 진행 준비를 하며 물었다.

요정 대모는 빨간 망토의 드레스에 대한 이야기는 집어치워야 했다. "아뇨, 마더구스는 아직 또 다른 세계에 머물러 있어요. 내 손녀와 손자가 사라지는 바람에 우리가 회의하는 동안 찾아 나서기로 했거든요."

"그것참 끔찍한 일이네요." 빨간 망토가 필요 이상으로 머리를 절레절레 저으며 말했다. "제발 아무 일 없었으면 좋겠네요. 그 두 아이를 무척 좋아하거든요."

알렉스와 코너는 서로를 쳐다보며 이리저리 눈을 굴릴 뿐이었다.

"모두 빠짐없이 참석했나요?" 요정 대모가 여전히 빨간 망토를 수상쩍게 바라보며 물었다.

"엘프들만 빼고 다 왔습니다. 대모님." 램프턴이 연회장 가장자리에서 대답했다. "엘프 제국에 편지를 띄웠지만 엘프들은 지금 벌어진 사태가 자기들과는 관련이 없다고 생각하는지 참석하지 않겠다고 했습니다."

챈들러 왕은 한숨을 쉬었다. "엘프들은 언제나 그런 식이지. 꼭 나서야 할 때만 빼고는 절대 도와주려 하지 않아."

"고마워요, 램프턴 경." 요정 대모가 말했다. "자, 이제 회의를 시작합시다."

그러자 찬스 왕이 요정 대모를 몰아세웠다. "그 마법사를 왜 막을 수 없는지 이유를 말씀해 주세요! 어째서 우리가 힘을 다 합쳐도 아무런 손을 쓸 수 없는지를요!" 왕이 외쳤다.

요정 대모는 사람들에게 잘 알려진 동정 어린 눈길로 왕을 바라보았다. "찬스, 당신에게 답을 주지 못해 미안해요. 당신이 에즈미아에 대해 모르듯 나도 어떻게 된 일인지 전혀 모르겠어요."

"그럼 당신이 아는 걸 말해 주세요." 찬스 왕이 말했다. "그 에즈미아라는 괴물은 어디서 온 건가요? 지금 무엇을 원하는 건가요?"

그때 잠자는 숲속의 여왕이 요정 대모 쪽으로 몇 걸음 다가갔다. "만약 에즈미아가 원하는 게 저라면 제가 그 마법사에게 가겠어요." 여왕이 말했다.

"아니에요, 당신은 지금 상황에 대해선 아무런 책임이 없어요." 요정 대모가 말했다. "나는 온전히 책임을 져야 하는 게 나일까 봐 두려워요. 내가 잘못하지 않았다면 에즈미아가 이렇게까지 되진 않았을 텐데."

그러자 요정들은 요정 대모가 사실을 털어놓으려 한다는 사실을 알고 고개를 숙였다.

"그게 무슨 말씀이세요, 요정 대모님?" 신데렐라가 물었다. "당신 같은 분이 그런 괴물과 상관 있을 리 없잖아요?"

요정 대모는 눈을 감고 깊이 숨을 들이마셨다. 어디서부터 얘기를 꺼내야 할지 고민하는 모습이었다. 할 얘기는 많았지만 시간은 많지 않았다.

"이야기는 수백 년 전으로 거슬러 올라가요. 내가 '또 다른 세계'를 처음으로 방문했을 무렵이었어요." 요정 대모가 설명하기 시작했다. "그 세계는 끔찍한 일을 겪고 있었어요. 어디를 가도 전염병과 전쟁뿐이었죠. 오늘날 그 시기를 암흑시대라고 부르는데, 정말 적절한 이름이에요. 가끔은 타 버린 건물에서 나오는 연기가 공기를 가득 메워 며칠씩 태양이 안 보이기도 했어요.

나는 작은 여자애가 숲속 한가운데서 혼자 있는 모습을 발견했죠. 아이는 다섯 살 정도 되어 보였어요. 먼지와 흙이 잔뜩 묻은 채 울고 있었어요. 아이는 자기 이름이 에즈미아고 근처 마을에서 산다고 했죠. 당시 많은 마을이 그랬듯 아이가 사는 마을도 외국 병사들의 침략을 받은 상태였어요. 외국 병사들이 마을을 완전히 휩쓸었고 지나가는 길에 눈에 띄는 사람들을 모두 죽였어요. 에즈미아의 가족도 목숨을 잃었죠.

병사들은 헛간에 숨어 있는 에즈미아를 발견했어요. 하지만 병사들이 에즈미아를 막 해치려 할 때 제가 마법을 써서 방어했어요. 그리고 에즈미아의 손에서 불꽃이 나와 큰불로 번졌고, 마을과 병사들 전부 불에 타 죽어 버렸죠. 아이는 나를 자기 마을로 데려갔고 나는 완전히 파괴된 마을을 볼 수 있었어요. 마을 사람들이 전부 죽었을 뿐 아니라 몇 에이커나 되는 마을 전체가 불에 탔죠. 나는 이 아이가 평범하지 않다는 사실을 깨달았어요.

나는 다른 차원에서 사는 아이가 이런 능력을 가졌다는 사실에 정말이지 깜짝 놀라고 말았어요. 마법이란 것이 원래 신비로운 존재이기는 하지만요. 어떻게 된 노릇인지 몰라도 마법이 이 여자애에게 찾아와 목숨을 구할 수 있었던 거죠. 나는 내가 이 아이를 발견한 것도 우연이 아니라고 믿었어요.

나는 이 아이가 '또 다른 세계'에서 혼자 살아남을 수 없다고 생각하고 우리 세계로 데려왔어요. 우리가 요정 왕국에 도착했을 때 유니콘들이 에즈미아에게 인사를 했어요. 그래서 난 이 아이가 특별하다는 사실을 알게 되었죠." 요정 대모가 말했다.

코너는 알렉스를 쳐다보았다. 두 아이가 요정 왕국을 처음 방문했을 때도 유니콘들이 인사를 했다. 이건 무엇을 뜻하는 걸까?

"에즈미아는 우리 왕국에서 자랐어요." 요정 대모가 이어서 말했다. "우리는 에즈미아에게 마법을 활용하는 법을 가르쳤고, 에즈미아는 요정이 되었죠. 시간이 갈수록 에즈미아의 힘은 점점 강해졌고, 에즈미아는 요정 왕국 역사상 가장 재능이 많은 요정이 되었어요.

에즈미아는 재능 못지않게 친절하고 정직해서 사랑스러운 아이로 자라났어요. 에즈미아는 내가 자기를 이 세계에 데려온 것에 대해서도 무척 고마워했죠. 다른 사람을 돕는 것에 대단히 즐거움을 느꼈어요. 나는 에즈미아를 내 딸처럼 사랑했고, 제자로 받아들였어요. 나는 내가 죽을 때가 되면 내 자리를 에즈미아에게 물려주고 아무 걱정 없이 세상을 떠날 수 있을 거라 확신했어요. 다음번 요정 대모는 에즈미아라고 점찍어 두었죠. 우리 요정들이 영원히 행복한 연합을 꾸릴 때도 언젠가는 에즈미아가 연합을 이끌 거라 생각했어요.

하지만 에즈미아는 어른이 되면서 바뀌었어요. 도저히 이해할 수 없었죠. 에즈미아는 완전히 다른 사람이 되었어요. 공격적이고 사악해졌죠. 요정으로 지내겠다는 생각도 완전히 사라진 듯했어요. 다른 사람을 돕는 것을 귀찮아했고 마법을 마음대로 사용하기 시작했죠.

에즈미아가 더 이상 내가 구해 줬던 어린 여자아이가 아니라는 사실을 알게 된 것은 영원히 행복한 연합의 첫 공식 회의를 하던 도중이었어요. 아직 연합의 지도자를 뽑지 않았기 때문에 일단 내가 진행을 했죠. 이때는 트롤과 고블린이 자기들만의 구역에 갇힌 지는 얼마 안 되었지만 여전히 다른 왕국의 죄 없는 사람들을 노예로 삼고 있었죠. 나는 요정들에게 가장 좋은 해법이 무엇일지 물었어요.

그러자 에즈미아가 나서더니 이렇게 말했죠. '모조리 물에 빠뜨려 죽여 버리는 게 어때요? 엄지 공주 개울이 마침 그 구역을 지나고 있으니까 댐을 터뜨려서 죽여 버리죠. 우연히 사고가 난 것처럼 위장할 수 있을 거예요.' 에즈미아는 그 계획을 얘기하면서 즐거워하는 듯 보였어요.

그러자 에즈미아를 연합 지도자로 임명할 수 없다는 항의가 빗발쳤죠. 그래서 우리는 대신 에메렐다를 연합 지도자로 삼았어요. 에즈미아는 자기 자리를 에메렐다가 차지했다는 사실을 알고 몹시 화를 냈죠. 에즈미아는 엄청나게 불평을 늘어놓더니 요정 연합뿐만 아니라 요정 왕국에서도 나가겠다고 했어요. 그러고는 외모를 바꾸고는 자기는 이제 요정이 아니라고 말했죠. 대신에 자기는 마법사라고 선언하고 나가 버렸어요.

우리가 다시 에즈미아를 마주쳤던 건 잠자는 숲속의 공주 세례식 때였어요. 에즈미아는 초대받지 못했지만 우리는 그래도 에즈미아가 찾아올 거라 예상했죠. 우리는 룸펠슈틸츠헨이 에즈미아 밑에서 일하며 공주를 납치하려 한다는 사실을 알고는 에즈미아를 저지했어요. 에즈미아는 통제력을 잃고는 미친 듯이 화내며 날뛰더니 공주가 물렛가락에 찔려 죽을 거라고 저주를 퍼부었죠.

하지만 나는 그 저주가 잠자는 숲속의 공주에게만 미치는 게 아니라는 사실을 알았어요. 에즈미아의 마법은 너무 강력해서 죄 없는 사람들까지 저주를 받게 될 상황이었죠. 운 좋게도 나는 그 마법을 그다지 해롭지 않은 수면 마법으로 바꿀 수 있었어요. 그 결과 공주가 물렛가락에 손을 찔리자 왕국 사람들이 전부 잠들었죠. 예상대로였어요.

에즈미아는 세례식 이후 자취를 감췄고 다시는 에즈미아를 볼 수 없었어요. 이곳저곳 찾아다녔지만 흔적조차 찾을 수 없었죠. 나중에 소문을 듣자 하니 에즈미아는 동쪽 왕국의 북쪽 지방을 황량하게 만든 독에 중독되었다고 하더군요. 우리는 에즈미아가 당연히 죽었을 거라 생각하고 찾는 걸 그만뒀죠. 하지만 불행히도 우리의 짐작은 빗나갔어요.

1년 전 내 손주들이 우연히 또 다른 세계에서 이 세계로 통하는 길로 들어와 실종되었던 적이 있었어요. 나는 아이들을 찾아 나서는 동안 골치 아픈 사실을 하나 발견했죠. 조그만 잡초들이 북동 지방에서 자라나기 시작했던 거예요. 예전에는 꽃과 풀들이 자라던 지역이었죠. 그곳 땅은 독에서 회복되기는 했지만 독이 땅에서 자라는 좋은 식물은 모조리 죽이고 잡초들만 그 자리를 차지하고 있었던 거예요.

나는 에즈미아가 다시 나타나는 것은 시간문제라고 생각했어요. 그래서 그 사실을 요정 협의회에 알렸고 지난 1년 동안 열심히 에즈미아를 찾았지만 헛수고였죠. 최근 동쪽 왕국이 공격당한 뒤에야 우리는 에즈미아가 돌아왔다는 사실을 알게 된 거예요."

연회장에 모인 사람들은 에즈미아에 대한 이야기를 듣고는 더욱 긴장했다.

"그렇다면 우리는 어째서 에즈미아를 막을 수 없는 겁니까?" 찬스 왕이 재촉하며 물었다. "에즈미아의 저주를 다른 것으로 바꿀 수 있다면서 왜 지금은 통제할 수 없는 거죠?"

"그 문제에 대해 막 말하려던 차였어요." 요정 대모가 말했다. "우리는 에즈미아에게 따뜻한 마음으로 마법을 써야 한다고 가르쳤어요. 그리고 선한 의도에서 나온 마법만을 써야 한다고 훈련시켰죠. 그동안 에즈미아가 걸었던 저주를 제가 바꿀 수 있었던 이유도 그 때문이었어요. 하지만 독에 중독된 이후 에즈미아의 영혼에 남아 있던 선한 마음이 모두 죽어 버린 거예요. 이제 에즈미아의 힘은 어둠과 분노로부터 나오죠. 우리 요정들이 맞설 수 없는 힘이에요. 에즈미아의 마음속에 엄청난 분노가 숨 쉬고 있는 게 분명해요."

알렉스와 코너는 할머니의 말을 믿을 수 없었다. 지금 에즈미아를 누구도 막을 수 없다고 말하고 있는 게 아닌가?

"그러면 우리는 이제 어떻게 해야 하나요?" 백설 여왕이 물었다.

요정 대모는 눈을 내리깔고는 바닥을 바라보았다. 사람들이 정말 듣기 싫어하는 말을 할 수밖에 없어 괴로운 눈치였다. "나도 모르겠어요." 요정 대모는 나직하게 말했다.

이 말이 나오자 아직 조금이나마 남아 있던 희망의 불씨마저 모두 꺼졌다. 사람들은 이제 모든 것이 끝이라는 말을 들은 듯한 표정이었다.

그때 갑자기 연회장의 모든 창문이 벌컥 열리더니 미친 듯한 바람이 휘몰아쳤다. 그 바람에 잠자는 숲속의 여왕은 바닥에 넘어지고 말았다. 엄청난 번개가 바닥에 내리꽂히더니 눈부신 섬광 속에서 모습을 드러낸 것은 다름 아닌 마법사 에즈미아였다.

에즈미아는 쌍둥이가 지금껏 봤던 사람들 가운데 가장 위풍당당했다. 머리카락과 망토가 연회장 가득 물결쳤고, 입은 아무 움직임이 없었지만 눈만큼은 긴 속눈썹을 따라 사악하게 웃음 짓고 있었다.

"너무 늦은 게 아닌가 싶네." 에즈미아가 말했다. "나는 재미있는 이야기를 좋아하는데, 그게 내 얘기일 때는 특히 더 그렇지."

알렉스와 코너는 빨간 망토의 드레스 아래서 서로의 손을 꼭 붙잡았다. 연회장 안의 모든 이들이 두려움에 얼어붙었다.

"나만 빼놓고 파티를 즐기고 있었던 건 아니겠지." 에즈미아가 주변의 왕과 여왕, 요정들을 바라보며 말했다. "나를 초대하지 않았다가 된통 당했던 지난 일을 기억했으면 좋겠는데."

에즈미아는 히죽 웃었다. 몸을 움직일 수 있었던 사람은 신데렐라뿐이었다. 신데렐라는 왕좌에서 뛰어 내려와 소매를 걷어붙이고 마법사를 향해 곧장 뛰어갔다. 챈들러 왕과 프로기가 재빨리 붙잡았지만 어찌나 단단히 마음을 먹고 덤비는지 라푼첼의 남편까지 힘을 합쳐 말려야 할 정도였다.

"이 끔찍한 마녀 같으니!" 신데렐라가 남자들을 뿌리치며 악을 썼다. "내 딸을 털끝만큼이라도 다치게 했다가는 마법이든 뭐든 다 사용해서 널 찢어 죽일 테다!"

하지만 에즈미아는 신데렐라를 향해 비웃을 뿐이었다.

"내 딸에게 무슨 짓을 하려는 거야, 이 괴물아!" 찬스 왕도 소리를 질렀다. 에메렐다와 스카이렌이 에즈미아에게 덤벼들지 못하도록 찬스 왕의 어깨를 붙들어야 했다.

"공주는 살아 있어. 아직까진 말이지." 에즈미아는 아무렇지 않다는 듯 손톱을 다듬으며 말했다. "너무 괴로워하지 않았으면 좋겠네. 공주와 볼일이 끝나면 다시 되돌려 줄 거니까 말이야, 아마도."

"호프 공주를 데리고 뭘 하려는 거냐, 에즈미아?" 요정 대모가 다그쳐 물었다.

에즈미아는 요정 대모를 곁눈질로 바라보더니 대모 주변을 원을 그리며 어슬렁댔다. 예전의 스승을 자세히 살피는 모양새였다. "예전의 그 대단한 요정 대모님이 맞나 싶네." 에즈미아가 말했다. "좀 늙으셨네요, 할머니. 뭔가 마음에 걸리는 거라도 있나요? 뭐가 골칫거리인가요?"

"건방지게 굴지 마라, 에즈미아. 그런 어두운 모습 너한테 어울리지 않아." 요정 대모가 말했다.

에즈미아는 장난스럽게 얼굴을 찌푸리며 말했다. "점잖은 척 가면을 쓰고 있지만 난 당신을 잘 알아요. 사람들에게 내가 당신에게서 뭘 빼앗았는지 얘기했나요? 그 부분만 빼놓고 얘기한 건 아니겠죠? 당신이 이 자리의 다른 사람들처럼 두려움에 떨고 있다는 사실을 들키지 않으려는 거죠. 그러면 사람들이 더 걱정할 테니까."

요정 대모는 아무 말도 하지 않았다. 에즈미아의 술수에 말려들지 않으려는 것이었다.

"좋아. 내가 얘기하지." 에즈미아가 연회장에 모인 사람들을 둘러보며 말했다. "나는 요정 대모의 손녀를 데리고 있어."

연회장에 모인 모든 사람이 그 말을 듣고 일제히 놀랐다. 쌍둥이도 마찬가지였다. 대체 무슨 말이지? 알렉스는 혼란에 빠졌다. 요정 대모도 무슨 말인지 모르기는 마찬가지였다. 마법사가 샬럿뿐만 아니라 알렉스도 납치한 건 아닌지 알 수 없어서였다.

"내 손녀라고?" 요정 대모가 되물었다.

"오, 너무 놀라지 말아요." 에즈미아가 눈을 굴리며 말했다. "몇 주 전부터 데리고 있었어요. 당신도 알아야 할 것 같아서요. 당신에게 실마리를 많이 남겼는데 눈치를 못 채더군요."

요정 대모는 가능한 한 아무렇지도 않은 표정을 하고 에즈미아를 바라봤다. "그 애를 어디서 찾았니?" 요정 대모가 물었다.

"아주 간단한 일이었어요. 대부분의 일이 나에겐 간단하지만 말이에요." 에즈미아가 어깨를 으쓱하며 대답했다. "먼저 당신의 책을 한 권 슬쩍했죠. 우리 역사가 모두 적힌 그 오래된 책 말이에요. 나는 책에 살짝 마법을 걸어 당신의 손녀를 또 다른 세계에서 끄집어냈어요. 이렇게 주문을 걸었죠. '요정 대모가 아끼는 베일리 가족의 집에 있는 젊은 여자를 내 앞에 데려와라.' 그랬더니 그 여자가 나타났죠. 자기가 다른 사람이라고 우기지도 않더군요. 자기가 내가 원하는 요정 대모의 손녀라고 순순히 자백했죠."

알렉스는 코너의 손을 꼭 붙잡고 서로의 눈을 마주 보았다.

"에즈미아는 엄마가 나라고 생각하는 거야!" 알렉스가 코너에게 속삭였다.

"엄마도 그게 맞다고 확인해 줬고 말이야." 코너가 속삭였다. "그런데 왜 엄마가 대신 마법에 걸려 잡힌 거지?"

곧 알렉스는 그 답을 찾았다. 그러고는 코너의 어깨를 꽉 잡으며 말했다. "엄마가 실종되던 날 나는 우등반 수업을 듣고 있었어. 이웃 도시에 있었다고. 그러니 그날 난 집에 없었던 거야! 그래서 엄마가 대신 잡혀 간 거라고!"

요정 대모도 쌍둥이와 같은 생각을 했는지 고개를 끄덕이기 시작했다. 그러고는 빨간 망토 쪽으로 시선을 돌려 커다란 드레스를 다시

한 번 바라보았다. 두 아이는 할머니가 자기들을 똑바로 바라본 것만 같았다. 할머니는 우리가 여기 있다는 사실을 알고 있는 걸까? 확실하진 않았지만 마법사가 실수했다는 사실을 알게 되자 요정 대모는 조금은 자신감이 생긴 듯 보였다.

"네가 지금 우리 모두의 관심사라는 사실은 인정하지." 요정 대모가 재빨리 에즈미아를 휙 돌아보며 말했다. "그렇다면 너는 우리에게서 뭘 원하는 거지? 오늘 밤 여기까지 온 이유가 뭐냐?"

에즈미아의 얼굴에 위협적인 미소가 번졌다. 지난 200년 동안 이 순간만을 기다려 왔던 것이다.

"짐작했는지 모르지만 나는 이 세계를 내 것으로 만들겠다고 결심했어." 에즈미아는 살짝 하품하며 무덤덤하게 말했다. "하지만 내가 얼마나 무섭게 화를 낼 수 있는지 보여 주는 대신 당신들에게 일을 더 쉽고 간단하게 처리할 기회를 주려는 거야. 나는 당신들 모두 왕과 여왕의 자리에서 물러나 왕국을 순순히 나에게 넘겨주기를 바라."

그러자 연회장 전체가 분노로 가득 찼다. 신데렐라가 다시 한번 덤벼들려고 하는 바람에 남자들이 말려야 했다.

"절대 그럴 일은 없어!" 찬스 왕이 연회장에 있는 모든 사람이 들을 수 있을 만큼 큰 소리로 외쳤다.

"왕국이 모두 황폐해지고 어린 공주의 목숨이 위험해져도 똑같은 생각일까?" 에즈미아가 고개를 절레절레 흔들며 말했다. "나는 어차피 모든 왕국을 빼앗을 거야. 나를 막을 수는 없어. 단지 당신들에게 품위를 유지하면서 패배를 인정할 기회를 주는 거야. 당신들이 현명하다면 내 말대로 해야 할 거야."

에즈미아의 무서운 눈빛 때문에 아무도 움직이지 못했다. 에즈미아는 아직도 바닥에 쓰러져 있는 잠자는 숲속의 여왕에게 눈길을 돌렸다. 여왕은 몸을 덜덜 떨고 있었다.

"당신이 맨 먼저 왕국을 내놓지그래?" 에즈미아가 말했다. "동료들에게 그게 얼마나 쉬운 일인지 보여 줘. 당신의 왕국은 이미 고생도 많이 했잖아, 그렇지 않아? 왕국 국민을 위해서, 남편을 위해서 고통을 덜어 줘야 하지 않겠어. 왕국을 나에게 넘긴다면 왕국을 덮은 가시덤불을 전부 치워 줄게. 그렇게 하지 않겠어?"

모두가 아무 말도 하지 않는 가운데 잠자는 숲속의 여왕은 곰곰이 생각에 빠졌다. 백설 여왕과 라푼첼은 에즈미아에게 굴복하지 않겠다는 의미로 고개를 저었다. 마침내 잠자는 숲속의 여왕은 일어서서 천천히 요정 대모의 등 뒤로 갔다.

"여기서 마법사의 말을 듣는다면 요정 대모님을 거스르는 일이겠죠." 여왕이 말했다. "우리 왕국의 국민은 그러기를 바라지 않을 거예요."

왕과 여왕, 요정들은 모두 서로를 쳐다보며 잠자는 숲속의 여왕의 용기에 힘을 얻었다. 이들은 한 사람씩 연회장을 가로질러 요정 대모의 등 뒤에 섰다. 요정 대모를 따르겠다는 의지를 에즈미아에게 보여 주기 위해서였다.

에즈미아는 화가 머리끝까지 치밀어 어쩔 줄 몰라 했다. 두 눈에서 작은 불꽃이 나올 것만 같았다. "당신들 전부 큰 실수 하는 거야. 하지만 그것도 오래가지 않을 거야. 내가 곧 당신들 왕국을 끝장낼 테니까."

요정 대모는 에즈미아를 향해 자신 있게 몇 걸음 내디뎠다. "여기 있는 누구도 지금 당장은 너를 멈출 수 없어." 그러더니 요정 대모는 쌍둥이 쪽을 흘긋 바라보며 말을 이었다. "하지만 나는 아직 드러나지 않은 누군가가 방법을 찾아낼 거라 자신 있게 말할 수 있지."

알렉스와 코너는 서로의 얼굴을 바라보았다. 할머니는 조심스레 말을 고르고 있었다. 혹시 우리를 염두에 두고 한 말 아닐까?

그러자 화가 났던 에즈미아는 재미있어하며 한참 동안 웃음을 터뜨렸다. "알겠어. 당신들은 전부 이 요정 대모 뒤에 숨어 있으면 안전할 거라고 생각하는군. 요정 대모의 약속이 당신들을 구할 수 있다면 그렇겠지. 투명하게 만들어라!"

에즈미아가 손을 펼쳐 요정 대모를 향해 뻗자 엄청난 번개가 뻗어 나왔다. 그리고 벼락을 맞은 요정 대모는 사라지고 말았다. 마법사 에즈미아의 손에는 어느새 청록색 단지가 들려 있었고, 그 안에 요정 대모의 영혼이 갇혀 있었다.

"내가 요정 대모의 영혼을 가져가면 당신들은 어떻게 할 거지?" 에즈미아가 외쳤다.

알렉스와 코너는 빨간 망토의 드레스 안에서 제정신이 아닌 듯 꿈틀거렸다. 코너가 신데렐라처럼 마법사를 향해 덤벼들려고 하는 바람에 알렉스는 코너를 말려야 했다.

"저 여자가 할머니를 가뒀어!" 코너가 자기를 말리지 말라고 알렉스를 뿌리치며 속삭였다. "할머니를 붙잡았다고!"

"우리가 여기 있는 걸 알게 하면 안 돼!" 알렉스가 코너에게 소곤거렸다.

"내 마지막 경고를 잘 생각해 봐." 에즈미아가 모두에게 선언했다. "당신들이 나에게 항복할 때까지 나는 당신들의 왕국을 계속 공격할 거야. 왕국 국민들이 당신들 앞에서 제발 이 고통을 끝내 달라고 애원할 때 어떤 모습일지 두고 보자고. 영원히 행복한 연합의 시대는 끝났어."

또 다른 엄청나게 큰 번개가 번쩍거리더니 마법사 에즈미아는 요정 대모를 데리고 사라졌다.

연회장 안에 있던 모든 사람은 백설 여왕의 얼굴처럼 하얗게 질렸다. 쌍둥이는 가슴이 무너져 빨간 망토의 드레스 안에서 멍하니 꼼짝도 못 했다. 모두 어찌할 바를 모르는 모습이었다. 왕과 여왕, 요정들은 서로의 얼굴을 바라보았지만 희망의 빛은 조금도 찾을 수 없었다.

역사상 처음으로 동화 속 세상의 모든 지도자가 손을 놓고 무력감에 빠진 순간이었다.

13장

단지 속의 영혼들

나무와 덤불이 빽빽하게 자란 난쟁이의 숲 깊숙한 곳에 작은 헛간이 하나 있었다. 하지만 그곳은 누구의 눈에도 띄지 않았다. 애거서라는 이름의 마녀가 여러 해 전 이곳에 살면서 헛간을 빙 둘러 가시덤불을 심어 벽처럼 가려 놓았기 때문에 사실상 아무도 찾을 수 없었다. 게다가 애거서는 오래전에 죽었다. 하지만 지금 이 헛간은 그 어느 때보다도 많은 사람으로 북적였다.

마법사 에즈미아는 마법의 힘을 되찾은 이후 이 헛간을 자기의 집으로 삼았다. 겉에서 보면 건초 지붕에 창문 두 개뿐인 작은 집 같아 보였지만, 일단 집 안으로 들어가면 넓은 저택으로 변하도록 마법을 걸어 놓았다.

이곳에는 천장이 높고 검은색 돌로 벽을 쌓은 커다란 방이 있었다. 자수정으로 만든 널찍한 난로 안에는 보라색 불꽃이 두개골을 마치 장작처럼 태우고 있었다. 방 안의 가구들은 고슴도치와 도마뱀 가죽으로 만들어져 이국적인 느낌이 들었다. 천장에는 여러 동물의 이빨로 만들어진 샹들리에가 걸려 있었지만 불이 켜져 있지 않았다.

이곳은 원래 조용한 장소였지만 오늘 밤만큼은 귀를 찢을 듯 날카로운 아기의 울음소리가 복도를 가득 메웠다.

"제발 조용히 하렴, 귀여운 공주님." 룸펠슈틸츠헨이 말했다. 룸펠슈틸츠헨은 자기 몸집의 절반이나 되는 한 살짜리 호프 공주를 안고 이리저리 달랬다.

"엄마!" 공주가 울음을 터뜨렸다. "엄마아!"

"미안하지만 지금은 엄마를 만날 수 없단다." 룸펠슈틸츠헨이 이렇게 말하자 공주는 방이 떠나가라 울음을 터뜨렸다.

"온종일 우네요." 방 뒤쪽에서 샬럿 베일리 부인이 말했다. "아기를 잠깐 나에게 주지 않겠어요?" 쌍둥이의 엄마 샬럿은 바닥에서 1미터쯤 위에 걸려 있는 커다란 새장에 갇혀 있었다.

"당신이 무슨 수로 아기를 달랜다는 거예요?" 룸펠슈틸츠헨이 물었다. 그는 온종일 아기를 돌보느라 지친 모습이었다.

"난 아동병원 간호사예요. 아기 달래기는 내 직업이라고요." 샬럿이 대답했다.

샬럿은 아직도 병원 수술복을 입고 있었다. 병원에서 막 교대 근무를 끝내고 집에 오는데 갑자기 어디선가 빛으로 된 담요가 몸을 둘둘 말더니 이렇게 동화 속 세상으로 끌고 왔던 것이다. 샬럿은 마법사가 알렉스를 데려오려다가 잘못해서 자기를 데리고 왔다는 사실을 알고는 딸을 지키기 위해 자기가 알렉스인 척했다.

아기는 금방 울음을 그칠 것 같지 않았다. 룸펠슈틸츠헨은 마지못해 공주를 새장 안으로 들이밀었다. 샬럿에게 아기를 넘겨 주었다는 사실을 알면 에즈미아가 불같이 화를 낼 테지만 어쩔 수 없었다. 당장 아기의 울음을 멈춰야만 했다. 룸펠슈틸츠헨은 아기를 달래 본 적이 한 번도 없었다.

"옳지, 옳지. 착하다." 샬럿은 이렇게 말하면서 아기의 적갈색 머리카락을 쓰다듬었다. "다 잘 될 거야. 잘 되고말고."

아기는 샬럿의 품속에 안겨 천천히, 하지만 확실하게 마음을 진정시키고는 잠이 들었다. 아기에게 필요했던 것은 엄마의 손길이었다.

아기가 조용해지자 룸펠슈틸츠헨도 마음이 놓였다. 가능하기만 하다면 내리 사흘 동안 잘 수도 있을 것 같았다. 샬럿은 이 조그만 남자를 찬찬히 살폈다. 마법사처럼 사악한 기운은 전혀 보이지 않았다. 그저 친절하고 부드러운 사람일 뿐이었다.

"그래서 당신이 룸펠슈틸츠헨인가요?" 샬럿이 물었다.

"네, 맞아요." 룸펠슈틸츠헨은 자기 이름이 불리자 부끄러워하며 후회하는 듯 어깨를 으쓱했다.

"동화 속에 나오는 것처럼 정말로 어떤 아가씨를 위해 건초를 물레에 돌려 황금으로 만들었나요?" 샬럿이 물었다.

"네, 그랬죠." 룸펠슈틸츠헨이 인정했다.

"그리고 정말 당신이 그 아가씨가 첫 번째로 낳은 아이를 빼앗아 달아나려 했나요?" 샬럿이 믿기지 않는다는 듯 물었다.

룸펠슈틸츠헨은 깊은 한숨을 쉬었다. "에즈미아가 시킨 짓이에요." 룸펠슈틸츠헨이 말했다. "하지만 나는 끝까지 해내지 못했죠. 그 아가씨는 사실 여왕이었어요. 나는 여왕에게 내 이름을 알아맞힌다면 지금 내가 하려는 일을 관두겠다고 말했죠."

"맞아요. 동화에서 읽었던 기억이 나네요." 샬럿은 책을 읽은 지 너무 오래되어 가물가물했다.

"나는 여왕이 대답할 수 있을 거라 생각했어요." 룸펠슈틸츠헨이 털어놓았다. "나는 여왕을 따르는 군인들 가운데 한 명이 나를 뒤쫓아 온다는 사실을 알아챘어요. 나는 불 근처에서 춤을 추면서 숲속이 떠나가라 내 이름을 크게 외쳤어요."

"당신의 이름이 여왕의 귀에 들어가도록 하기 위한 것이었군요." 샬럿이 말했다. "아주 친절하네요."

룸펠슈틸츠헨의 얼굴에 살짝 미소가 번졌다 이내 사라졌다. "나도 그렇게 생각해요." 룸펠슈틸츠헨이 말했다. "하지만 불행히도 그 부분에 대해선 아무도 모르죠."

"사람들은 다른 사람에 대해 급하게 단정 지으니까요." 샬럿이 말했다. "그건 나도 마찬가지예요. 나는 당신이 왜 그런 행동을 했는지 한 번도 궁금해한 적이 없어요. 당신에 대해 그냥 쉽게 결론을 내렸죠. 뭐랄까…… 음……."

"악당이라고요?" 룸펠슈틸츠헨이 당황해하는 기색도 없이 물었다. 사람들은 대부분 그를 그렇게 여겼다.

"맞아요. 악당이라고 생각했죠." 샬럿이 인정했다.

룸펠슈틸츠헨은 샬럿과 얘기하는 것이 점점 편안해졌다. 그렇게 지치지도 않았고 스스로를 방어할 필요도 없었기 때문이었다. 샬럿에게는 어딘가 믿을 만한 구석이 있었다. 이들은 둘 다 나쁜 상황에 갇혀 버린 좋은 사람들이었다.

"당신 같은 사람이 어떻게 에즈미아 같은 사람과 엮이게 됐죠?" 샬럿이 고개를 절레절레 저으며 말했다.

"불행히도 제가 공상가였기 때문이었어요." 룸펠슈틸츠헨이 슬픈 듯 말했다. "난쟁이로 태어나면 택할 수 있는 직업이 하나밖에 없죠. 광부가 되는 거예요. 하지만 땅속 어두운 굴에서 평생을 보내는 건 내가 바라던 바가 아니었어요. 나는 바깥세상의 동물과 식물 들을 좋아했거든요. 그래서 나는 양치기나 농부가 되고 싶다는 공상을 했죠. 내 형과 동생들은 밤이고 낮이고 나를 나무랐어요. 광부가 되는 것은 큰 명예니 우리는 운이 좋은 거라고 했죠. 그러던 어느 날 에즈미아가 나타나 자기 제자가 되라고 제안했어요."

룸펠슈틸츠헨은 눈을 비비며 고슴도치 가죽으로 만든 의자에 앉았다. 마음속 상처를 찌르는 가시 때문에 피곤해졌던 것이다.

"흥미로운 제안이었죠." 룸펠슈틸츠헨이 말했다. "나는 두 번도 생각하지 않고 그러겠다고 대답했어요. 하지만 그날을 이렇게 평생 후회하게 될 줄 몰랐죠."

샬럿은 룸펠슈틸츠헨에게 안타까움을 느꼈다. 룸펠슈틸츠헨도 자기와 다를 바 없이 이곳에 갇힌 신세라는 사실을 깨달았다.

"누구든 당신 처지라면 똑같은 선택을 했을 거예요." 샬럿이 말했다.

"그런 상황이라면 그럴지도 모르죠." 룸펠슈틸츠헨이 인정했다. "하지만 지금은 나를 이해해 주는 사람이 아무도 없어요."

그때 방 안에 거센 바람이 몰아쳤다. "왜 아기가 저기 들어가 있는 거지?" 윙윙 울리는 목소리가 이렇게 말하자 샬럿과 룸펠슈틸츠헨은 놀라서 펄쩍 뛸 뻔했다. 어느새 에즈미아가 모습을 드러냈다.

에즈미아는 꽤 피곤해 보였다. 자세가 어딘지 구부정해 보였고 예전처럼 머리카락이 가볍게 물결치지도 않았다. 이날 밤을 오랫동안 준비했지만 일이 뜻대로 되지 못한 모양이었다.

룸펠슈틸츠헨은 앉았던 의자에서 벌떡 일어났다. "호프 공주가 울음을 그치지 않아서." 룸펠슈틸츠헨이 말했다. "당신이 돌아올 때까지 어떻게든 집 안을 조용하게 만들려고 했지."

에즈미아는 샬럿을 쏘아 보았고 샬럿은 공주를 더 꼭 껴안았다. 마법사는 새장을 향해 걸어가더니 먹잇감을 노리는 매처럼 창살 안쪽을 들여다보았다.

"당신은 어린애를 달래는 데 아주 능숙하군." 에즈미아가 조금 수상쩍은 듯 말했다.

"내가 간호사라고 말했잖아요. 아이를 달래는 게 내가 하는 일이라고요." 샬럿이 어색하게 에즈미아의 시선을 피하며 말했다. "병원에서 아픈 아이들을 돌보거든요."

에즈미아는 눈썹을 추켜올렸다. "그것참 희한해." 에즈미아가 말했다. "요정 대모의 손녀가 이렇게 나이가 많은 줄 몰랐지 뭐야."

"나는 마법으로 나이가 들지 않도록 지탱할 수 없으니까요." 샬럿이 대꾸했다.

"건방지군. 이걸 보면 좀 겸손해지려나?"

에즈미아는 유리 단지 하나를 새장 옆 작은 탁자 위에 올려놓았다. 샬럿은 그 안에 희미하고 조그마한 모습으로 요정 대모가 갇혀 있는 모습을 보고 두려움에 떨었다.

"이건…… 제 할머니잖아요!" 샬럿은 너무 놀라 하마터면 손녀인 척해야 한다는 사실을 잊어버릴 뻔했다. "대체 무슨 짓을 한 거예요!"

에즈미아의 눈에 만족감이 드러났고 얼굴에도 그 기분에 걸맞은 미소가 떠올랐다. "요정 대모의 영혼을 집어넣은 거야." 에즈미아가 말했다.

그 말을 들은 샬럿은 속이 울렁거릴 정도였다. 아무리 동화 속 세상이라 해도 그런 일이 가능할 거라고는 상상도 하지 못했던 것이다.

"할머니의 영혼으로 대체 뭘 하려는 건가요!" 샬럿이 물었다.

"내 취미라고나 할까." 난롯가로 걸어가며 에즈미아가 말했다. 벽난로 선반에는 청록색 단지 다섯 개가 자랑스럽게 올려져 있었는데 그 안에는 각각 영혼들이 담겨 있었다.

"당신은 영혼 수집가인가요?" 샬럿이 말했다. "영혼 없는 세상을 만들기라도 하려고요?"

"말장난을 꽤 잘하는군." 에즈미아가 비웃듯이 말했다. "'깨끗이 잊고 용서하라'라는 말 알아? 글쎄, 난 예전부터 그 말에 동의하지 않았어. 그건 불가능하다고 생각해. 사람들은 나에게 나쁜 짓을 저지르고는 전혀 중요한 일이 아니라는 듯 잊었지. 그건 그들에게 내가 중요한 사람이 아니기 때문이었어. 내가 어떻게 그 사람들을 잊겠어?"

"그래서 그 사람들을 용서하지 않고 저기에 가둔 건가요?" 샬럿이 물었다.

"맞아." 에즈미아가 말했다. "나는 그 사람들을 용서하는 대신 훨씬 흥미로운 방법을 택했지. 바로 그들의 영혼을 빼앗는 거야. 용서하면 그들이 일으킨 결과와 상관없이 삶을 계속 살 수 있도록 허락하는 셈이니까. 하지만 영혼을 빼앗는다면 그들이 미래에 누릴 행복까지 모두 빼앗을 수 있어. 그러면 나는 치유되고 평화를 찾을 수 있게 되는 거지."

샬럿은 그녀가 한 이야기를 믿을 수 없었다.

"그 얘기에 공감할 사람이 있다고 생각해요?" 샬럿이 물었다.

에즈미아는 거의 제정신이 아닌 눈빛으로 난롯가에서 타오르는 두개골을 바라보았다. "나는 세상이 나를 이해해 주기를 바라지 않아. 내 발밑에 무릎을 꿇길 바랄 뿐이야."

에즈미아의 말을 들으니 샬럿은 마음이 무거워졌다. 이런 생각을 하는 마법사의 손아귀에서 과연 무사히 탈출할 수 있을지 자신이 없었다. 하지만 두 아이와 밥, 자신이 빼앗긴 시간을 생각하니 샬럿은 이곳에서 꼭 살아 나가야겠다는 힘을 얻었다.

"그나저나 그렇게 자상한 요정 대모님이 당신에게 해를 끼쳤다는 사실을 도저히 믿을 수가 없네요." 샬럿이 말했다.

"가끔은 도와주는 게 직접 해를 끼치는 것만큼 나쁜 결과를 낳을 수 있어." 에즈미아가 말했다. "하지만 거의 직업적으로 다른 사람을 돕는 요정 대모는 그 사실을 이해하지 못하지."

"제게 설명을 좀 해 주세요." 샬럿이 요청했다.

마법사는 눈썹을 찡긋 올렸다. "요정 대모는 내가 어린애였을 때 또 다른 세계에서 날 발견했어." 에즈미아가 말했다. "나는 고아에다 혼자였고, 굶주린 상태였지. 요정 대모는 나를 이곳으로 데리고 와 요정 왕국에서 요정들과 생활하게 했어. 요정들은 내게 살 집을 주고 인생에 도움이 되는 방식으로 마법을 활용할 수 있도록 가르쳤지. 그리고 왕국에서 가장 훌륭한 요정이 될 수 있도록 훈련시켰어."

샬럿은 잘못 들었다는 듯 고개를 절레절레 저었다. "그건 미워할 만한 일이 아니잖아요." 샬럿이 말했다.

"하지만 성공은 실패만큼이나 사람에게 상처를 줄 수 있지." 에즈미아가 계속해서 말했다. "내가 타고난 재능으로 다른 요정들을 앞지를 때마다 요정들은 분통을 터뜨렸어. 요정들은 놀라울 정도로 질투심이 많은 존재야. 요정 이미지에 금이 가니까 아무도 사실대로 털어놓지 않았지만 말이야.

요정 대모가 나를 자신의 후계자라고 선언하자 모든 요정이 나를 멀리했어. 나는 한 번도 나를 주목해 달라고 하지 않았지만, 이들은 내가 자기들을 공격하기라도 한 듯 자기들의 좌절이 나 때문이라고 여겼지. 내가 어떤 마법을 걸든 말도 안 될 만큼 비난을 받았어.

내가 아무리 대단한 일을 해내도 나를 특별 대우해서는 안 된다는 이유로 요정들은 나를 무시했지. 난 내 재능을 부끄러워하기 시작했고 평범해지려 노력했어. 다른 요정들과 같은 무리에 끼고 싶었기 때문이었지. 하지만 내가 기준을 낮추자 요정들은 더 짜증을 냈어. 나는 청소년 시절에도 늘 혼자였고 어렸을 때처럼 여전히 굶주렸지. 이번에는 먹을 것이 아니라 애정에 굶주렸지만 말이야."

마법사는 벽난로 선반에 장식된 단지를 가리켰다.

"그래서 저렇게 된 거야." 에즈미아가 말했다. "이제 이 이야기는 내가 생각하는 것과 아주 가까워졌어. 당신도 봐서 알겠지만 난로 선반 위의 단지 안에는 다섯 명의 영혼이 들어 있어. 현명하지 못하게 내 마음을 부순 사람들이지. 한 명은 한 번도 나를 사랑하지 않은 사람이고, 다른 한 명은 나를 사랑할 수 없었던 사람, 또 다른 한 명은 나를 지나치게 사랑한 사람, 한 명은 비밀스레 나를 사랑한 사람, 그리고 나머지 한 명은 나를 충분히 사랑하지 않은 사람이야."

에즈미아는 맨 왼쪽 단지를 집어 들어 안을 들여다보았다. 그 안에는 앞치마를 두른 한 젊은이의 영혼이 들어 있었다.

"베이커는 내 첫사랑이었어." 마법사 에즈미아가 말했다. "그는 차밍 왕국의 작은 마을에 살면서 가족이 운영하는 빵집에서 일했어. 베이커는 요정 대모 말고 처음으로 내게 인사를 건넨 사람이었지. 나는 젊고 마음이 여렸어. 우리는 미소를 주고받았고 나는 미친 듯이 그를 사랑하게 되었어. 우리는 몹시 가까워졌고 나는 내 가장 깊숙한 비밀과 욕망을 그에게 털어놓았지. 나는 우리의 사랑이 영원할 거라 생각했어.

하지만 불행히도 나는 그의 마음이 진실하지 않다는 사실을 알게 되었어. 나는 그 사람에게 농담거리일 뿐이었지. 베이커는 나를 좋아하는 척하고는 마을 젊은이들에게 내가 자기에게 고백했던 말들을 그대로 전했어. 만나는 내내 내 마음을 가지고 장난을 쳤던 거지.

나는 눈물을 흘리며 요정 왕국으로 돌아왔어. 나는 요정들이 조금이라도 공감과 연민을 보여줄 거라 기대했지. 하지만 그들은 나를 놀려 댈 뿐이었어. 요정들은 나를 깎아내릴 기회를 얻게 되어 행복해했어. 내가 한 번도 바라지 않았던 단상에서 나를 넘어뜨릴 기회를 잡은 거였지. 당신도 알겠지만 나는 그들의 관습을 깨뜨린 존재였어. 특권을 가진 자는 어떤 것에 대해서도 변명을 해서는 안 되는 거였지.

나는 속마음을 털어놓을 상대도, 기대서 울 상대도 없이 숲으로 뛰쳐나가 한 나무뿌리 앞에 쓰러져서 몇 시간 동안이나 나무껍질 위에서 가슴이 터지도록 울었어. 내 아픔을 위로해 주는 존재는 그 나무뿐이었지. 그 나무를 다시 찾은 건 꽤 오랜 시간이 지난 뒤였어.

시간이 지나면서 나는 베이커를 용서하려 애썼지만 그럴수록 분노만 더 쌓여 갔어. 그래서 나는 빵집으로 찾아가 그에게 사과하라고 요구했지. 그렇지만 베이커는 모든 게 다 애들 장난이었다며 사과하려 들지 않았어. 그래서 난 그가 굽고 있던 사람 모양 생강빵에 마법을 걸어 생강빵이 접시에서 뛰쳐나가 도망치게 했지. 베이커는 생강빵을 붙잡으려 애썼고, 마을 사람 모두가 생강빵을 뒤쫓았지만 결국 잡지 못했어.

베이커와 그의 가족은 마을의 웃음거리가 되었고 빵집은 망하고 말았지. 그러자 난 기분이 좋아졌어. 나쁜 일을 당했을 때 가만히 있기보다는 되갚아 줘야 한다는 사실을 처음으로 배운 거였지."

에즈미아는 베이커가 든 단지를 내려놓고는 그 옆 단지를 들어 올렸다. 그 안에는 어깨에 쇠사슬이 걸린 망치를 걸머진 남자가 들어 있었다.

"이 남자는 록스미스야. 골치깨나 아팠던 사람이지." 에즈미아는 고개를 흔들며 말했다. "이 사람은 직업병인지 자기 물건을 단단히 단속하려 했고, 그건 나도 예외가 아니었어. 내가 이 사람에게 빠진 건 편리하게 이용하기 위해서였지. 베이커로부터 받은 상처를 치료하기 위해 필요했던 거야. 록스미스는 무척 과묵한 남자여서 내게 거의 한마디도 하지 않았어. 나를 만질 때조차도 눈을 바라보지 않았지. 그래서 애정이 거의 느껴지지 않았어.

하지만 나에게 자신의 흔적을 여럿 남겼지. 그리고 나는 바보같이 그의 사랑이 내가 받을 수 있는 유일한 사랑이라고 생각했어. 내가 마침내 그를 떠나겠다고 말하자 록스미스는 눈도 깜박하지 않았지. 그는 이미 마음속에 고민이 너무 많아서 나는 헤어지면서 그에게 더 이상 고통을 주어서는 안 된다고 생각했어. 나는 그가 나를 괴롭힌 것에 대해 그를 탓하기보다는 나 자신에게 화가 났어. 나는 그 사람의 영혼을 본보기로 데려왔지. 그런 딱한 처지에 빠지지 않겠다는 의미에서 말이야."

샬럿과 룸펠슈틸츠헨은 곁눈질로 서로를 바라보았다. 이들은 마법사의 이야기를 도저히 믿기 힘들었지만 에즈미아는 거의 제정신이 아닌 상태에서 서성대며 자신의 가장 쓰라린 기억들을 끄집어냈다.

하지만 과거로의 기억 여행은 아직 끝이 아니었다. 포로로 잡힌 전 연인들 이야기를 하면서 에즈미아는 기나긴 밤 내내 조금씩 기력을 찾아가는 듯했다. 키도 조금 커지고 머리카락도 좀 더 활기차게 물결쳤다. 난롯가의 보라색 불꽃도 더 활활 타올랐다. 이것은 부정할 수 없는 사실이었다. 마법사는 과거의 아픔으로부터 현재를 태울 연료를 공급받고 있었다.

에즈미아는 난로 선반에서 가운데 단지를 집어 들었다. 피리를 부는 남자의 뿌연 형체가 드러났다.

"이 음악가는 내가 오랫동안 기다려 왔던 연인이었어." 에즈미아가 털어놓았다. "나는 그 사람의 매력에 흠뻑 빠졌지. 그는 나에게 노래와 시로 끊임없이 세레나데를 불러 줬어. 세상 사람들에게 우리의 사랑을 알리는 데도 열심이었지. 지나치게 열정적인 게 흠이었지만 말이야. 나는 곧 그가 사랑하는 대상이 내가 아니라 어떤 목적일 뿐이라는 사실을 깨달았어. 그는 자기가 나, 에즈미아가 아닌 미래의 요정 대모와 연결 고리가 있다는 사실을 세상에 알리고 싶어 했어. 나를 마치 사다리처럼 이용하려 했던 거야.

하지만 나는 그 사람의 진심을 알고도 계속 곁에 머물렀어. 혼자 남겨지는 게 두려워서였지. 나는 그 사람에게 선물을 쏟아부었어. 그 가운데 가장 유명해진 것은 마법 피리였는데 그 사람은 마을에서 쥐를 쫓아내는 데 사용했지. 내가 피리에 마법을 건 이유는 우리의 사회적 지위를 동등하게 만들어 주고 싶어서였어. 그 사람이 나만큼이나 자기도 중요한 사람이라고 여긴다면 내가 가진 간판이 아닌 나 자신을 사랑해 줄지도 모른다고 생각했기 때문이었지.

하지만 불행히도 그 사람이 갖게 된 건 자만심이었어. 마을의 쥐를 강에 빠뜨려 죽이고는 기세등등해진 그 사람은 다른 여자와 바람을 피웠지. 나는 그 여자를 악기로 만들어 버렸어. 내 앞에서 연주했던 것처럼 영원히 그 여자를 연주하도록 말이야."

마법사는 선반의 네 번째 단지를 집었다. 그러고는 머리끝부터 발끝까지 갑옷을 입은 남자의 영혼을 바라보았다.

"이 군인은 무척 신중한 사람이었어." 에즈미아가 말했다. "우리 사이를 비밀로 하려 했지. 세상에 떠벌리기 좋아했던 음악가를 만난 이후 이처럼 사생활을 중요시하는 사람을 만나니 신선했어. 하지만 나는 그가 그토록 조심스러워 했던 게 나를 지키기 위해서가 아니라 스스로를 지키기 위해서였다는 사실을 알게 되었지. 이 군인은 우리 관계를 부끄럽게 여겼어. 요정과 사귄다는 사실이 세상에 알려지면 경력에 해가 될 거라 생각했기에 절대 세상에 알리지 않으려 했지.

나는 그 사람의 발이 편평해지고 관절이 뻣뻣해지라고 주문을 걸었어. 그 결과 이 군인은 남은 인생을 부엌 문지기로 보내야 했고 결코 승진하지 못했지."

마법사는 선반에서 마지막 단지를 집어 들었다. 망토를 입고 왕관을 쓴 잘생긴 젊은이가 그 안에 들어 있었다. 에즈미아는 다른 남자들과는 조금 다른 시선으로 그를 바라보았다. 기억을 떠올리기조차 힘든 게 분명했다.

"이 왕은 누구보다도 내게 큰 상처를 줬어." 마법사가 털어놓았다. "다른 남자들과는 달리 내게 동정과 연민을 보여주었거든. 그는 내 가장 친한 친구이자 나를 사랑해 준 유일한 사람이었어. 어쩌면 친근감과 유대감 때문에 누구보다 그 사람을 좋아했고, 그게 지금까지도 마음이 아픈 이유일 거야. 하지만 그는 내가 자기를 사랑하는 만큼 나를 사랑하지 않았어. 내게 우정만을 바랐지.

나는 그 사람의 마음이 바뀌기를 바라며 매일 만나러 갔어. 그러던 어느 날 그는 내가 자기에게 사랑의 물약을 먹였다는 사실을 알아차렸지. 그 사람이 그렇게 화를 내는 건 처음 봤어. 그는 성이 떠나가라 고함을 쳤고 자기는 내가 그를 사랑하는 만큼 나를 사랑하지 않는다고 했어. 이 세상 모든 사랑의 물약을 마셔도 말이야.

그래서 나는 이성을 잃고 왕이 사나운 야수로 살아가도록 저주를 걸었지. 내가 그 사람에 대해 상상한 만큼 엄청난 괴물로 변신시켰어. 하지만 그는 그런 야수의 모습을 하고도 사랑하는 여자를 만났고 내 저주는 깨졌지. 이 이야기는 〈미녀와 야수〉라는 동화로 알려졌어. 시간이 지나면서 점점 더 과장되었지만 말이야. 하지만 왕은 자기에게 저주를 건 사람이 나라는 사실을 아무에게도 말하지 않았어. 내가 자기에게 어떤 짓을 해도 난 여전히 친구였던 거지.

어쨌든 왕이 내 사랑을 거부했던 일은 내 심장이 견딜 수 있는 마지막 상처였어. 나는 왕이 나를 사랑할 수 없다면 그 역시 아무도 사랑해선 안 된다고 생각했어. 요정 대모는 시간이 지나면 나아질 거라 말했고 그 말이 맞긴 했지. 나는 '영원히 행복한 연합'의 지도자가 되었지만 나 자신은 영원히 행복하지 못했어. 어딜 가든 나는 내가 풀지 못한 문제를 해결하고자 했지. 그러다가 나는 내가 속한 세계를 미워하기 시작했어. 요정들이 미웠고 그들이 돕는 불쌍한 사람들이 미웠어. 그들 무리에 속한 나 자신도 미웠지.

그래서 나는 그 무리에서 벗어나기로 했어. 태어나서 처음으로 사람들이 내게서 기대하는 것이 아닌, 내가 바라는 것을 말과 행동으로 옮기기 시작했지. 내 행동을 보고 다른 요정들이 비난하면, 나는 내가 그렇게 할 수밖에 없었던 타당한 이유를 댔어.

요정들은 영원히 행복한 연합의 지도자에서 나를 끌어내렸고, 내 자리를 에메렐다에게 넘겼지. 물론 나는 그 결정에 놀라기는 했어. 화가 났고 상처받았지. 하지만 요정들은 나를 그 자리에서 물러나게 하기 위해 이유를 만들고자 했어. 에메렐다는 나만큼 재능은 없었지만 만나는 모든 사람들에게 사랑받았지. 요정들은 내 자리에 에메렐다를 앉히면 내가 가장 상처를 많이 받을 거라는 사실을 알고 있었어.

나는 숲으로 달려가 내가 가장 믿음직하게 여기는 나무 밑에서 펑펑 울었지. 그곳에 머무르면서 며칠 밤낮을 울던 나는 마침내 내 영혼이 조각조각 부서졌다는 사실을 깨달았어. 마치 내 인생 전체가 내가 마음의 상처를 얼마나 견딜 수 있는지 잔인하게 실험이라도 한 듯 말이야.

눈물이 다 마를 때까지 울고 나서 나는 나무를 올려다보았어. 숲속 다른 나무들보다 특별히 높은 나무였지. 이 나무뿌리에 내가 오랫동안 눈물을 뿌려 준 탓에 주변 나무보다 잘 자랐던 거야. 나는 내가 너무 부끄러웠지. 세상이 나에게 그런 짓을 하도록 내버려뒀다는 사실이 믿기지 않았어. 나는 나무에 주문을 걸어 덤불처럼 이리저리 꺾이고 구불구불 자라도록 했어. 숲속 다른 나무들과 키가 같아지도록 말이야. 그건 내 마음의 상처가 사라졌다는 증거이기도 했지.

바로 그 순간이었어. 내 안의 상처 잘 받는 연약한 요정이 죽어 버리고 마법사가 태어났던 거지. 나는 그때부터 세상 사람들이 내 이름을 부를 때마다 부러워하며 조롱하기보다는 두려워하게 해야겠다고 생각했지. 세상이 내게서 즐거움을 앗아간다면 나도 세상의 즐거움을 모조리 빼앗아 버리면 그만이었으니까."

에즈미아는 옆에 누군가가 있다는 사실도 거의 잊은 듯했다. 과거의 아픔이 지금의 자신을 만들었던 만큼, 에즈미아는 현재라는 순간에 맞게 스스로를 조정하기가 힘들었다.

"누구나 마음에 상처를 겪으면서 살아요." 샬럿이 말했다. "나도 잃어버린 것들이 있었지만 이겨냈죠. 결코 무자비한 복수를 계획하거나 세상에 책임을 돌리지 않았어요."

에즈미아는 샬럿을 향해 머리를 홱 돌렸다. "정말로?" 에즈미아는 화를 내며 말했다. "당신은 심장이 뛸 때마다 영혼이 텅 비어 버릴 만큼 외로웠던 적이 있어? 다음 날 일어나 또 외로워지는 것이 싫어 해가 뜨지 않기를 바랐던 적이 있어?"

"그랬던 적은 없네요." 샬럿이 대답했다. "그렇게 골치를 썩이면서 연애했던 사람이 없어서."

샬럿의 퉁명스러운 대답을 들은 룸펠슈틸츠헨은 헉 소리를 냈다. 에즈미아도 그처럼 겁 없는 샬럿의 말에 깊은 인상을 받은 듯했다.

"조심해." 에즈미아가 샬럿에게 경고했다. "용기는 어리석음과 한 끗 차이니까."

샬럿은 얼굴을 돌렸고 더 이상 에즈미아와 눈을 마주치지 않았다. 에즈미아는 왕의 영혼이 든 단지를 제자리에 놓았다. "오늘 밤은 이만 잠자리에 들어야겠군." 에즈미아가 말했다. "내가 아무 일도 하지 않는 것처럼 보이지만 세계 정복은 꽤 힘든 일이라고. 왕국들을 계속 공격하려면 이제 그만 자야겠어. 세상을 엉망진창으로 만드는 데 최선을 다하고 싶으니까."

에즈미아가 자기 방으로 들어가려고 하는데 룸펠슈틸츠헨이 길을 가로막았다.

"에즈미아!" 비난하는 말투로 들리지 않도록 조심하며 룸펠슈틸츠헨이 말을 건넸다. "당신이 마음의 평화를 찾을 수 있을 거라고 생각해? 세상을 손아귀에 넣고 나면 당신이 만족할 거라고 확신해?"

샬럿은 그 질문에 대한 답이 듣고 싶어 고개를 돌렸다. 그러자 에즈미아의 얼굴에는 사악한 미소가 떠올랐다.

"바보 같으니." 에즈미아가 웃음을 터뜨리며 말했다. "내가 이 동화 속 세상만 원할 거라고 생각해?"

14장

경이로움의 지팡이

마차를 타고 빨간 망토 왕국으로 돌아오는 길은 꽤 힘들었다. 마법사가 할머니의 영혼을 납치하는 모습을 지켜봐야만 했던 것은 쌍둥이가 이제껏 겪은 일 가운데 가장 절망적인 경험이었다.

알렉스는 빨간 망토의 성으로 돌아오는 길 내내 코너의 어깨에 기대 울었다.

"에즈미아는 엄마와 할머니를 데려갔고, 이제 곧 동화 속 세상 전부를 손아귀에 넣을 거야!" 알렉스가 흐느끼며 말했다. "우리가 가진 모든 걸 빼앗을 거라고!"

"모든 걸 가져가지는 못할 거야, 알렉스." 코너가 말했다. 마차 안에서 유일하게 확신에 찬 목소리였다. "우리에게는 서로가 있잖아. 우린 빼앗긴 것을 되돌려 받을 방법을 반드시 찾아낼 거야."

비록 낙관적인 코너의 말에 감명받긴 했지만 프로기와 빨간 망토는 '과연 그럴 수 있을까'라는 의심을 거두지 못했다. 동화 속 세상은 요정 대모가 해답을 줄 것이라 기대했는데, 요정 대모가 사라진 지금 마법사에게 맞설 만큼 강한 존재는 아무도 없었다.

"이번에는 우리가 맞서 싸울 수 있을지 잘 모르겠어." 알렉스가 물이 새는 수도꼭지처럼 눈물을 흘리며 말했다. "태어나서 처음으로 동화에서 악당이 이길지도 모른다는 생각이 들어."

마차가 앞으로 나아갈수록 네 사람의 좌절감은 점점 커져만 갔다. 쌍둥이와 프로기, 빨간 망토는 머리를 짜내며 어떻게 해야 할지 고민했지만 아무런 답도 나오지 않았다. 하루 하고도 반나절을 걱정하던 네 사람은 어서 성에 도착하기만을 바랐다.

"이상한걸." 빨간 망토가 창밖을 내다보며 말했다. "지금쯤이면 우리 왕국으로 들어가는 장벽이 보여야 하는데."

프로기와 쌍둥이도 밖을 내다보았다. 저 멀리에도 장벽이 보이지 않자 이들은 깜짝 놀랐다. 빨간 망토의 왕국으로 돌아가는 데 생각보다 시간이 오래 걸리는 듯했다.

"저기를 좀 봐." 코너가 눈을 가늘게 뜨고 무언가를 바라보며 말했다. "내가 제대로 본 거 맞아?"

나머지 사람들도 코너가 가리키는 것을 봤다. 마차는 코너가 얘기한 표지판을 천천히 지났고 그것을 본 네 사람은 가슴이 철렁 내려앉았다.

보핍 가족 농장

"어떻게 저럴 수 있지?" 빨간 망토가 놀란 나머지 눈을 두 배로 크게 뜨며 말했다. "보핍 가족 농장은 내 왕국 안쪽에 있다고. 장벽은 어디로 간 거야?"

프로기와 쌍둥이도 똑같은 의문을 품으며 주변 풍경을 바라보았다. 조금 더 시간이 흐르자 이들은 빨간 망토 왕국의 군인들이 길가에 서 있는 모습을 발견했다. 이들은 당황스러운 모습으로 머리를 긁적댔다. 자기들이 왜 이곳에 있는지 몰라 혼란스러워하는 듯했다.

프로기는 이들 옆을 지나가면서 마차 문을 열고 머리를 내밀며 말을 걸었다. "이봐요, 무슨 일이 일어난 거죠? 장벽은 어디 간 거예요?"

"장벽이 사라졌습니다." 군인들 가운데 한 명이 믿기지 않는다는 듯 대답했다.

"사라졌다는 게 무슨 말이에요?" 프로기가 되물었다.

"제 말은 이제 장벽이 없다는 뜻입니다." 군인이 말했다. "오늘 아침 일찍 장벽이 갑자기 없어졌습니다."

"뭐라고?" 빨간 망토가 놀라서 외쳤다.

"저희가 남쪽 문을 지키고 있는데 어디선가 밝은 불빛이 번쩍했습니다." 또 다른 군인이 설명했다. "그러고 나서 눈을 떠 보니 장벽이 모조리 사라졌더군요!"

알렉스와 코너는 서로의 얼굴을 마주 보았다. 두 아이는 같은 걸 생각하고 있었다.

"마법사의 짓이야." 알렉스가 말했다. "에즈미아가 공격을 시작한 거라고!"

빨간 망토는 가슴에 손을 얹고 주체할 수 없이 빨리 뛰는 심장을 진정시키려 애썼다. 마법사의 경고를 듣고 오는 길이지만 자신의 왕국이 맨 처음 목표가 되리라고는 생각지도 못했던 것이다.

"다치거나 목숨을 잃은 사람은 없나요?" 프로기가 군인들에게 물었다.

"없습니다." 한 군인이 대답했다. "그저 혼란스러워할 뿐입니다."

프로기는 마차 문을 닫고 쌍둥이 옆에 털썩 주저앉았다. "이렇게 시작되는구나." 프로기는 슬픈 표정으로 중얼거렸다.

마차가 성에 가까워졌을 때는 거의 해 질 무렵이었다. 장벽이 없어지니 네 사람은 위험에 노출된 듯한 기분이 들었다. 마을을 둘러보니 주민들도 그렇게 생각하고 있는 것이 확실했다. 어디를 둘러봐도 집과 가게 창문이며 문에 나무판자로 못 박아 둔 모양새가 마치 폭풍우를 대비하는 듯했다.

"사람들이 이렇게 겁에 질린 건 늑대 악당 패거리가 돌아다니던 시절 이후 처음이구나." 빨간 망토가 말했다. "늑자반 혁명이 일어나기 전이 생각날 정도야."

프로기는 빨간 망토의 손을 꼭 붙잡았다. 여왕은 너무 혼란스러워서 프로기의 손이 얼마나 차갑고 축축한지도 느끼지 못할 정도였다. "에즈미아는 더 심한 짓을 할 수도 있었을 거예요." 프로기가 말했다. "다행히도 아직은 겨우 장벽만 없어진 정도잖아요."

하지만 프로기의 말은 그의 의도와는 정반대의 효과를 불러일으켰다. 빨간 망토는 눈가가 촉촉이 젖은 채 프로기의 손을 뿌리쳤다.

"그건 단순한 장벽이 아니라고요!" 빨간 망토가 소리쳤다. "우리 왕국과 바깥세상을 분리시키는 벽이었다고요! 우리가 여러 해 동안 싸워서 얻어낸 안전을 상징하는 장벽이었어요! 늑대 악당 패거리와 그들을 따르는 늑대들은 이제 없어졌을지 몰라도, 그 벽은 우리 국민에게 평화를 뜻해요."

빨간 망토는 눈물을 쓱 닦으며 감정이 복받친 데 대해 부끄러워했다. "나는 성으로 돌아가자마자 군인들에게 당장 마을을 둘러싸 지키라고 명령할 거예요." 빨간 망토는 고개를 끄덕이며 말했다. "장벽은 사라졌을지 몰라도 사람들은 지켜야 하니까요."

프로기와 쌍둥이는 여왕을 따라 고개를 끄덕였다. 쌍둥이는 빨간 망토가 여왕으로서 국민을 생각하는 모습이 마음에 들었다. 프로기도 같은 생각인 듯했다. 어쩌면 빨간 망토는 사람들이 생각하는 것보다 훨씬 좋은 여왕인지도 몰랐다.

이들은 마침내 성에 도착했고, 빨간 망토는 군인들에게 명령을 내렸다. 그리고 네 사람은 도서관으로 향했다. 그동안 쌓였던 피로에서 회복될 시간이 필요했기 때문이었다. 하지만 이들은 도서관에 들어서자마자 이들을 기다리고 있던 손님을 발견하고는 뛸 듯이 놀랐다.

"잭!" 빨간 망토가 외쳤다.

콩나무로 유명한 잭이 흔들의자에 무심하게 앉아 있었다. 그는 키가 크고 잘생겼으며 어깨가 넓었다. 쌍둥이가 기억하는 모습 그대로였다. 잭은 멜빵바지를 입고 벨트에는 오랫동안 사용했던 도끼를 차고 있었다.

"안녕, 빨간 망토!" 잭이 일어나서 인사하며 사람들을 맞았다.

빨간 망토는 돌처럼 굳은 채 얼굴이 창백해졌다. "대체…… 대체…… 여기서 뭘 하는 거죠?" 빨간 망토가 겨우 말을 맺었다.

"손님으로 왔죠." 잭이 미소를 지으며 대답했다.

빨간 망토 여왕은 그다음 질문을 제대로 하지도 못한 채 신음만 낼 뿐이었다. 프로기는 빨간 망토와 잭을 번갈아가며 쳐다보았다. 빨간 망토가 이렇게 놀라는 것이 좋은 것인지 나쁜 것인지 알 수 없다는 표정이었다.

"이런, 예상하지 못한 방문이군요." 프로기가 억지 미소를 지으며 말했다.

잭은 쌍둥이를 보자 얼굴이 환해졌다. "너희도 와 있었구나." 잭이 말했다.

"안녕하세요, 잭." 알렉스가 인사했다.

"잘 지냈어요?" 코너가 말했다.

꽤 심란한 상황이었지만 쌍둥이는 잭을 다시 만나게 되어 반가웠다. 하지만 빨간 망토는 점점 더 긴장하더니 도서관 안을 두리번거리기 시작했다.

"잠깐, 잭. 당신이 여기 있다는 것은……."

그때 도서관 문이 쾅 하고 매섭게 닫혔다. 모두 뒤를 돌아보니 골디락스가 그곳에 서 있었다.

"골디락스!" 빨간 망토가 골디락스를 가리키며 외쳤다. 그러고는 오랜 원수로부터 잽싸게 뒤로 물러섰다.

"안녕, 빨간 망토." 골디락스가 억지로 웃음을 지어 보였다. 골디락스는 긴 가죽 부츠에 밤색 니트 스웨터 차림이었다. 옆구리에는 은색 칼을 차고 있었다. 곱슬거리는 금발이 찰랑대는 모습은 지난번 만났을 때와 다를 바 없이 여전히 아름다웠다.

하지만 골디락스와 잭은 어딘가 달라진 점도 있었다. 그들은 함께 도망 다니며 예전보다 훨씬 행복해 보였던 것이다.

"골디락스!" 알렉스가 외쳤다. 알렉스는 코너와 함께 달려가 골디락스를 껴안았다.

"정말 깜짝 놀랄 정도로 많이 컸구나." 골디락스는 두 아이가 자랑스러운 듯 얼굴에 미소를 띠웠다. "'안녕, 얘들아'라고 인사하려 했는데 더 이상 애들이라고 부를 수 없겠는걸."

코너가 고개를 끄덕였다. "고마워요!" 코너가 말했다. "그게 바로 우리가 듣고 싶었던 말이었어요!"

골디락스는 즐겁게 코너의 머리를 쓰다듬었다. "내가 너희 나이였을 때는 적어도 네 개의 현상 수배에 걸려 있었지." 골디락스가 이렇게 말하며 잭에게 눈을 찡긋했다.

잭도 골디락스에게 미소 지었다. "나도 뒤늦게 현상 수배범 대열에 올라 이 사람을 따라잡느라 노력 중이란다." 잭이 이렇게 말하고 역시 눈을 찡긋했다. 두 사람은 방 안에 자기들뿐인 듯 서로를 사랑스러운 눈으로 바라보았다.

"너!" 빨간 망토가 골디락스를 가리키며 외쳤다. 빨간 망토는 마치 김 때문에 막 뚜껑이 열리려는 찻주전자 같아 보였다.

"오, 진정해. 빨간 망토." 골디락스가 말했다. "무슨 문제를 일으키려고 여기 온 건 아니니까. 너를 해치지 않을 거야."

빨간 망토는 코웃음을 쳤다. "감옥이나 들락날락하는 주제에 나를 해치지 않을 거라는 걸 어떻게 믿지?" 빨간 망토가 말했다. "당신 둘은 현상 수배 중인 범죄자잖아! 어떻게 들어온 거예요?"

"정문으로 들어왔죠." 잭이 아무렇지도 않다는 듯 말했다. "군인들이 들여보내 주던데요! 난 그 사람들과 오랜 시간 알고 지냈다고요. 기억 안 나요?"

빨간 망토는 잭과 골디락스를 번갈아 바라보며 그 말이 사실이 아니기를 바랐다. 자기 성에서 자신이 존중받지 못하고 있다는 느낌이 들었던 것이다.

"나는 이 성에 사는 여왕이라고!" 빨간 망토가 소리 질렀다. "이 성에서는 내 안전이 무엇보다 우선시되어야 하지 않겠어?"

프로기는 팽팽해진 분위기를 누그러뜨려야겠다고 생각했다. "미안해요. 요 며칠 힘든 일이 있어서 우리가 손님 맞을 준비를 미처 하지 못했네요." 하지만 프로기의 말투는 약간 날카로웠다. "다들 앉아서 얘기를 나누지그래요?"

아무도 그 말에 반박하지 않았다. 이들은 늑대 악당 패거리의 가죽으로 만든 깔개 주변에 둘러앉았다. 하지만 빨간 망토가 생각을 가다듬고 이들 사이에 끼는 데는 조금 더 시간이 필요했다. 빨간 망토는 프로기 옆에 앉았지만 둘 사이에는 어느 정도 거리가 있었다. 반면에 잭과 골디락스는 서로 엉덩이가 붙을 정도로 가까이 앉았다. 알렉스와 코너는 이들 커플 옆에 있는 흔들의자에 함께 앉았다.

"여러분은 영원히 행복한 연합 회의에서 막 돌아오는 참이라고 들었어요." 골디락스가 물었다.

"그랬지." 빨간 망토가 콧대를 세우며 의기양양하게 말했다. "왕국의 통치자는 그런 일을 하거든. 공식적인 자리에서 만나 공공의 이익에 대해 토론하는 일 말이야."

빨간 망토는 골디락스를 기죽이려 했지만 골디락스는 조금도 아랑곳하지 않았다. "재미있었나요?" 골디락스는 빨간 망토가 자기 때문에 신경 쓰고 괴로워하는 게 즐거웠다.

"회의는 잘 끝났어요?" 잭이 물었다.

"끔찍했죠." 코너가 대답했다. "마법사가 나타나서 우리 할머니를 납치해 갔어요! 그 마법사는 이미 우리 엄마도 납치해 갔다고요!"

그러자 잭과 골디락스는 어떻게 된 영문인지 모르겠다는 표정으로 서로의 얼굴을 쳐다봤다. "마법사가 너희 엄마와 할머니를 데려간 이유가 대체 뭐야?" 골디락스가 쌍둥이에게 물었다.

알렉스와 코너는 할머니의 정체가 밝혀지기 전에 잭과 골디락스가 도망 생활을 시작했다는 사실을 깜박 잊은 채였다.

"우리 할머니가 바로 요정 대모거든요." 알렉스가 어깨를 으쓱하면서 말했다. "깜짝 놀랐죠."

잭과 골디락스는 호기심에 의아한 듯했다. "아니, 어떻게 그럴 수가 있지?" 잭이 말했다.

쌍둥이는 두 사람에게 어떻게 자기들이 다른 세계에서 이곳으로 왔고, 할머니가 몇백 년 동안 두 세계를 왔다 갔다 하며 동화 속 세상의 이야기들을 다른 세계에 들려주었는지 설명했다. 잭과 골디락스가 어느 정도 알아듣는 듯하자 두 아이는 자기들의 아빠가 소원을 들어주는 마법을 사용해 또 다른 세계에 있는 엄마를 다시 만났고, 자기들이 어떻게 해서 할머니의 오래된 동화책을 통해 동화 속 세상에 들어오는 방법을 발견하게 되었는지도 이야기했다.

"그래, 그래. 정말 감동적인 이야기지." 빨간 망토가 손을 내저으며 말했다. "그래서 이 애들은 요정 대모님이 자기들의 할머니라는 사실을 알게 되었고 셋이서 또 다른 세계로 통하는 문을 통해 모습을 감췄어요. 어쩌고저쩌고…… 그런데 당신 둘은 내 성에 대체 왜 나타난 거예요?"

쌍둥이는 잭과 골디락스에게 지난 이야기를 더 들려주고 싶었지만 빨간 망토의 머리가 터져 나가지 않도록 일단 그만두었다.

"우리는 마법사가 일으킨 사건이 조금이라도 해결되었는지 알고 싶어서 왔어요." 잭이 대답했다.

"아뇨, 전혀 해결된 게 없어요. 미안하지만 그러니 당신 둘은 이제 돌아가세요." 빨간 망토가 잽싸게 대답했다.

그러자 프로기가 빨간 망토의 무릎에 손을 얹으며 말했다. "자기, 너무 무례하게 굴지 말아요." 프로기가 말했다. "이 사람들이 쫓기는 수배범이긴 하지만 그래도 우리 손님이니까요."

쌍둥이는 잭과 골디락스에게 지난밤에 있었던 회의에 대해 열성적으로 설명했다. 프로기나 빨간 망토가 끼어들 틈도 없었다. 두 아이는 호프 공주가 납치당한 이야기며 마법사가 할머니를 데리고 간 이야기, 왕국이 공격당하기 시작했다는 이야기까지 전부 했다.

"그럼 마법사 에즈미아를 멈추기 위해 할 수 있는 일이 전혀 없다는 거니?" 잭이 말했다. 그는 쌍둥이가 지난 며칠 동안 그랬던 것처럼 도저히 믿을 수 없는 현실에 고개를 절레절레 흔들었다.

"불행하지만, 그렇답니다." 프로기가 말했다.

"그런데 나는 당신 둘이 지금 이 상황과 무슨 관련이 있는지 아직도 모르겠네요." 빨간 망토가 팔짱을 낀 채 말했다.

"우리도 영향을 받아." 골디락스가 말했다. "우리도 에즈미아가 통치하는 세상에서 살고 싶지는 않거든. 그러니 우리도 뭔가 도울게."

"돕는다고?" 빨간 망토가 비웃었다. "당신들이 대체 뭘 할 수 있다는 거지? 에즈미아의 보석을 훔치거나 몰래 집 자물쇠를 따고 들어갈 건가? 에즈미아 집에 가구가 잘 있는지 확인이라도 하려고?"

골디락스는 일어서서 빨간 망토를 쏘아보았다. 그러자 의자에 앉아 있던 빨간 망토는 움찔했다. 여왕은 도와 달라는 듯 주변을 둘러보았지만 아무도 도와주지 않았다.

"나한테 뭐가 불만인 거야? 할머니 뒤나 졸졸 쫓아다니는 주제에!" 골디락스가 말했다.

"내가 뭐 틀린 말이라도 했니?" 빨간 망토가 대꾸했다.

"내가 도망칠 수 있게 도와준 이후 네가 변했다고 생각했는데." 골디락스가 말했다. "지금 보니 내 생각이 확실히 틀렸군."

"너를 도와주면 내 기분이 좀 풀릴 거라 생각했을 뿐이야. 하지만 지금 보니 내 생각이 틀렸어." 빨간 망토가 이렇게 말하고는 멋쩍게 잭을 건너다보았다.

그러자 프로기가 초록색 검지를 들어 올리며 말했다. "우리 좀 더 중요한 얘기를 하죠. 지금 요정과 왕과 여왕 들은 어찌할 바를 모르고 있어요. 지금껏 요정 대모님이 마법 지팡이를 흔들면 모든 문제가 해결 되었는데, 이번에는 그럴 수가 없게 됐어요. 지금은 우리 모두 손가락만 빨면서 해결책을 기다리는 중이죠. 해결이 가능하다면 말예요."

쌍둥이는 고개를 끄덕였고, 골디락스는 잭 옆에 앉아 다시 그의 손을 잡았다. 방 안은 다시 쌍둥이가 마차 안에서처럼 벗어나려고 애썼던 무력감으로 가득해졌다.

그때 코너가 갑자기 강아지처럼 머리를 홱 돌렸다.

"프로기, 방금 뭐라고 했죠?" 코너가 양서류 모습을 한 친구에게 물었다.

"앞으로 어떻게 해야 할지 아무도 모른다고 했지." 프로기가 다시 한번 또박또박 말했다.

"아뇨, 그 전에요." 코너가 말했다. "요정 대모에 대해서 뭐라고 했잖아요."

프로기는 의아한 듯이 코너를 바라보았다. 왜 그런 끔찍한 이야기를 다시 들으려 하는지 알 수가 없어서였다. "요정 대모님이 마법 지팡이를 흔들면 문제가 해결되곤 했다고 말했어." 프로기가 대답했다.

"바로 그거예요!" 코너가 이렇게 외치고는 흔들의자를 박차고 일어나 책이 꽂혀 있는 선반으로 달려갔다.

"코너, 대체 무슨 생각으로 그러는 거야?" 알렉스가 물었다.

"프로기, 하나만 더 물어볼게요." 코너가 완전히 자기 생각에만 빠져 말했다. "우리가 저번에 봤던 그 책은 어디 있어요? 소원을 들어주는 마법에 대해 나와 있었던 그 책이요."

프로기는 잠깐 기억을 더듬었다. "《신화와 전설 그리고 마법 모음

집》말이니?" 프로기가 말했다. "그 책은 지금 알렉스가 있는 선반에서 두 칸 옆, 한 칸 아래 선반에 있어. 나는 내 책이 어디에 있는지 아주 정확하게 안단다."

코너는 선반을 눈으로 좇다가 이윽고 책을 발견했다. "찾았다." 코너는 만족스러운 듯이 폴짝 뛰었다. 그리고 알렉스 옆에 앉아서 책장을 훌훌 넘겼다. "제 생각엔 이 책에 우리가 찾는 해답이 있는 것 같아요!"

"소원을 들어주는 마법을 사용하려는 거니?" 프로기가 물었다.

"우리가 마법사를 상대로 그 마법을 쓸 수 있을까?" 잭이 물었다.

"누군가를 없애 달라는 소원은 절대 이뤄지지 않을 텐데." 빨간 망토가 골디락스 쪽을 바라보며 눈썹을 찡긋하고 올렸다. 그러자 골디락스는 이제 그만두라는 의미로 손을 칼에 가져가 댔다.

"하지만 이젠 아무리 그러고 싶어도 소원을 들어주는 마법을 쓸 수 없어." 알렉스가 말했다. "그 마법은 두 번밖에 쓸 수가 없잖아. 사악한 여왕이 두 번째 마법을 써 버렸고."

"소원을 들어주는 마법이 아니야." 코너가 책장에서 눈을 떼지 않은 채 말했다. "그 마법보다 더 좋고 엄청난 걸 봐 뒀거든. 찾았다!"

코너는 책장을 넘기다가 찾으려던 장에서 멈췄다.

"경이로움의 지팡이?" 방에 있던 사람들 모두가 따라 외쳤다. 코너는 열정적으로 고개를 끄덕였다. 모두 자기와 함께 흥분하리라 기대하는 눈치였다. 하지만 불행히도 사람들은 동정하는 눈길을 주고받을 뿐이었다.

"왜 나를 그렇게 불쌍하게 쳐다보는 거죠? 마치 애완 돌멩이를 산책에 데려가는 애처럼." 코너가 물었다. "이 책에 따르면 누구든 경이로움의 지팡이를 든 사람은 무적이 된다고 써 있어요. 누구든 그 지팡이만 있으면 마법사 에즈미아를 멈출 수 있어요!"

프로기는 유감스럽다는 듯 코너를 바라봤다. "그건 정말로 존재하는 게 아니란다, 코너." 프로기가 말했다. "그 책에 실린 다른 항목과 마찬가지로 애들이나 믿는 전설일 뿐이야."

"아하, 그리고 당신은 커다란 말하는 개구리고요!" 코너가 눈을 치켜뜨며 말했다. "이 책에는 소원을 들어주는 마법에 대해서도 실려 있다고요. 우리는 그게 그저 전설이 아니었다는 사실을 증명했죠. 그 책에 실린 다른 이야기들도 아마 대부분 사실일 거예요."

"경이로움의 지팡이." 코너는 책을 큰 소리로 읽었다. "많은 사람이 경이로움의 지팡이를 가진 사람은 무적이 된다고 믿는다. 이 지팡이는 세상에서 제일 미움 받는 여섯 사람이 가장 아끼는 물건 여섯 개를 합쳐 만든다고 전해진다. 비록 사실이 아니라고 생각하는 사람들도 많지만, 준비물들에는 마법의 힘이 있기 때문에 이 지팡이가 진짜 존재할 거라 여기는 사람들도 있다. 이 책에 실린 다른 물건과는 달리 이 지팡이를 만드는 데 필요한 준비물들은 시간이 지나면서 바뀌기도 한다."

코너는 숨을 들이마신 다음 다른 사람들을 바라보았다. 사람들은 여전히 믿지 못하는 표정이었다.

"오, 제발요." 코너가 완강한 사람들에게 말했다. "그렇게 허무맹랑한 내용도 아니잖아요."

그래도 사람들은 믿기 힘들다는 표정이었다. 코너는 사람들이 자기만큼 확신을 갖지 못한다는 사실에 실망했다.

"저와 알렉스는 또 다른 차원에서 왔어요." 코너가 이렇게 말하고는 프로기를 가리켰다. "그리고 프로기를 보세요. 마법의 힘으로 두 번이나 커다란 양서류로 변했잖아요! 그런데 경이로움의 지팡이는 왜 믿지 못하겠다는 거죠?"

코너의 말은 그럴듯했다. 이제껏 마법의 힘을 여러 번 목격했는데도 어째서 이 지팡이 얘기만 믿지 않는 것일까? 경이로움의 지팡이는 하나의 선택지고, 특히 희망을 주는 선택지였다. 알렉스는 눈에 조금씩 열정이 살아나면서 말없이 책을 내려다보았다.

"그냥 궁금해서 묻는 건데 말이야." 알렉스가 말했다. "세상에서 제일 미움 받는 여섯 사람은 누구지?"

빨간 망토는 골디락스를 쳐다보며 입을 떼고 대답하려 했다.

"당신이 미워하는 사람 말고 세상 전체가 미워하는 사람 말이에요." 알렉스가 확실하게 선을 그었고 빨간 망토는 입을 다물었다.

"내 생각에는 사악한 여왕이 그중 한 명일 것 같아." 프로기가 이렇게 말하자 다른 사람들도 동의한다는 듯 고개를 끄덕였다.

"거인." 잭이 말했다. "나만 미워하는 게 아니야. 많은 사람이 거인을 무서워한다고."

"눈의 여왕." 골디락스가 한마디 보탰다. "여왕은 북쪽 왕국을 통치하면서 사람들을 덜덜 떨게 했지."

코너는 유심히 들으면서 사람들이 얘기한 인물들을 잘 기억해 두었다. "또 누가 있을까요?" 코너가 물었다.

"난 머펫 양을 좋아하지 않아. 거미를 싫어하잖아." 빨간 망토가 무서운 비밀을 고백하듯 말했다. "내 말은 겨우 거미일 뿐인데 좀 극복하라고!"

방 안에 있던 모든 사람은 잠시 빨간 망토를 바라보다가 다시 머리를 굴리기 시작했다.

"인어 공주와 거래를 했던 바다 마녀는 어떨까?" 알렉스가 말했다. "난 어렸을 때부터 줄곧 바다 마녀를 무서워했어."

"맞아! 아마 바다에 사는 물고기들도 모두 그 마녀를 무서워할 거야!" 코너가 말했다.

의자에 앉은 채 허리를 쭉 펴던 프로기가 뭔가 생각난 듯했다. "신데렐라의 못된 새어머니!" 프로기가 말했다. "차밍 왕국의 모든 사람이 그 사람을 경멸할걸."

"좋아요." 코너가 말했다. "이제까지 나온 사람들을 다시 정리해 볼게요. 사악한 여왕, 거인, 눈의 여왕, 바다 마녀, 못된 새어머니. 한 명 더 남았어요."

사람들은 눈을 굴리며 잠시 생각에 빠졌다.

"아니, 너무 뻔하지 않아요?" 빨간 망토가 말했다. "나머지 한 명은 마법사 에즈미아겠죠."

모든 사람이 켁 소리를 냈다. 빨간 망토의 말이 옳았다.

"음, 경이로움의 지팡이를 찾는다는 건 책에서나 가능한 얘기일 것 같네요." 골디락스가 말했다. 마치 가능성이 전혀 없다는 듯한 말투였다. 그 말을 들은 사람들은 다시 의자에 푹 주저앉았다. 하지만 코너는 동의하지 않았다.

"대체 왜들 그래요?" 코너가 말했다. "에즈미아가 우리 앞길을 막아선 채로 있게 그냥 내버려둬선 안 돼요. 이게 에즈미아를 멈출 유일한 기회일지도 모른다고요!"

코너는 누구라도 자기편을 들어 주기를 기대하며 사람들을 간절한 눈빛으로 둘러보았지만 사람들은 아무 말도 하지 않았다. 코너는 자리에서 벌떡 일어났다. 말로만 하는 것보다는 행동으로 보여 줘야 사람들을 움직일 수 있으리라 생각했기 때문이었다. 코너는 도서관 안을 가로질러 책 선반에서 책을 마구 꺼냈다.

"뭐 하는 거야?" 알렉스가 물었다.

하지만 코너는 대답하지 않았다. 그리고 빨간 망토의 초상화도 벽에서 떼 내 책더미에 얹고 촛대도 몇 개 올렸다. 코너는 이 물건들을 들고 난롯가로 걸어가 잽싸게 모든 것을 불 속으로 던져 버렸다.

"코너!" 알렉스가 외쳤다.

"그것들은 내 거야!" 빨간 망토가 외쳤다.

"너 미쳤니?" 프로기가 외쳤다.

코너는 두 손을 허리에 얹고 난로를 뒤로한 채 서 있었다. 불은 천천히 모든 물건을 집어삼켰다.

"여러분에게는 이 물건들이 더 이상 필요하지 않아요." 코너가 말했다. "아직도 모르겠어요? 우리가 이대로 앉아서 기다리기만 한다면 에즈미아가 세상을 이렇게 집어삼킬 거라고요! 우리가 사랑하는 모든 것들이 사라질 거란 말예요!"

알렉스는 코너의 이야기에 동감하고 싶었지만 위험을 무릅쓸 수는 없었다. "코너, 그래도 그건 너무 위험하다고. 에즈미아에게 맞서는 건 죽으러 가는 것이나 마찬가지야." 알렉스가 말했다.

그 말을 들은 코너는 펄쩍 뛰며 흥분했다. "아무것도 안 하는 게 더 위험해!" 코너가 말했다. "경이로움의 지팡이로 세상을 구할 가능성이 있다면 시도하지 않는 게 오히려 바보인 거야!"

코너는 거의 울먹이면서 사람들을 설득하려 했다. 방 안에 있던 모든 사람은 코너와 난로에서 불타는 물건들을 번갈아 가며 쳐다보았다. 결정을 내려야 할 순간이었다. 모든 것이 불확실했지만 한 가지 확실한 것이 있었다. 어떤 행동을 하든지 모든 것을 잃을 위험을 무릅써야 한다는 사실이었다.

마침내 프로기가 벌떡 일어섰다. "나도 코너 생각과 같아." 프로기는 머리를 꼿꼿이 들고 말했다. "손 놓고 아무것도 하지 않는다면 결과가 뻔하잖아. 그러느니 차라리 싸우다가 죽을래."

프로기의 말에 사람들의 마음이 움직였다.

"얌전히 앉아 있는 건 좀이 쑤시지." 골디락스가 프로기의 말에 찬성하며 말했다. "나같이 칼을 잘 쓰는 사람이 한 명쯤 필요할 거야."

잭도 골디락스 옆에 섰다. "마법사가 세계를 삼켜 버리는 걸 두고 볼 순 없지." 잭이 말했다.

두 사람의 결심은 알렉스의 마음도 조금 움직였다.

"이건 정말 힘든 결정이에요." 알렉스가 두 사람에게 말했다. "일단 결정을 내리면 되돌릴 수 없으니까요. 위험 부담이 큰 모험이라 해도 결코 포기할 수 없죠. 여기에 동의하지 않는다면 이 일에 뛰어들 수 없어요. 어떻게 되든 중간에 그만둘 수 없는 일이니까요."

프로기는 잭을 쳐다봤고 잭은 골디락스를 쳐다봤으며, 골디락스는 다시 코너를 쳐다봤다. 이들의 얼굴에는 똑같이 자신감 넘치는 미소가 떠올랐다.

"나는 기꺼이 도전할 거야." 코너가 알렉스를 보며 말했다.

그 말을 들은 알렉스도 고개를 끄덕이며 일어섰다. "그러면 나도 끼워 줘." 알렉스가 미소를 지었다.

"나도!" 빨간 망토가 이렇게 외치고는 마지막으로 일어섰다. "내가 딱히 잘하는 것은 없지만 이 모험이 잘 끝날 수 있도록 지원해 줄게요! 내 장벽을 없애 버린 사람은 대가를 치러야 해!"

코너는 도서관 구석에 있는 책상으로 가서 잽싸게 양피지 조각과 깃펜 하나를 가져왔다.

"지팡이를 만드는 데 필요한 준비물을 적어 봐요!" 코너가 말했다. "아까 세상에서 가장 미움받는 여섯 명을 추렸죠. 그러면 그 사람들이 가장 소중하게 여기는 물건은 무엇일까요?"

모두 자리에 앉아 머리를 모았다.

"눈의 여왕이 제일 아끼는 물건이라면 긴 막대기처럼 생겨서 손에 들고 있는 여왕의 홀일 거예요." 골디락스가 말했다. "거기서 마법의 힘이 나오니까요."

"눈의 여왕-마법의 홀." 코너가 받아 적었다.

"못된 새어머니가 가장 아끼는 물건이라면 가족과 관련된 무엇일 거야. 못된 딸들에게 줄 가보가 아닐까?" 프로기가 제안했다. "새어머니라면 찾기 쉬워. 아직도 신데렐라 여왕이 자란 집에서 살고 있으니까."

"못된 새어머니-가보." 코너가 중얼대며 적었다.

"거인이 가장 좋아하는 물건도 그렇게 알아내기 어렵지 않을 거야." 잭이 말했다. "내가 어렸을 때 본 바로는 거인의 성에는 물건들이 많지 않았어. 그렇게 큰 몸집에 맞는 물건은 구하기 어려우니까."

"거인의 물건-아직 잘 모르지만 찾아낼 수 있음." 코너가 잭의 말을 따라 하며 적었다.

"사악한 여왕이 아끼는 물건은 당연히 마법 거울일 거야." 빨간 망토가 말했다. "그 머리 벗겨지고 음침한 남자를 거울에서 꺼내기 위해 고생했던 걸 생각해 보면 말이야."

"사악한 여왕-마법 거울." 코너가 말했다. "사악한 여왕은 이제 더 이상 볼 일이 없을 거라 생각했는데."

"성이 무너진 잔해 속에 거울 조각이 있을 거야. 가져오기 그렇게 힘들지 않을걸?" 알렉스가 코너를 안심시키며 말했다.

"그러면 바다 마녀는요?" 빨간 망토가 물었다. "그 마녀가 없으면 못 살 물건이 뭘까요?"

"보석이지!" 골디락스가 주저 없이 말했다. "호의를 베풀면서까지 보석을 모으려고 하잖아. 더 값진 것과 맞바꾸기 위해 보석이 필요했던 게 아니라면 말이야."

"바다 마녀-반짝이를 좋아함." 코너가 중얼대며 휘갈겨 썼다.

"마법사 에즈미아만 남았네요." 알렉스가 이렇게 말하자 방 안에 있던 사람들은 숨을 깊이 들이마셨다. "에즈미아가 가장 아끼는 물건은 뭘까요?"

사람들은 침묵을 지켰다. 다들 마법사가 마법의 힘을 좋아한다는 사실은 알고 있었지만 그것은 물건이 아니었다.

"마법사에 대해서는 나중에 다시 생각해 봐요. 지금은 그 사람의 이름 옆에 물음표를 붙여 놓을게요." 코너가 말했다.

골디락스가 지금껏 적은 목록을 코너의 어깨너머로 쳐다보았다.

"이 사람들은 하나같이 멀리 떨어진 왕국에 사네." 골디락스가 말했다. "어떻게 하나하나 찾아다니지?"

잭도 목록을 살폈다. "지금 같은 때에 우르르 몰려다니다가는 의심받기 딱 좋아." 잭이 말했다.

"게다가 이동 속도도 빨라야 해요." 알렉스가 말했다. "마법사가 시간이 지날수록 인내심을 잃을 거라고 자기 입으로 말했거든요."

방 안은 프로기가 곰곰이 생각하면서 내는 낮은 윙윙 소리로 가득 찼다. "빠르면서도 조심스럽게 여러 왕국을 돌아다녀야 한다는 거지." 프로기가 턱을 문지르며 중얼댔다. "땅으로 다니는 게 아니라 위로 다니는 건 어때요!"

프로기는 도서관 반대쪽으로 풀쩍 뛰어가 책을 한 권 꺼내 가지고 돌아왔다. 책 제목을 본 알렉스는 프로기가 무슨 생각을 하는지 곧장 알아챘다.

"기구로 이동하는 거예요!" 프로기가 흥분해서 말했다. "《80일간의 세계 일주》에 나오는 것처럼요! 이 책을 읽을 때부터 꼭 한번 해 보고 싶었거든요."

"프로기, 아주 야심 찬 계획이네요." 알렉스가 말했다.

"효과가 있을지도 몰라!" 코너가 말했다. "마법사는 사람들이 하늘을 날아 다닐 거라고는 생각지도 못할 거야! 이 세계는 항공술과는 거리가 머니까!"

"바로 그거야." 프로기가 책을 휘리릭 넘기면서 말했다. 프로기는 코너의 손에서 얼른 깃펜을 뺏어서는 목록을 적은 양피지 뒷면에 그림을 그리기 시작했다. "책 속에서는 사람이 세 명이었으니까 우리는 이 책보다 바구니가 좀 더 커야겠지. 게다가 우리는 더 멀리까지 이동해야 하고, 하늘을 미끄러지듯이 날고, 바다를 건너려면 무언가가 더 필요해. 그래, 배처럼 만들면 되겠다!"

프로기는 그림을 완성해 사람들에게 보여 주었다. 돛이 달린 보통의 배 모양 위에 커다란 풍선이 달린 기구였다.

"이렇게 터무니없이 대단한 걸 제시간에 만들 수 있겠어요?" 골디락스가 물었다.

잭은 프로기의 그림을 집어 들고 살피더니 관자놀이를 문질렀다. "복잡한 설계 때문에 걱정이 된다기보다는 이 많은 재료를 다 어디서 구할 것인가가 문제네요." 잭이 말했다. 쌍둥이는 잭이 무척 재주 좋은 목수라는 사실을 알고 있었기 때문에 그 말이 진짜일 거라 생각했다.

빨간 망토도 그림을 자세히 살폈다. "정확히 어떤 재료들이 필요한 거예요?" 여왕이 눈썹을 들어 올리며 물었다.

프로기는 그림을 내려다보며 대답했다. "목재와 아주 질긴 천, 그리고 많은 양의 등유가 필요하죠."

빨간 망토는 눈을 가늘게 뜨면서 조용히 고개를 끄덕였다. 머릿속에서 기억을 더듬는 듯했다. "그래요, 그 정도의 재료는 내 성 안에 있어요." 빨간 망토가 활짝 웃으며 말했다.

모두 깜짝 놀라 여왕을 쳐다보았다. "어디에요?" 코너가 물었다.

"내 바구니들에 쓰인 나무로 배 한 척 정도는 만들 수 있을 거예요." 빨간 망토가 말했다. "그리고 여름 드레스에 쓰인 천을 활용하면 풍선과 돛을 만들 수 있을 테고요. 이 왕국에서 제일 좋은 직물로 만든 옷이니까요. 마지막으로 등유라면 내 목욕물을 데우기 위해 성 안에 엄청나게 많은 양을 저장해 뒀어요. 나는 목욕하는 걸 무척 좋아하거든요."

"바구니는 저번에 모조리 타 버리지 않았나요?" 알렉스가 물었다.

"대부분 타 버렸지." 빨간 망토가 대답했다. "하지만 그 이후에도 생일과 기념일 등이 있었고 그때마다 많은 바구니들을 선물로 받았어. 그래서 바구니들 숫자가 거의 예전과 비슷해졌지."

쌍둥이는 빨간 망토 얘기가 믿을 만하다고 생각했다. 저번 회의 때 입었던 드레스가 평소에 입는 옷이라면 천도 충분한 게 분명했다.

"그럼 바로 시작할 수 있겠네요." 잭이 말했다. "내일 아침까지 더 좋은 설계도를 완성할게요. 빨간 망토, 왕국 최고의 기술자들을 모아주겠어요? 사람이 많으면 많을수록 좋아요."

"당연하죠." 빨간 망토가 말했다. "아기 돼지 삼 형제의 막내가 우리 왕국에서는 가장 뛰어난 기술자인데 나에게 빚진 게 있어요. 벽돌집 일부를 실수로 보핍 가족 땅에 지었는데 내가 눈감아 주었거든요."

"완성하는 데 얼마나 걸릴 것 같아요?" 골디락스가 잭에게 물었다.

"부지런히 한다면 4~5일 안에 가능해요." 잭이 말했다. "밤낮으로 일한다면 3일 안에도 만들 수 있고요."

"멋져요." 프로기가 말했다.

"정말 멋진 생각이었어요, 프로기." 코너가 말했다.

프로기가 미소 지었다. "나도 그렇게 생각한단다." 프로기가 말했다. "기구를 타면 다니기가 훨씬 수월할 거야. 눈의 여왕을 만나러 북쪽 산맥을 등산할 필요도 없고 거인의 성에 가기 위해 콩나무를 탈 필요도 없으니까."

그때 잭이 헛기침을 했다. "안됐지만 그래도 콩나무는 직접 올라가야 해요." 잭이 말했다.

"왜죠?" 알렉스가 물었다.

"콩나무가 있어야만 거인의 성이 나타나거든." 잭이 말했다. "콩나무가 특정 높이까지 자라야만 해."

코너는 이마를 찌푸렸다. "그런데 콩나무는 대체 어디 있는 건가요? 여기 있는 동안 보지 못했어요." 코너가 물었다.

그러자 빨간 망토는 말없이 바닥만 내려다보았다.

"빨간 망토, 잭의 콩나무에다 무슨 짓을 한 거지?" 골디락스가 여왕의 심상치 않은 모습을 보고 물었다.

빨간 망토는 미안하다는 듯이 사람들을 둘러보며 말했다. "내가 그것을 없애 버렸어요." 여왕이 털어놓았다.

"없앴다고요?" 잭이 외쳤다. "왜 그런 짓을 했죠?"

"눈에 거슬렸거든요!" 빨간 망토가 방어적으로 말했다. "게다가 당신 둘이 사귀게 된 이후 매일 아침 콩나무가 나를 내려다보는 게 정말 싫었다고요." 여왕이 자기 자신과 잭, 골디락스를 손짓으로 가리키며 말했다.

"아, 잘했군." 골디락스가 말했다. "그렇다면 이제 어떻게 해야 하죠?"

잭이 한숨을 쉬었다. "다시 트래블링 트레이즈먼을 찾아 나서야겠죠." 잭이 말했다. "어쩌면 마법 콩을 아직 갖고 있을지도 모르고, 없더라도 어디서 콩을 얻을 수 있는지 알고 있을 거예요. 내일 기술자들이 모이는 대로 트레이즈먼을 만나러 갈게요."

"그러면 되겠네요." 프로기가 박수를 짝 치며 말했다. "배가 완성

되는 대로 우리 다섯 명이 곧 떠날 수 있을 거예요."

빨간 망토는 프로기를 곁눈질로 바라보며 물었다. "어째서 다섯 명이라고 말하는 거죠?"

그러자 골디락스가 놀라 입을 떡 벌렸다. "그럼 너도 같이 가겠다는 거야?" 골디락스가 물었다.

"당연히 나도 가야지." 빨간 망토가 말했다. "내가 모든 재료를 준비해 줬잖아. 안 그래?"

"빨간 망토, 하지만 이 여행은 꽤 고생스러울 거라 여왕님이 같이 가기엔 적합하지 않아요." 코너가 말했다.

"뭐라고?" 빨간 망토가 불같이 화를 냈다. "내 기억이 정확하다면 저번에 우리가 함께 다닐 때 나는 두 번이나 납치되었고, 그 악마 같은 가시덤불 구덩이에 내던져진 데다, 같은 날 죽을 고비를 몇 번이나 넘겼다고! 지금 네가 필요할 때만 나를 이용하겠다는 거니?"

빨간 망토는 팔짱을 낀 채 사람들로부터 눈길을 돌렸다. 여왕의 마음을 돌릴 길은 없는 듯했다.

"자기?" 프로기가 끼어들었다. "성에서 지내다가 사람들의 모험 이야기를 듣는 게 더 좋지 않겠어요?"

"나도 갈 거예요!" 빨간 망토가 선언했다. "여기 앉아서 당신들 다섯 사람이 세상을 구했다는 공을 가로채게 둘 수는 없죠. 나만 쏙 빼고 말이에요! 당장에라도 짐을 싸겠어요! 모험을 하러 가기 위해 짐을 싸는 건 처음이네요!"

빨간 망토는 벌떡 일어서더니 도서관 밖으로 뛰쳐나갔다. 사람들은 프로기를 향해 눈살을 찌푸렸다.

"내가 여왕에게 가서 지금 상황이 얼마나 위급한지 잘 설명해 볼게요." 프로기는 이렇게 말하고는 신이 난 젊은 여왕을 얼른 따라갔다.

잭은 책상 앞에 가서 배의 설계도를 좀 더 자세히 그리기 시작했다. 골디락스는 쌍둥이와 함께 난롯가에 머물러 있었다. 골디락스는 미소를 지으며 두 아이를 자랑스러운 듯 바라보았다.

"왜요?" 알렉스가 물었다.

"아무것도 아니란다." 골디락스가 어깨를 으쓱하며 말했다. "너희 둘에게 용감해져야 한다고 얘기했던 게 떠올라서 말이야. 지금 너희는 아주 잘하고 있구나."

알렉스와 코너는 미소를 주고받았다. 저번에 이곳을 여행하고 난 이후 두 아이는 많이 성장했다.

"포리지에게 먹을 걸 줘야겠다." 골디락스가 말했다. "마구간에 넣어 둬야지. 다른 말들과 잘 지내지 못하는 편이라 말이야."

골디락스는 두 아이의 어깨를 부드럽게 두드리고는 도서관을 나갔다. 도서관 안은 아주 조용해졌다. 난로에서 장작 타는 소리와 잭이 깃펜을 끼적이는 소리뿐이었다.

"할머니 집 앞 다리에서는 정말 아슬아슬했지." 알렉스가 코너에게 말했다. "난 정말 죽는 줄 알았지 뭐야. 끌어올려 줘서 고마워."

"당연하지." 코너가 말했다. "내가 6학년 때 시험에서 좋은 성적을 얻을 수 있게 답을 고쳐 줘서 고마워."

알렉스는 헉 하고 숨을 들이마시며 웃음 섞인 소리를 냈다. "어떻게 알았어?"

코너가 알렉스를 쳐다보며 말했다. "그때는 성적표에 C나 B밖에 없었는데 뜬금없이 A가 나왔거든."

알렉스는 이틀 만에 처음으로 크게 웃었다. 시험 성적이 가장 큰 골칫거리였던 시절이 문득 그리워졌다.

"이 모험, 우리가 해낼 수 있을까?" 알렉스가 코너에게 물었다.

코너는 곰곰이 생각하더니 말했다. "죽느냐 사느냐를 무릅쓰고 여러 가지 준비물을 모으려고 동화 속 세상을 누비며 펼쳐지는 또 한 번의 위험한 모험 말이지?" 코너는 다 안다는 듯 히죽 웃었다.

알렉스도 따라 웃었다. "맞아, 내가 하려던 말이 그거야."

코너는 잠깐 생각하는 척하더니 이내 고개를 끄덕였다. "다 덤벼 보라고 해!" 코너가 말했다.

《랜드 오브 스토리 2- 돌아온 마법사·하》에서 계속됩니다.